Christie · Das Haus an der Düne

Agatha Christie

Das Haus an der Düne

Loewe

Die Deutsche Bibliothek – CIP-Einheitsaufnahme

Christie, Agatha:
Das Haus an der Düne / Agatha Christie.
[Übers. aus dem Engl. von Dr. Otto Albrecht van Bebber].
– 1. Aufl. – Bindlach : Loewe, 1995
ISBN 3-7855-2778-0

Lizenzausgabe mit Genehmigung des Scherz Verlags,
Bern und München
„Das Haus an der Düne“
Titel des Originals: „Peril at Endhouse“

Übersetzung aus dem Englischen von Dr. Otto Albrecht van Bebber

ISBN 3-7855-2778-0 – 1. Auflage 1995
Umschlagzeichnung: Charlotte Panowsky
Umschlagkonzeption: Creativ GmbH Kolb, Leutenbach
Satz: DTP im Verlag

1

Von allen Küstenstädten des südlichen England gebührt St. Loo der erste Preis. Es trägt seinen Namen „Königin unter den Badeorten“ zu Recht und erinnert eindringlich an die Riviera. Überhaupt ist meiner Meinung nach die Küste von Cornwall genauso reizvoll wie die Südfrankreichs.

Ich sagte dies auch meinem Freund Hercule Poirot.

„Das stand gestern auf der Menükarte des Speisewagens, *mon cher*. Sie sind also nicht der erste, dem die Ähnlichkeit auffällt.“

„Aber pflichten Sie mir nicht bei?“

Er lächelte und beantwortete meine Frage nicht sofort, so daß ich sie wiederholte.

„Verzeihung, Hastings. Meine Gedanken befanden sich auf der Wanderschaft. Sie hatten sich tatsächlich nach jenem Landstrich begeben, den Sie soeben erwähnten.“

„Dem Süden Frankreichs?“

„Ja. Ich dachte an den letzten Winter, den ich dort verbrachte, und seine nicht alltäglichen Ereignisse.“

Jetzt entsann ich mich. Im internationalen Luxuszug war ein Mord begangen worden, und Poirot hatte das verwickelte und scheinbar unentwirrbare Rätsel mit seinem üblichen, untrüglichen Scharfsinn gelöst.

„Ich bedaure noch jetzt, daß ich damals nicht mit Ihnen zusammen war!“ rief ich aus.

„Das bedaure ich ebenfalls“, sagte Poirot, „denn Ihre Erfahrung hätte mir unschätzbare Dienste geleistet.“

Ich sah ihn unsicher von der Seite an. Durch lange Bekanntschaft gewitzigt, mißtraute ich seinen Komplimenten. Doch diesmal schien es ihm wirklich ernst zu sein. Und warum schließlich auch nicht? Ich verfügte über eine reichliche Erfahrung hinsichtlich der Methoden, die er bei der Lösung seiner Fälle anzuwenden pflegte.

„Mir fehlte damals besonders Ihre lebhafte Einbildungskraft, Hastings“, fuhr er fort. „Einen Fall unter einem anderen Gesichtspunkt zu betrachten ist meist sehr nützlich. Mein Diener Georges, ein tüchtiger Mann, mit dem ich bisweilen den einen oder anderen Punkt erörterte, hat nicht ein Fünkchen Phantasie.“

Diese Bemerkung schien mir höchst belanglos.

„Sagen Sie, Poirot, sind Sie niemals versucht, Ihre Tätigkeit wiederaufzunehmen? Dieses passive Leben ist doch ...“

„Bekommt mir ausgezeichnet, mein Freund. In der Sonne zu sitzen – kann es etwas Angenehmeres geben? Auf der Höhe des Ruhms vom Schauplatz abzutreten – welch erhabene Geste! Man raunt und tuschelt von mir: ‚Das ist Hercule Poirot! Der Große, der einzige! Was er leistet, hat nie zuvor jemand geleistet und wird auch nach ihm niemand leisten!‘ *Eh bien* – mehr verlange ich nicht. Ich bin eben bescheiden.“

Ich würde das Wort bescheiden bestimmt nicht benutzt haben. Mir schien nämlich, als ob die Selbstgefälligkeit meines zierlichen Freundes mit den Jahren keineswegs abgenommen hatte. Und die Art, wie er sich jetzt in den Sessel zurücklehnte, seinen Schnurrbart strich und wohlig und selbstzufrieden um sich blickte, bestärkte mich in meiner Ansicht.

Wir saßen auf der Terrasse des Hotels Majestic, des größten und elegantesten in St. Loo, das eine herrliche Aussicht auf die See bietet. Im Garten unter uns wiegten sich die Palmen. Die See leuchtete in einem tiefen, lieblichen Blau, der Himmel war klar, und die Sonne schien mit der leuchtenden Glut, die eine Augustsonne immer haben sollte, doch in England leider so oft nicht hat. Und ringsum ein emsiges Bienengesumm, ein angenehmes, munteres Gemisch – alles zusammen trug dazu bei, daß wir uns wunschlos zufrieden fühlten. Wenn das Wetter so blieb, würde der geplante achttägige Aufenthalt äußerst erholsam werden.

Ich nahm die Morgenzeitung auf, die mir entglitten war, und fuhr fort, mich mit den neuesten Ereignissen zu befassen. Die politische Lage schien unbefriedigend und gleichzeitig uninteressant zu sein. Unruhen in China ... ein langer Bericht über ein großangelegtes Schwindelunternehmen in der Hauptstadt. Im allgemeinen aber nichts, was man als besonders fesselnd oder aufregend hätte bezeichnen können.

„Merkwürdige Sache, diese Papageienkrankheit", bemerkte ich, indem ich das Blatt umschlug.

„Sehr merkwürdig."

„Zwei weitere Todesfälle in Leeds."

„Höchst bedauerlich."

Wieder drehte ich eine Seite um.

„Noch immer kein Lebenszeichen von diesem Seton, der zu einem Flug um die Welt gestartet ist. Der Kerl hat Mut, das muß man sagen. Setons Wasserflugzeug, der ‚Albatros', soll übrigens eine bedeutende Erfindung sein. Tragisch, wenn er Pech gehabt hätte, obgleich offenbar noch kein Grund zu ernstlicher Sorge vorhanden ist. Er kann ja auf einer der Inseln im Stillen Ozean notgelandet sein."

„Die Bewohner der Salomoninseln sind noch Kannibalen, nicht wahr?" erkundigte sich Poirot.

„Wenn man von solchen Leistungen liest", sagte ich, ohne auf seine Frage einzugehen, „erfüllt es einen mit Stolz, daß man Engländer ist."

„Es tröstet über die Niederlagen in Wimbledon hinweg."

„Ich ... ich ... meinte ...", begann ich.

Mit einer graziösen Handbewegung schnitt der kleine Belgier meine Entschuldigungsversuche ab.

„Nun, ich bin keine Amphibie wie die Maschine des armen Captain Seton, sondern Kosmopolit", verkündete er. „Und für die Engländer habe ich, wie Sie wissen, stets die größte Bewunderung gehegt. Zum Beispiel auch für die Gründlichkeit, mit der sie sich täglich der Lektüre ihrer Zeitung widmen."

Meine Aufmerksamkeit wurde bereits wieder von politischen Nachrichten gefesselt.

„Na, dem Innenminister macht man anscheinend das Leben schwer", schmunzelte ich.

„Der Ärmste! Ja, ja, er hat so seine Sorgen. So viele und so schwere, daß er an den unwahrscheinlichsten Orten nach Hilfe sucht."

Ich starrte Poirot an.

Mit einem feinen Lächeln zog er seine Morgenpost aus der Tasche, fein säuberlich gebündelt, und aus dem dicken Stoß wählte er einen Brief aus, den er mir herüberreichte.

„Er muß uns gestern verfehlt haben", sagte er.

Ich las den Brief in angenehmer Erregung.

„Aber, Poirot", rief ich, „das ist ja sehr schmeichelhaft!"

„Meinen Sie, mein Freund?"

„Nun, er rühmt doch in den wärmsten Ausdrücken Ihre Geschicklichkeit."

„Damit hat er ja recht", sagte Poirot, bescheiden seine Augen niederschlagend.

„Er bittet Sie, diese Angelegenheit für ihn zu untersuchen – stellt es dar, als täten Sie ihm einen persönlichen Gefallen."

„Richtig, mein Teuerster. Sie brauchen mir all das nicht zu wiederholen, da ich den Brief bereits selbst gelesen habe."

„Jammerschade! Nun ist's aus mit unserer Erholung hier."

„Wieso? Beruhigen Sie sich, es ist keineswegs aus."

„Doch, der Minister schildert die Sache als dringend."

„Vielleicht hat er recht – vielleicht auch nicht. Diese Politiker geraten sehr leicht aus dem Häuschen. Ich habe selbst in der Deputiertenkammer in Paris –"

„Ja, ja – wir sollten aber trotzdem unsere Vorbereitungen treffen, Poirot. Der Expreß nach London ist bereits fort. Der nächste Zug ..."

„Nicht so stürmisch, Hastings; ich bitte Sie. Immer diese Aufregung, immer dieser Aufruhr! Wir werden weder heute noch morgen nach London fahren."

„Aber dieser Brief –"

„Kümmert mich nicht. Ich gehöre nicht zu Ihrer Polizei, Hastings. Man fordert mich als Privatdetektiv auf, den Fall zu übernehmen. Und ich lehne es ab."

„Sie lehnen ab?"

„Natürlich. Ich werde die Absage mit vollendeter Höflichkeit schreiben, mein Bedauern ausdrücken, meine Entschuldigungen, werde erklären, daß ich untröstlich bin – aber was wollen Sie eigentlich? Ich habe mich in den Ruhestand zurückgezogen ... ich gehöre zum alten Eisen."

„Sie gehören nicht zum alten Eisen", versicherte ich warm.

„Da spricht der gute Freund. Und übrigens haben Sie recht. Die grauen Zellen arbeiten noch in alter Frische; meine Arbeitsmethoden sind noch nicht veraltet, nicht überholt. Aber ich habe mich in den Ruhestand zurückgezogen, mein Freund. Aus – ein für allemal! Ich bin kein Bühnenstar, der dem ihn vergötternden Publikum ein Dutzend Abschiedsvorstellungen gibt. In voller Großmut sage ich: Man muß den jungen Leuten die Bahn frei machen. Vielleicht erweisen sie sich als ganz brauchbar – jedenfalls reicht ihr Können für diese fraglos langweilige Affäre des Innenministeriums."

„Aber, Poirot, bedenken Sie doch die Anerkennung, die diese Aufforderung in sich birgt."

„Pah, über Anerkennung bin ich erhaben! Der Innenminister, ein Mann mit gesundem Menschenverstand, sagt sich, daß der Erfolg gewiß ist, wenn er mich vor den Wagen spannen kann. Leider aber widerfährt dem Herrn Minister das Pech, daß Hercule Poirot seinen letzten Fall schon geklärt hat."

Ich sah ihn an. Innerlich beklagte ich seine Hartnäckigkeit, da eine solche Aufgabe dem Ruhm, dessen er sich bereits erfreute, noch weiteren Glanz verliehen hätte. Andererseits konnte ich nicht umhin, seine unnachgiebige Haltung zu bewundern.

Plötzlich schoß mir ein Gedanke durch den Kopf. „Ich wundere mich, daß Sie keine Angst haben. Eine derart nachdrückliche Erklärung wird sicherlich die Götter herausfordern."

„Unmöglich, daß irgendwer die Entscheidung Hercule Poirots erschüttern könnte!"

„Unmöglich, Poirot?"

„Richtig, mein Freund, man sollte ein solches Wort nicht im Munde führen. *Ma foi*, ich behaupte nicht, daß ich, sollte eine Kugel hier neben mir in die Wand einschlagen, den Fall nicht untersuchen würde. Schließlich bin auch ich nur ein Mensch!"

Ich lächelte. Ein kleiner Kieselstein war gerade unweit von uns auf die Terrasse geschnellt, und Poirots phantasievolle Ableitung regte auch meine Einbildungskraft an. Jetzt erhob sich mein Freund und nahm den Kiesel auf, während er gleichzeitig weiterredete: „Ja, man ist nur ein Mensch. Man ist der schlafende Hund, gut und brav, doch der schlafende Hund kann aufgeweckt werden."

Er nickte ein paarmal, ziemlich geistesabwesend, wie mir schien. Und ohne ersichtlichen Grund ging er zu meinem Erstaunen plötzlich die Stufen hinab, die von der Terrasse zum Garten führten. In diesem Augenblick bog eine junge Frau um eine der Hecken und eilte zur Treppe.

Ich hatte eben die Feststellung gemacht, daß es eine auffallend hübsche junge Dame war, als meine Aufmerksamkeit durch Poirot abgelenkt wurde, der – ohne zu achten, wohin er trat – über eine Wurzel gestolpert und zu

Boden gestürzt war. Er befand sich gerade der jungen Dame gegenüber, und vereint halfen sie und ich ihm wieder auf die Beine. Obwohl ich mich auf meinen Freund konzentrierte, prägte sich mir ein Bild von dunklem Haar, einem kecken Gesicht und großen, veilchenblauen Augen ein.

„Ich bitte tausendmal um Verzeihung!" stammelte Poirot. „Mademoiselle, Sie sind zu liebenswürdig. Wie ich meine Ungeschicklichkeit bedaure – au! – mein Fuß schmerzt ziemlich stark. Nein, nein, es ist nichts Ernstliches ... ein verstauchter Knöchel. Das wird in wenigen Minuten vorbei sein. Aber wenn Sie, Hastings, und Mademoiselle mich stützen könnten – ach, es ist mir wirklich fast peinlich ..."

Ich an seiner Linken und die hübsche Fremde an seiner Rechten – so schafften wir Hercule Poirot bald zu einem Stuhl auf der Terrasse, worauf ich riet, einen Arzt holen zu lassen. Doch mein Freund verbat es sich rundweg.

„Ich sagte Ihnen doch bereits, daß es nichts ist. So ein verknackster Knöchel bereitet im Augenblick böse Schmerzen, aber es geht rasch vorüber." Er schnitt eine Grimasse. „Sehen Sie, in wenigen Sekunden werde ich es schon vergessen haben ... Mademoiselle, noch einmal tausend Dank für ihre Hilfe. Bitte, wollen Sie nicht einen Augenblick Platz nehmen?"

Die junge Dame setzte sich.

„Ich glaube ja auch, daß man sich keine Sorgen zu machen braucht – aber möchten Sie nicht trotzdem lieber einen Arzt kommen lassen?" unterstützte sie mich.

„Mademoiselle, ich versichere Ihnen, es ist nicht der Rede wert. Das Vergnügen, das mir Ihre Gesellschaft bereitet, verjagt bereits den Schmerz."

„Das ist köstlich!" rief die junge Frau lachend.

„Ein Cocktail gefällig?" mischte ich mich ein.

„Nun ..." Sie zögerte. „Also ja, wenn Sie mittrinken."

„Martini?"

„Ja, bitte."

Ich ging, um die Bestellung aufzugeben. Bei meiner Rückkehr fand ich Poirot und die junge Frau in angeregtester Unterhaltung.

„Denken Sie sich, Hastings", sagte er, „jenes Haus dort auf der Landspitze, das wir so bewundert haben, gehört Mademoiselle."

„Tatsächlich?" Ich ging auf die Bemerkung meines Freundes ein, obgleich ich mich nicht entsann, jemals irgendwelche Bewunderung geäußert zu haben. In Wirklichkeit hatte ich das Haus kaum wahrgenommen. „Es sieht verwunschen und unnahbar aus, wie es so abgesondert und fern von allen übrigen Häusern daliegt."

„Man nennt es das Endhaus", erläuterte unser Gast. „Ach, ich hänge sehr daran – aber es ist ein baufälliger, alter Besitz, der mehr und mehr zur Ruine wird."

„Sind Sie der letzte Sproß eines alten Geschlechts, Mademoiselle?"

„Geschlechts? Oh, eine so großspurige Bezeichnung beanspruchen wir Buckleys nicht! Aber immerhin ist die Familie seit zwei oder drei Jahrhunderten hier ansässig. Mein Bruder starb vor drei Jahren, so daß ich die letzte bin."

„Das ist traurig. Und Sie leben dort ganz allein?"

„Nun, ich bin ziemlich oft verreist, und wenn ich mich hier aufhalte, geht viel fröhliches Volk im Haus aus und ein."

„Wie schrecklich modern! Und ich malte mir aus, wie Sie in finsteren, geheimnisvollen Räumlichkeiten wohnten, in denen ein Familiengeist spukt."

„Herrlich! Welch lebhafte Phantasie Sie besitzen! Nein, es spukt nicht im geringsten. Und wenn – dann ist der Geist sehr wohlwollend gesinnt. Ich bin nämlich innerhalb der letzten drei Tage dreimal mit knapper Not dem Tod entronnen, so daß wirklich ein Schutzgeist über meinem Leben walten muß."

Mein Freund saß plötzlich kerzengerade.

„Dem Tod entronnen? Das interessiert mich, Mademoiselle."

„Nichts Aufregendes! Nur alltägliche Unfälle." Sie warf mit einem Ruck den Kopf beiseite, weil eine Wespe vorbeisummte. „Verflixte Wespen! Da muß irgendwo ein Nest in der Nähe sein."

„Sie haben wohl etwas gegen Wespen und Bienen, Mademoiselle. Sind Sie vielleicht einmal gestochen worden?"

„Nein. Aber ich hasse ihre Art, wie sie einem haarscharf am Gesicht vorbeischwirren."

In diesem Augenblick kamen die Cocktails. Wir hielten unsere Gläser hoch und tauschten die üblichen albernen Redensarten aus.

„Ich bin hier im Hotel als Liebhaberin von guten Cocktails bekannt", sagte Miss Buckley. „Vermutlich hat man sich schon gewundert, warum ich so lange nicht hier war."

Poirot räusperte sich und setzte sein Glas nieder. „Ah, eine Tasse gute Schokolade ist auch nicht zu verachten!" murmelte er. „Aber in England versteht man nicht, sie zuzubereiten. Dafür gibt's in England andere hübsche Dinge. Die jungen Mädchen zum Beispiel, die Art, wie sie ihre Hüte aufsetzen und abnehmen ... so anmutig ... so leicht und ungezwungen."

Die junge Frau blickte ihn erstaunt an.

„Was meinen Sie? Warum sollen wir das nicht?"

„Das können Sie mich nur fragen, weil Sie jung sind – so jung, Mademoiselle. Mir hingegen erscheint es als sehr natürlich, eine Frisur zu haben, hoch und steif, und oben drüber schwebt ein Hutungetüm, das mit vielen Hutnadeln festgehalten wird. Da und da und da!"

Er vollführte drei boshafte Bewegungen in der Luft, oberhalb seines Kopfes.

„Aber das ist doch entsetzlich unbequem!"

„Das will ich meinen!“ seufzte Poirot, und keine geplagte modisch interessierte Dame hätte das mit mehr Inbrunst beteuern können. „Wenn der Wind blies, war es eine Qual, Migräne die unausbleibliche Folge.“

Miss Buckley nahm den einfachen, breitrandigen Filzhut, der ihr Gesicht wirkungsvoll umrahmte, ab und warf ihn auf den leeren vierten Stuhl.

„Und jetzt machen wir dies!“ lachte sie übermütig.

„... was vernünftig und bezaubernd ist“, vollendete Poirot mit einer leichten Verbeugung.

Ich betrachtete sie mit stummer Bewunderung. Das dunkle Haar war gelockt und verlieh seiner Besitzerin etwas Koboldartiges. Und etwas Koboldartiges umgab sie überhaupt. Das kleine, lebhafte Gesicht, mit asiatisch anmutendem Ausdruck, die ungewöhnlich großen blauen Augen und etwas anderes – etwas Gejagtes, Fesselndes, Atemloses. War es ein Hauch von Leichtsinn? Dunkle Schatten lagen unter den Augen.

Die Terrasse, auf der wir saßen, war ziemlich leer. Die Hauptterrasse, die die meisten Gäste bevorzugten, begann gleich an der Ecke des Gebäudes und zog sich rechtwinklig oberhalb der Klippen hin, die hier steil zur See abfielen.

Jetzt tauchte an dieser Hausecke ein Mann auf, sonnenverbrannt, frisch und sorglos, mit dem schaukelnden Gang, der Seeleuten eigen ist.

„Nick ... Nick!“ rief er.

Miss Buckley erhob sich.

„Aha, ich wußte, daß man mich suchen würde. George, hier bin ich.“

„Freddie verdurstet bereits. Komm schon!“

Mit unverhüllter Neugier streifte sein Blick Poirot, der sich beträchtlich von der Mehrzahl der Freunde Nicks unterscheiden mußte.

Die junge Frau übernahm die gegenseitige Vorstellung. „Commander George Challenger – Mister ...“

Doch zu meiner Überraschung nannte ihr Poirot den Namen, auf den sie wartete, nicht. Statt dessen stand er auf, verbeugte sich sehr förmlich und murmelte: „Von der englischen Marine? Oh, ich habe enorme Hochachtung vor der Flotte Großbritanniens."

Derartige Bemerkungen werden von einem Engländer nicht gerade freudig begrüßt. George Challenger schoß das Blut ins Gesicht, und Nick Buckley rettete die Situation auf ihre Weise.

„Los, George. Schau nicht so. Gehen wir zu Freddie und Jim." Lächelnd wandte sie sich dann an Poirot: „Besten Dank für den Cocktail. Ich hoffe, daß der Knöchel Ihnen keinen bösen Streich mehr spielt."

Mit einem flüchtigen Nicken, das mir galt, schob sie ihre Hand in den Arm des Seemanns, und gemeinsam verschwanden die beiden um die Ecke.

„Also, das ist einer von Mademoiselles Freunden", brummte Poirot nachdenklich. „Einer von dem fröhlichen Volk. Was halten Sie von ihm? Fällen Sie Ihr sachverständiges Urteil, Hastings. Ist er das, was Sie eine ehrliche Haut zu nennen pflegen?"

Ich überlegte eine Sekunde, um mir genau darüber klarzuwerden, was Poirot wohl unter einer ehrlichen Haut verstand, und erwiderte dann unentschlossen: „Er scheint, soweit ein oberflächlicher Blick überhaupt ein Urteil gestattet, nicht übel zu sein."

„Das möchte ich wirklich wissen", sagte Hercule Poirot.

Die junge Dame hatte ihren Hut liegenlassen. Poirot nahm ihn auf und wirbelte ihn auf der Spitze seines Zeigefingers geistesabwesend herum. „Hegt er wohl zärtliche Gefühle für sie? Wie denken Sie denn darüber, Hastings, nun?"

„Mein lieber Poirot, wie soll ich das wissen! Geben Sie mir lieber den Hut, die Dame wird ihn vermissen. Ich will ihn ihr bringen."

Mein Freund kümmerte sich nicht um meine Aufforderung. Nach wie vor tanzte der Hut auf seinem Finger.

„Nun geben Sie ihn doch her!"

„Noch nicht. Dies Spiel gefällt mir ... Ich werde alt und kindisch, nicht wahr, *mon cher*?"

Dieser Satz deckte sich so vollkommen mit dem, was ich dachte, daß ich fassungslos war, als ich es in Worte gekleidet hörte. Poirot stieß ein leises Gekicher aus und legte dann, vornübergeneigt, einen Finger gegen die Nase.

„Aber nein – so alt bin ich noch nicht, wie Sie denken. Gewiß wollen wir den Hut zurückgeben – jedoch später. Wir werden ihn persönlich im Endhaus abliefern und uns so die Gelegenheit verschaffen, die reizende Miss Nick wiederzusehen."

„Poirot! Weiß Gott, ich glaube, Sie haben sich verliebt."

„Sie ist ein hübsches Mädchen, wie?"

„Haben Sie sich nicht mit eigenen Augen überzeugt? Warum fragen Sie noch?"

„Weil ... ja, sehen Sie, ich kann nicht unbefangen urteilen. Heutzutage ist für mich alles Junge schön. *Jeunesse ... jeunesse* – es ist die Tragik meiner Jahre. Deshalb nehme ich meine Zuflucht zu Ihnen. Ihr Urteil ist infolge Ihres langen Aufenthalts in Argentinien auch nicht auf der Höhe der Zeit, doch nicht so altmodisch wie das meinige. Miss Nick ist hübsch, ja? Sie hat Sex-Appeal?"

„Das genügt vollkommen, Poirot. Und die Antwort muß meines Erachtens bejahend ausfallen. Warum nehmen Sie so lebhaften Anteil an der Dame?"

„Tue ich das denn?"

„Nun, erinnern Sie sich doch, was Sie mich eben gefragt haben!"

„*Mon ami*, es besteht ein kleines Mißverständnis zwischen uns, das ich gleich klären möchte. Möglich, daß die Dame mich fesselt – aber viel mehr fesselt mich ihr Hut."

Machte er Witze? Doch nein, es schien ihm ernst zu sein.

„Ja, Hastings, dieser Hut hier!“ Er hielt ihn mir auf hocherhobenem Finger vor die Augen. „Bemerken Sie den Grund meines Interesses?“

„Es ist ein hübscher Hut, wenngleich ein ziemlich alltäglicher“, versicherte ich verwirrt. „Viele junge Mädchen laufen mit solchen Hüten herum.“

„Sie irren – nicht mit einem solchen!“ Ich musterte den Hut genauer.

„Sehen Sie, Hastings?“

„Ein glatter Haarfilz. Erstklassige Ware ...“

„Ich verlange von Ihnen keine Beschreibung des Hutes. Ihre Worte beweisen, daß Sie nichts sehen. Wann sehen Sie eigentlich mal? Es erstaunt mich immer von neuem, wie selten das vorkommt! Aber machen Sie doch Ihre Augen auf, mein lieber Freund – es ist nicht nötig, die grauen Zellen zu bemühen, die Augen allein genügen. Öffnen Sie die Augen, geben Sie acht ...“

Und dann endlich sah ich, worauf er meine Aufmerksamkeit lenken wollte. Der Hut drehte sich jetzt langsam auf seinem Finger, und dann steckte er jenen Finger geschickt durch ein Loch in der Krempe. Als Poirot merkte, daß ich endlich begriffen hatte, zog er den Finger heraus und reichte mir den Hut ... Es war ein kleines, kreisrundes Loch, dessen Zweck ich mir aber eigentlich nicht recht vorzustellen vermochte.

„Entsinnen Sie sich, wie Miss Nick zurückzuckte, als eine Wespe ganz nahe an ihrem Gesicht vorüberflog? Nun haben wir davon das Loch im Hut ...!“

„Aber eine Wespe kann doch nicht ein solches Loch machen!“

„Sehr richtig – Ihr Scharfsinn ist fabelhaft, Hastings. Nein, eine Wespe kann es ganz sicher nicht sein. Wohl aber eine Kugel.“

„Eine Kugel?“

„Allerdings. Eine Kugel wie diese.“

Er streckte mir die Handfläche entgegen, auf der ein kleiner Gegenstand lag.

„Eine unnütz vergeudete Kugel, *mon ami*. Das war nämlich der vermeintliche Kiesel, der uns auf der Terrasse entgegengefallen war, als wir vorhin plauderten. Eine abgeschossene Kugel!"

„Sie meinen ..."

„Ich meine, daß wenig gefehlt hätte, und das Loch säße nicht in der Krempe, sondern im Kopf. Ist Ihnen jetzt mein Interesse verständlich, Hastings? Sie hatten übrigens recht, als Sie meinten, man solle das Wort ‚unmöglich' nicht gebrauchen. Ja, man ist nur ein Mensch ... Ah! Aber der Schütze beging einen schweren Fehler, als er nicht weit genug von Hercule Poirot entfernt auf sein Opfer schoß! Ah, das wird er zu büßen haben! Sehen Sie jetzt ein, daß wir Miss Nick in dem einsamen Haus dort auf der Landzunge besuchen müssen? ‚Innerhalb von drei Tagen dreimal mit knapper Not dem Tod entronnen', sagte sie nicht so? Wir dürfen nicht zögern, Hastings. Die Gefahr ist wirklich in allernächster Nähe."

2

„Poirot", sagte ich zu meinem Freund, „ich habe nachgedacht."

„Eine vortreffliche Übung. Fahren Sie fort damit."

Wir nahmen an einem kleinen Tisch nahe beim Fenster den Lunch ein.

„Dieser Schuß muß doch ganz dicht bei uns abgefeuert worden sein. Und dennoch haben wir ihn nicht gehört, nicht wahr?"

„Und Sie meinen, daß man ihn in dieser friedlichen

Stille, in der das Plätschern der Wellen das einzige Geräusch ist, hätte vernehmen müssen?"

„Natürlich."

„Nun, ganz so sonderbar, wie Sie zu glauben scheinen, ist es nicht. An gewisse Geräusche gewöhnt man sich so schnell, daß man sie kaum noch wahrnimmt. Den ganzen Vormittag, mein Lieber, brausten Rennboote in der Bucht herum. Zuerst störte es Sie erheblich, bald darauf merkten Sie es gar nicht mehr. Aber bei dem Radau, den nur eins dieser Boote vollführt, könnte auch ein Maschinengewehr abgefeuert werden, ohne daß Sie darauf achten würden."

„Ja, das stimmt."

„Ah, *voilà*!" raunte Poirot. „Mademoiselle und ihre Freunde, die offenbar ebenfalls zum Lunch hierherkommen. Da muß ich wohl den Hut zurückgeben. Aber das macht nichts. Die Angelegenheit ist ernsthaft genug, um einen Sonderbesuch zu rechtfertigen."

Hurtig sprang er von seinem Stuhl auf, durchquerte den Raum und überreichte den Hut gerade in dem Augenblick, als Miss Buckley und ihre Begleiter sich zu Tisch setzten.

Es waren vier Personen: Nick Buckley, Commander George Challenger, ein anderer Herr und eine andere Dame. Von unserem Platz aus konnten wir sie nur schlecht beobachten. Von Zeit zu Zeit dröhnte das Lachen des Seemanns – eine schlichte, gute Seele anscheinend –, dem ich bereits Sympathie entgegenbrachte.

Mein Freund war während der Mahlzeit einsilbig und zerstreut. Er zerkrümelte sein Weißbrot, stieß dann und wann einen wunderlichen, kurzen Ausruf hervor, der wie ein Stoßgebet klang, und malte mit seinem Obstmesser unleserliche Hieroglyphen auf das schneeweiße Tischtuch. Und da meine verschiedenen Versuche, eine Unterhaltung anzuknüpfen, kein Entgegenkommen fanden, gab ich schließlich auf.

Er blieb auch noch am Tisch sitzen, nachdem er längst

seinen Käse verzehrt hatte. Als jedoch die andere Gesellschaft aufbrach, erhob er sich ebenfalls, und wir folgten ihr in die Halle, wo Poirot schnurstracks auf Nick zuschritt.

„Mademoiselle, darf ich eine Sekunde allein mit Ihnen sprechen?"

Miss Buckley runzelte die Stirn, und ich konnte mir ihre Gefühle lebhaft vorstellen. Sie hatte wohl die Befürchtung, daß dieser wunderliche, kleine Ausländer zu einer Plage werden könnte. Ziemlich unwillig trat sie ein paar Schritte beiseite.

Unmittelbar darauf breitete sich ein Ausdruck der Überraschung über ihr Gesicht und wurde immer deutlicher, je länger Poirot in seinem hastigen Getuschel fortfuhr.

Ich selbst fühlte mich derweil recht unbehaglich, bis Challenger mir taktvoll zu Hilfe kam, indem er mir eine Zigarette anbot und ein paar höfliche Bemerkungen machte. Wir hatten uns gegenseitig abgeschätzt und waren nicht abgeneigt, Freunde zu werden. Ich bildete mir ein, daß ich auf jeden Fall besser zu ihm paßte als der Mann, in dessen Gesellschaft er den Lunch eingenommen hatte, dieser magere, blonde, geschniegelte Jüngling mit der fleischigen Nase und der übertriebenen Eleganz, mit dem anmaßenden Gebaren und lässigen Näseln. Seine glatte Arroganz mißfiel mir sehr.

Dann musterte ich verstohlen die fremde Frau. Sie saß mir gegenüber in einem bequemen Korbstuhl und nahm gerade den Hut ab. Eine durchaus nicht alltägliche Erscheinung – eine müde, gelangweilte Madonna –, diese Beschreibung paßte zu ihr. Sie hatte helles, fast farbloses Haar, das ein Scheitel in der Mitte teilte und das, tief über die Ohren gekämmt, im Nacken in einen Knoten geschlungen war. In dem bleichen, abgezehrten und dennoch seltsam anziehenden Gesicht leuchteten graue Augen mit seltsam weiten Pupillen.

„Setzen Sie sich doch, bis Ihr Freund seine Unterredung

mit Nick beendet hat", sagte sie plötzlich, während sie mich mit weltfernem Blick betrachtete.

Sie sprach matt und geziert und langsam. Niemals zuvor war mir eine so müde Schönheit begegnet. Seelisch müde, nicht körperlich, als ob sie alles und jedes in dieser Welt schal und wertlos gefunden hätte.

„Miss Buckley war heute vormittag so freundlich, meinem Freund zu helfen, als er sich im Garten den Fuß verstauchte", erklärte ich, indem ich ihrer Aufforderung nachkam.

„Ja, Nick erzählte es uns." Ihr Blick wurde interessierter. „Nichts Schlimmes mit dem Knöchel, oder?"

Ich fühlte, wie ich unter diesen unentwegten Blicken errötete. „Eine vorübergehende Verstauchung", gab ich zur Antwort.

„Oh, das ist gut. Ich freue mich zu hören, daß Nick das Ganze nicht etwa erfand. Sie ist die talentierteste kleine Lügnerin, die je unter Gottes Himmel lebte. Erstaunlich – wirklich eine Begabung."

Was hätte ich darauf erwidern sollen? Mein Unbehagen schien sie sehr zu amüsieren.

„Nick ist eine meiner ältesten Freundinnen", sagte sie, „und ich meine immer, Treue sei solch eine fade Tugend, wie? Hauptsächlich von den Schotten gepflegt, wie Sparsamkeit und Heiligung des Sonntags. Aber Nick ist wirklich voller Überraschungen, nicht wahr, Jim? Jenes Märchen über die Bremsen ihres Autos – und Jim behauptet, daß alles von A bis Z erfunden ist."

Der geschniegelte Snob sagte mit seiner lässigen, weichlichen Stimme: „Ich verstehe etwas von Autos."

Er drehte den Kopf zur Seite. Draußen stand unter zahlreichen anderen Fahrzeugen ein langer roter Wagen. Er schien länger und eleganter zu sein als jeder andere Wagen und hatte eine lange, glänzende Haube. Ein echter Superwagen!

„Ist das Ihr Auto?" erkundigte ich mich, einer plötzlichen Eingebung folgend.

„Ja", antwortete der junge Mann nickend.

Beinahe hätte ich gesagt: So sieht es auch aus!

Glücklicherweise trat Poirot in diesem Augenblick wieder zu uns. Ich erhob mich, worauf er mich beim Arm faßte, sich flüchtig gegen die Gesellschaft verneigte und mich hastig wegzog.

„Ich habe nun vereinbart, mein Freund, daß wir Mademoiselle um halb sieben besuchen. Bis dahin wird sie von der Autofahrt zurück sein. Ja, ja, gewiß wird sie zurück sein – heil und gesund."

Auf seinem Gesicht lag Sorge, und seine Worte klangen bedrückt.

„Was haben Sie denn mit ihr besprochen?"

„Ich habe sie um ein persönliches Gespräch gebeten, und zwar so bald als möglich. Natürlich sperrte sie sich ein wenig. Sie denkt – ich kann ihre Gedanken förmlich durch ihren Kopf spazieren sehen! –, wer ist das, dieses Männchen? Hätte sie gekonnt, würde sie mich abgewiesen haben. Doch das ist nicht so leicht bei einem so plötzlichen, unerwarteten Überfall; da fällt es leichter, sich zu fügen. Und sie hat versprochen, um sechs Uhr dreißig zurück zu sein. *Voilà*!"

Ich entgegnete, daß dann ja alles in schönster Ordnung sei, aber meine Bemerkung fand wenig Zustimmung. Tatsächlich war Poirot so sprungbereit wie die sprichwörtliche Katze. Den ganzen Nachmittag rannte er in unserem Wohnzimmer umher, hielt halblaute Selbstgespräche und rückte die Nippessachen bald auf diesen, bald auf jenen Fleck. Wenn ich ihn anredete, winkte er ab oder schüttelte den Kopf.

Schließlich brachen wir kurz vor sechs Uhr auf.

„Unglaublich, daß jemand in einem Hotelgarten einen Schuß gewagt haben sollte", kam ich, während wir die

Terrassenstufen hinabstiegen, auf das vormittägliche Ereignis zurück. „Nur ein Verrückter wäre dazu fähig."

„Dem kann ich nicht so ohne weiteres zustimmen, Hastings. Eine Bedingung vorausgesetzt, würde es sogar eine leidlich sichere Sache sein. Erstens liegt der Garten einsam und verlassen. Die Leute, die im Hotel verkehren, gleichen einer Schafherde. Weil sich die Sitte eingebürgert hat, auf der Terrasse zu sitzen, die Aussicht auf die Bucht bietet, sitzen alle auf dieser Terrasse. Bloß ich, der närrische Sonderling, sitze dort, wo ich den Garten überblicke. Und selbst von dort aus sah ich nichts. Allerdings gibt es Deckung in Hülle und Fülle: Bäume, Palmengruppen, blühendes Strauchwerk. In schönster Behaglichkeit könnte sich da jemand ungesehen verbergen und warten, bis Mademoiselle an ihm vorbeikommt. Und ganz bestimmt kommt sie auf diesem Weg, weil die Hauptstraße einen großen Bogen beschreibt und Mademoiselle Nick Buckley zu jenen Leuten gehört, die sich immer verspäten und deshalb immer abkürzen müssen."

„Trotzdem ist das Wagnis ungeheuer. Er hätte doch gesehen werden können, und ein Attentat vermag auch der Geschickteste hinterher nicht als einen Unfall zu frisieren."

„Nein – als einen Unfall nicht."

„Was meinen Sie?"

„Nichts – eine Idee, die sich als zutreffend oder nicht erweisen mag. Halten wir uns daher vorläufig nicht mit ihr auf, sondern kümmern wir uns lieber um das, was ich vorhin sagte: eine wesentliche Bedingung."

„Und wie heißt sie?"

„Bestimmt werden Sie mir das erzählen können, Hastings."

„Warum soll ich Sie des Vergnügens berauben, auf meine Kosten gescheit zu sein?"

„Schau, schau! Welch beißender Spott! Nun, was in die Augen springt, ist meines Erachtens das Folgende: Der

Beweggrund zu dem Mordanschlag kann nicht offenkundig, nicht einleuchtend sein. Wenn er es wäre, dann freilich wäre die Gefahr tatsächlich so groß, daß sich der Attentäter ihr nicht aussetzen dürfte. Man würde raunen: ‚Ob es nicht etwa Herr Soundso tat? Wo war Herr Soundso, als der Schuß abgefeuert wurde?‘ Nein, Hastings, Ursache und Zweck des Mordversuchs können nicht offenkundig sein. Und das eben läßt mir keine Ruhe. Tausendmal versuche ich mich selbst zu beschwichtigen, indem ich mir einrede: ‚Sie sind zu viert. Keine Gefahr, solange sie alle zusammen sind ...‘ Meine Angst wird dadurch nicht weniger. Ich muß wissen, was es mit diesen drei Unfällen auf sich hat.“

Er machte jäh auf dem Absatz kehrt. „Es ist noch sehr zeitig, Hastings. Wir werden den anderen Weg einschlagen; dem Garten können wir keine Geheimnisse mehr ablauschen. Nähern wir uns Miss Nicks Residenz lieber auf dem offiziellen Weg!“

Unser Weg führte aus dem Vorderportal des Hotels hinaus und einen steilen, rechts gelegenen Hügel empor. Oben zweigte ein schmaler Pfad ab. „Nur zum Endhaus“, belehrte den nicht Ortskundigen ein Schild. Wir folgten diesem Pfad, der nach etlichen hundert Metern einen scharfen Knick machte und an einem verfallenen Tor endete, dem ein neuer Anstrich gutgetan haben würde.

Jenseits des Gattertors lag links eine kleine Pförtnerwohnung. Sie bildete einen auffallenden Gegensatz zu dem verwitterten Tor und dem grasbewachsenen Weg. Schmuck und gepflegt war der kleine Garten, der sie umgab; die Fensterrahmen und die Läden waren erst kürzlich gestrichen worden, und schneeweiße Gardinen bewegten sich leise im Luftzug.

Über ein Blumenbeet gebückt, arbeitete ein Mann in einer abgetragenen Norfolkjacke. Als die Pforte knarrte, wandte er sich um, und wir sahen in ein wettergegerbtes Greisengesicht. Aber trotz seiner Jahre war der Mann kernig und rüstig; die blauen, zwinkernden Augen hatten nichts von ihrer Schärfe eingebüßt.

„Guten Tag!“ grüßte er, als wir vorüberschritten.

Ich erwiderte seinen Gruß, und während wir auf dem grasbewachsenen Weg weitergingen, hatte ich das Gefühl, daß diese blauen Augen forschend an unseren Rücken hafteten. „Ich wundere mich ...“, sagte Poirot nachdenklich. Doch dann ließ er sich nicht dazu herab, zu erklären, worüber er sich wunderte.

Das Haus selbst, groß und geräumig, bot einen ziemlich trübseligen Anblick. Es lag eingeschlossen zwischen hohen Bäumen, deren Zweige das Dach berührten, und bedurfte dringend einer gründlichen Renovierung. Poirot zog die Glocke, eine altmodische Glocke, an der man mit beträchtlicher Kraft reißen mußte, damit sie einen Ton von sich gab, die dann aber, nachdem sie sich einmal dazu entschlossen hatte, unentwegt traurige Laute von sich gab.

Eine Frau mittleren Alters öffnete die Tür. In ihrem einfachen schwarzen Kleid wirkte sie sehr diskret und sehr ehrbar.

Miss Buckley, gab sie an, sei noch nicht zurückgekehrt, und Poirot sagte ihr daraufhin, daß wir uns mit ihrer Herrin verabredet hätten. Es gelang ihm jedoch nicht so ohne weiteres, sie hiervon zu überzeugen, denn augenscheinlich brachte sie wie sehr viele meiner Landsleute einem Ausländer von vornherein Mißtrauen entgegen, und ich schmeichle mir, daß meine Erscheinung den Ausschlag gab. Wir wurden für würdig befunden und in das Wohnzimmer gebeten.

Hier war nichts von Trübseligkeit zu spüren. Der Raum ging auf die See hinaus, und hell flutete der Sonnenschein durch die Fenster. Bei der etwas schäbigen Einrichtung stießen die verschiedensten Stilrichtungen aufeinander: Allermodernste, aber billige Sachlichkeit mußte sich mit der behäbigen Gemütlichkeit des Viktorianischen Zeitalters vertragen. Die Vorhänge waren aus verblichenem Brokat, während man für die neuen Bezüge bunte, lebhafte Töne gewählt hatte und die Kissen wahrhaft schreiende Farben aufwiesen. Von den Wänden blickten Familienbilder herab. Einige dieser Frauen und Männer mußten zu Lebzeiten bemerkenswert gut ausgesehen haben. Ein Plattenspieler und ein Kofferradio fielen ins Auge, und Platten lagen achtlos herum; für Bücher schien Miss Nick hingegen nichts übrig zu haben. Nur eine Zeitung lag aufgeschlagen auf der Sofalehne. Poirot hob sie auf, um sie, als er sah, daß es der *St. Loo Herald* war, mit einer verächtlichen Grimasse wieder an Ort und Stelle zu legen. Irgend etwas bewog ihn aber, sie ein zweites Mal aufzunehmen, und während er eine Spalte überflog, trat Nick Buckley ein.

„Bring das Eis, Ellen!" rief sie, ehe sie die Tür schloß. „So, da bin ich, meine Herren – mit Mühe und Not habe ich die anderen abgeschüttelt. Nun spannen Sie mich nicht länger auf die Folter – was gibt es?"

„Es tut mir leid, Mademoiselle –", begann mein Freund, doch die Frau, die uns die Tür geöffnet hatte, brachte bereits das Eis und ein Tablett mit Flaschen herein, und Nick mixte sofort sachkundig die Cocktails, wobei sie ununterbrochen redete.

Schließlich machte sie Poirots Schweigsamkeit, so ungewohnt bei ihm, stutzig. Mitten im Gläserfüllen hielt sie inne und fragte kurz: „Nun?"

„Erlauben Sie mir, Mademoiselle, auf Ihre Gesundheit zu trinken." Poirot nahm ihr den Cocktail aus der Hand. „Auf Ihre stetige gute Gesundheit."

Dem klugen Mädchen entging der Nachdruck, den er auf seine Worte legte, nicht.

„Ist ... etwas geschehen?"

„Ja, Mademoiselle. Dies." Er hielt ihr die Kugel hin. „Wissen Sie, was das ist?"

„Natürlich. Eine Kugel", erwiderte sie verwirrt.

„Richtig, Mademoiselle. Und heute vormittag flog nicht eine Wespe, sondern diese Kugel an Ihrem Gesicht vorbei."

„Sie meinen doch nicht im Ernst, daß irgendein verbrecherischer Narr etwa in einem Hotelgarten wild um sich schoß?"

„Gewiß meine ich das."

„Also, wenn da nicht ein Schutzgeist über meinem Leben waltet!" rief Nick. „Das ist nun Nummer vier."

„Ja", sagte Poirot. „Das ist Nummer vier. Jetzt erzählen Sie mir bitte Näheres über die anderen drei – Unfälle."

Sie hob überrascht den Kopf.

„Ich muß mich vergewissern, Mademoiselle, daß es wirklich Unfälle waren."

„Was soll es denn sonst gewesen sein?"

„Mademoiselle, machen Sie sich bitte auf eine böse Überraschung gefaßt. Wie nun, wenn Ihnen jemand nach dem Leben trachtete?"

Nicks Antwort bestand aus einem Lachanfall, der überhaupt nicht enden wollte.

„Gott, ist das köstlich!" Wieder ein perlendes Lachen. „Mein lieber Herr, wer in aller Welt könnte den Einfall haben, mir nach dem Leben zu trachten? Ich bin nicht die junge, schöne Erbin, durch deren Tod Millionen frei werden. Wenn doch nur jemand versuchte, mich zu töten – was würde das für eine herrlich gruselige Geschichte sein! Aber ich fürchte, da besteht wenig Hoffnung."

„Wollen Sie mir diese Unfälle schildern, Mademoiselle?"

„Natürlich – doch es steckt rein gar nichts dahinter. In meinem Schlafzimmer hängt ein schweres Bild über meinem Bett, das in der Nacht herabfiel. Zufällig hatte ich unten eine Tür schlagen hören und ging hinunter, um sie zu schließen. So wurde ich gerettet, denn das Ungetüm hätte mir sicher den Kopf zertrümmert. Das war Nummer eins."

„Weiter, Mademoiselle", drängte Poirot ohne den Anflug eines Lächelns. „Jetzt Nummer zwei."

„Oh, das ist noch dümmer. Ich benutze, wenn ich im Meer baden gehe, meist einen steilen Ziegenpfad, der an den Klippen abwärts zu einem Felsen führt, der sich prächtig zum Kopfsprung eignet. Nun, und da löste sich irgendwie ein Block, kam hinter mir hergerollt und verfehlte mich nur um wenige Zentimeter. Der dritte Unfall gleicht diesen beiden in nichts. Mit den Bremsen meines Autos war etwas nicht in Ordnung; der Mann in der Werkstatt hat es mir erklärt, doch hörte ich nicht recht zu. Jedenfalls würden die Bremsen, wenn ich durch mein Tor und den Hügel abwärts gefahren wäre, nicht funktioniert haben, und ich wäre – heidi! – mitten in das Rathaus gesaust. Ein verteufelter Krach, eine leichte Verunstaltung des Rathauses und die totale Vernichtung von Miss Nick Buckley! Doch dank meinem unausrottbaren Hang, stets etwas zu vergessen, kehrte ich noch einmal um und sauste nur in die Lorbeerhecke."

„Und Sie können mir nicht die genaue Ursache sagen?"

„Da müssen Sie zu Motts Garage gehen, wenn Sie es genau wissen wollen. Irgendeine Schraube war gelockert worden. Ich habe Ellens kleinen Jungen stark im Verdacht, daß er daran herumgefingert hat. Alle Jungen pfuschen gern an Autos herum, wenn Ellen auch schwört, er habe den Wagen nie angerührt."

„Wo ist Ihre Garage, Mademoiselle?"

„Auf der anderen Seite des Hauses."

„Ist sie verschlossen?"

Nicks Augen weiteten sich vor Erstaunen. „Bewahre. Warum abschließen?"

„Also kann sich irgend jemand unbemerkt am Wagen zu schaffen machen?"

„Ja ... ich denke. Doch das ist so albern."

„Nein, Mademoiselle, es ist nicht albern. Sie verstehen noch immer nicht: Sie befinden sich in Gefahr, Mademoiselle, in ernster Gefahr. Ich sage es Ihnen! Ich! Und Sie wissen nicht, wer ich bin?"

„Nein“, versetzte Nick atemlos.

„Ich bin Hercule Poirot.“

„Oh!“ Es war ein laues Höflichkeitswort.

„Mein Name ist Ihnen geläufig, wie?“

„O ja.“

Verlegen zerknüllte sie ihr Taschentuch.

„Sie fühlen sich unbehaglich“, meinte Poirot, der sie scharf beobachtete. „Das bedeutet, vermute ich, daß Sie meine Bücher nicht gelesen haben.“

„Nun ... ja ... nicht alle. Doch ich kenne selbstverständlich die Namen.“

„Mademoiselle, Sie sind eine höfliche kleine Lügnerin. Wie konnte ich es vergessen – Sie sind ja noch ein Kind! Unmöglich, daß Sie von mir gehört haben. Der Ruhm vergeht so schnell. Mein Freund wird Ihnen die nötigen Erläuterungen geben.“

Nick richtete den Blick erwartungsvoll auf mich, und ich räusperte mich befangen. „Monsieur Poirot ist ... war ... ein großer Detektiv“, erklärte ich.

„Ah, mein Freund!“ rief Poirot. „Wissen Sie nicht mehr zu sagen? Sagen Sie Mademoiselle doch, daß ich ein einzigartiger Detektiv bin, unübertroffen, der bedeutendste, der jemals gelebt hat!“

„Das erübrigt sich jetzt“, meinte ich eisig. „Sie haben es ihr bereits selbst gesagt.“

„*Mais oui.* Aber mir wäre es lieber gewesen, die Bescheidenheit wahren zu können. Man soll sich nicht selber loben.“

„Man soll sich keinen Hund halten und dann selber zu bellen gezwungen sein“, stimmte ihm Nick mit gutmütigem Spott zu. „Wer ist übrigens der Hund? Doktor Watson, vermute ich.“

„Mein Name ist Hastings“, stellte ich mich vor.

„Schlacht bei Hastings im Jahre 1066!“ trumpfte Nick auf. „Wer wagt da zu behaupten, daß ich nicht eine vorzügliche Bildung genossen habe? ... Ach, das Ganze ist zu, zu herrlich! Glauben Sie, jemand will mich wirklich aus der Welt schaffen? Unsinn, so etwas geschieht nur in Büchern. Monsieur Poirot gleicht einem Arzt, der eine geheime Krankheit entdeckte und nun wünscht, daß jedermann sie hätte."

„*Sacré tonnerre!*" donnerte Poirot. „Wollen Sie jetzt wohl mal ernsthaft sein? Findet ihr junges Volk von heute denn alles zum Lachen? Meinen Sie, es wäre spaßhaft, Mademoiselle, wenn Sie als hübsche kleine Leiche mit einem niedlichen kleinen Loch im Kopf statt im Hut im Hotelgarten lägen? Würden Sie auch dann noch lachen?"

„Unirdisches Gelächter, zu hören bei einer Spiritistensitzung", deklamierte Nick. „Doch Scherz beiseite, Ihre Sorge rührt mich wirklich, Monsieur Poirot – trotzdem aber muß es sich um einen Unfall handeln."

„Sie sind so unwahrscheinlich hartnäckig wie Satan persönlich!"

„Daher habe ich ja auch den Namen. Von meinem Großvater behaupteten die Leute, daß er seine Seele Old Nick, dem Teufel, verschrieben habe, und jeder nannte ihn den alten Nick. Er war ein lustiger Mann. Ich betete ihn an, folgte ihm auf Schritt und Tritt, so daß bald die Spitznamen der ‚alte' und der ‚junge Nick' entstanden. In Wirklichkeit heiße ich Magdala."

„Ein ungewöhnlicher Name, Mademoiselle."

„Ja. Doch unsere Familie scheint ihn gepachtet zu haben. Es hat innerhalb der verschiedenen Generationen eine ganze Menge Magdalas gegeben. Das ist ebenfalls eine Magdala." Sie zeigte auf ein Bild an der Wand.

„Ah!" Und auf ein Porträt weisend, das über dem Kamin hing, erkundigte sich mein Freund: „Ist das Ihr Großvater, Mademoiselle?"

„Richtig geraten. Ein ausgezeichnetes Bild, nicht wahr? Jim Lazarus wollte es mir schon abkaufen, doch ich will mich nicht vom alten Nick, den ich so sehr ins Herz geschlossen habe, trennen."

Poirot blickte noch einige Sekunden zu dem Gemälde hinauf und bemerkte dann: „Kehren wir nun zu unserer eigentlichen Angelegenheit zurück, Mademoiselle. Ich flehe Sie an, ernsthaft zu sein. Sie befinden sich in denkbar größter Gefahr. Heute schoß jemand auf Sie mit einer Pistole ..."

„Eine Pistole?" Nun war sie doch bestürzt.

„Ja. Wissen Sie jemanden, der eine Pistole besitzt?"

„Ich habe selber eine." Schon wieder zuckte ein Lächeln um den hübschen Mund. „Ich habe sie von Vater geerbt, der sie aus dem Krieg mitbrachte. Seither liegt sie irgendwo hier herum. Ah, warten Sie, erst vorgestern sah ich sie in jener Schublade."

Sie zeigte auf den antiken Sekretär. Und nun ging sie, wie von einer plötzlichen Idee beherrscht, zu ihm hinüber und zog die Schublade auf.

„Oh!" In ihrer Stimme schwang ein neuer Klang – ängstliche Bestürzung. „Die Pistole ... ist fort, Mr. Poirot."

3

Von diesem Augenblick an änderte sich die Unterhaltung, als seien alle Mißverständnisse plötzlich verschwunden. Eine Kluft von vielen Jahren trennte Poirot und die junge Dame. Sein Ruhm bedeutete ihr gar nichts – sie entstammte einer Generation, die nur die großen Namen der unmittelbaren Gegenwart kennt. Und deshalb schlug sie auch seine Warnungen leichtfertig in den Wind. Sie sah in ihm nur einen komischen, bejahrten Fremden, den die Natur mit einer herrlich melodramatischen Ader ausgestattet hatte.

Diese Einstellung war für Poirot ein Rätsel. Anfänglich litt auch seine Eitelkeit. Er, der in dem felsenfesten Glauben lebte – und diesem Glauben auch unentwegt Ausdruck verlieh –, daß alle Welt Hercule Poirot kenne, begegnete hier einem Menschenkind, das ihn nicht kannte. Sehr heilsam für ihn – wie ich mir insgeheim sagte –, doch im Zusammenhang mit der gegenwärtigen Sachlage bestimmt nicht nützlich.

Mit der Entdeckung der fehlenden Pistole gelangte die Angelegenheit indes auf eine neue Entwicklungsstufe. Nick hörte auf, sie als einen belustigenden Zeitvertreib zu behandeln. Und wenn sie die Situation auch noch immer auf die leichte Schulter nahm, so geschah es, weil sie infolge Gewohnheit und Veranlagung alle Ereignisse leichthin abtat. Dennoch konnte man einen deutlichen Wandel in ihrem Verhalten feststellen.

Sie kam zurück und setzte sich mit gerunzelter Stirn auf die Armlehne eines Sessels. „Das ist seltsam", meinte sie nachdenklich.

Poirot wirbelte zu mir herum und rief: „Erinnern Sie sich, Hastings, als ich zu Ihnen von einer Idee sprach? Nun, sie war perfekt, meine kleine Idee! Nehmen wir mal an, Mademoiselle wäre erschossen im Hotelgarten gefunden worden. Oh, sie hätte dort stundenlang unentdeckt bleiben können, denn nur sehr wenige Leute wählen diesen Weg. Und neben ihr, gerade ihrer Hand entfallen, liegt die eigene Pistole, die zweifellos die gute Madame Ellen wiedererkannt haben würde. Dann wären Andeutungen laut geworden von geheimem Leid und Kummer, von Schlaflosigkeit ..."

Nick strich verlegen über das Sesselpolster. „Das ist wahr. Ich habe tatsächlich Sorgen. Jeder von meinen Freunden versichert mir, daß ich nervös sei. Ja, sie alle sagen ..."

„... und hätten bewirkt, daß der Spruch auf Selbstmord lautete", vollendete Poirot, ohne auf ihre Zwischenbemerkung zu achten. „Mademoiselles Fingerabdrücke, und keine anderen auf dem Pistolengriff – *voilà*, es wäre alles so einfach und überzeugend gewesen!"

„Wie schrecklich amüsant!" rief Miss Buckley, doch es klang nicht, als ob es sie schrecklich amüsierte.

Poirot faßte diese Worte in dem herkömmlichen, gedankenlosen Sinn auf, in dem sie geäußert wurden. „*N'est-ce pas?* Aber Sie verstehen, Mademoiselle, daß es so nicht weitergehen darf. Vier Fehlschläge – ja, aber das fünfte Mal könnte es klappen."

„Dann nur heraus mit dem gut gefederten Leichenwagen!" murmelte Nick.

„Aber wir sind hier, mein Freund und ich, um das Unheil abzuwenden!"

Ein Gefühl der Dankbarkeit überkam mich wegen dieses „wir". Gewöhnlich pflegte Poirot nämlich meine Existenz zu übersehen.

„Ja", mischte ich mich ein. „Sie dürfen sich nicht beunruhigen, Miss Buckley, denn wir werden Sie beschützen."

„Wie unglaublich nett von Ihnen!" lobte Nick. „Das Ganze ist trotz aller Gefahr herrlich. So prickelnd, so erregend!"

Noch immer trug sie ihre leichtfertige, überhebliche Art zur Schau, während ich doch geschworen haben würde, daß auf dem Grunde der veilchenblauen Augen ängstliche Sorge lauerte.

„Und nun müssen wir als erstes zu einer Beratung schreiten", ließ sich Poirot vernehmen. Er setzte sich und lächelte unseren Schützling freundlich an: „Mademoiselle, ich kann Ihnen die althergebrachte Frage nicht ersparen: Haben Sie irgendwelche Feinde?"

Nick Buckley schüttelte energisch den Kopf. „Ich fürchte, nein", sagte sie im Ton des Bedauerns.

„*Bon.* Dann werden wir diese Möglichkeit ausschalten. Und jetzt kommt die in Kinos und Detektivromanen übliche Frage: Wer zieht aus Ihrem Tod Nutzen, Mademoiselle?"

„Da kann ich mir beim besten Willen niemanden vorstellen, und deshalb kommt mir das alles auch recht unsinnig vor. Sehen Sie, da ist dieser greuliche, alte Kasten, aber mit Hypotheken bis zum Schornstein belastet, baufällig, mit undichtem Dach. Und eine Goldader oder etwas ähnlich Kostbares kann doch in den dazugehörigen Klippen nicht verborgen sein."

„So, das Haus ist belastet?"

„Ja. Was blieb mir anderes übrig? Zwei Todesfälle, verhältnismäßig kurz hintereinander. Zuerst starb mein Großvater, genau vor sechs Jahren, und bald darauf mein Bruder. Das gab meinen Finanzen den Rest."

„Und Ihr Vater?"

„Er kam schwer verwundet aus dem Krieg heim, zog sich eine Lungenentzündung zu und starb. Meine Mutter starb, als ich noch ein Wickelkind war. Ich lebte hier mit Großvater. Er und Vater vertrugen sich nicht, was mich nicht wunderte, und meinem Vater kam es gelegen, mich hierlassen zu können; so konnte er unbeschwert seinem Reisedrang nachgeben. Gerald – mein Bruder – vertrug sich gleichfalls nicht mit Großvater, und wenn ich ein Junge gewesen wäre, hätte ich mich wohl auch nicht mit ihm vertragen. Von mir pflegte Großvater oft zu sagen, daß ich ganz wie Vater sei und seinen Charakter geerbt habe." Sie lachte. „Er war, glaube ich, ein alter Taugenichts, aber sehr vom Glück begünstigt. Hierzulande sagte man von ihm, daß alles, was er anfaßte, zu Gold würde. Da er jedoch ein leidenschaftlicher Spieler war, zerrann ihm alles schnell wieder unter den Fingern, und bei seinem Tod hinterließ er außer dem Haus und dem dazugehörigen Grundstück kaum etwas. Ich war, als er starb, gerade sechzehn und Gerald zweiundzwanzig. Vor drei Jahren wurde Gerald bei einem Autounglück getötet, und der Besitz ging an mich über."

„Und nach Ihnen, Mademoiselle? Wer ist Ihr nächster Verwandter?"

„Mein Vetter Charles. Charles Vyse, Rechtsanwalt in St. Loo. Gutmütig und vertrauenswürdig, aber ziemlich einfältig. Er gibt mir vortreffliche Ratschläge und bemüht sich, meine verschwenderischen Neigungen auszugleichen."

„Er erledigt für Sie Ihre geschäftlichen Angelegenheiten, wie?"

„Ja ... wenn Sie es so nennen wollen. Bei mir gibt es jedoch nicht viel zu erledigen. Er handelte für mich die Hypotheken aus und vermietete das Pförtnerhäuschen."

„Ah, danach wollte ich mich gerade erkundigen! Es ist also vermietet?"

„Ja, an Australier. Croft heißen sie. Bedrückend in ihrer Liebenswürdigkeit. Ständig beschenken sie mich mit Sellerie, frühen Erbsen, zartem Salat und dergleichen. Sie sind entsetzt darüber, wie ich den Garten verwahrlosen lasse, und Mr. Croft fällt mir mit seinen Belehrungen und Anregungen oft auf die Nerven. Aber wie sich wehren, wenn alles in überströmender Freundlichkeit vorgebracht wird? Mrs. Croft, die Arme, ist ein Krüppel und liegt den ganzen Tag auf dem Sofa. Aber sei's, wie es sei – sie bezahlen pünktlich die Miete, und das ist die Hauptsache."

„Wie lange sind sie schon hier?"

„Ungefähr sechs Monate."

„Nun zu Ihrem Vetter – übrigens, stammt er von der Seite Ihres Vaters oder von Ihrer Mutter?"

„Von Mutters. Sie hieß als Mädchen Amy Vyse."

„*Bien!* Haben Sie außer diesem Vetter noch andere Verwandte?"

„In Yorkshire etliche Vettern und Kusinen zweiten, dritten Grades – Buckleys."

„Sonst niemand?"

„Nein."

„Dann ist es sehr einsam für Sie."

Nick sah überrascht auf. „Einsam? Welch ein drolliger Einfall! Die meiste Zeit des Jahres bin ich in London. Und

Verwandte, wissen Sie, sind in der Regel verheerend. Sie mischen sich in alles und jedes, erziehen, mahnen. Es ist viel angenehmer, allein zu stehen."

„Dann will ich mein Mitgefühl nicht unnütz verschwenden, Mademoiselle, Sie sind eben eine durch und durch moderne junge Frau. Nun bitte zu Ihrem Haushalt."

„Oh, Monsieur Poirot, wie großartig das klingt! Ellen ist der Haushalt. Und ihr Mann, der den Garten besorgt – nicht allzu gut. Weil ich ihnen erlaubt habe, ihr Kind bei sich zu haben, bezahle ich ihnen herzlich wenig Lohn. Ellen sorgt für mich, wenn ich hier bin, und wenn ich einmal Gäste habe, dann nehmen wir uns für den Tag irgendeine Hilfskraft hinzu, die wir gerade aufgabeln können. Übrigens gebe ich Montag eine Party. Es ist die Regattawoche, wissen Sie."

„Montag – und heute ist Sonnabend. Ja, ja. Und weiter, Mademoiselle, Ihre Freunde? Zum Beispiel die, mit denen Sie heute im Hotel aßen?"

„Freddie Rice, die helle Blondine, ist eigentlich meine beste Freundin. Sie hat es gar nicht leicht. Mit einer wahren Bestie verheiratet – einem Kerl, der trinkt und Rauschgift nimmt und überhaupt ein Schuft schlimmster Sorte ist. Vor einem Jahr etwa hat sie ihn verlassen, und seitdem lebt sie nur so in den Tag hinein. Ich wollte, weiß Gott, sie erreichte die Scheidung und heiratete Jim Lazarus."

„Lazarus? Den Kunsthändler in der Bond Street?"

„Ja. Jim ist der einzige Sohn. Schwimmt natürlich im Geld. Haben Sie seinen Wagen gesehen? – Er ist ein sehr anständiger Mensch und Freddie ehrlich zugetan. Überall sieht man sie zusammen. Über das Wochenende wohnen sie im Majestic, und am Montag werden sie auch unter meinen Gästen sein."

„Und Mrs. Rices Gatte?"

„Der Schurke! Er hat alle Brücken hinter sich abgebrochen. Niemand weiß, wo er steckt. Und das verschlimmert

Freddies Lage, weil man, um eine Scheidung voranzutreiben, doch wissen muß, wo der Ehemann sich aufhält."

„Fraglos, Mademoiselle."

„Arme Freddie!" sagte Nick versonnen. „Einmal hatte sie ihn ausfindig gemacht, ihm alles klargelegt, worauf er sagte, daß er einwilligen möchte, jedoch so knapp bei Kasse sei, daß er es sich nicht einmal leisten könne, eine Frau ins Hotel einzuladen. Darauf rückte Freddie alles heraus, was sie hatte – und er nahm es und verduftete. Seit jenem Tag hat niemand wieder etwas von ihm gehört. Prächtiges Mittel, sich Geld zu verschaffen!"

„Gerechter Himmel!" rief ich aus.

„Mein Freund Hastings ist ganz schockiert", bemerkte Hercule Poirot. „Sie müssen Ihre Worte abwägen, Mademoiselle. Er ist erst unlängst aus den weiten, unendlichen Pampas zurückgekehrt und hat sich noch nicht an unsere Breitengrade gewöhnt."

„Ist das ein Grund, schockiert zu sein?" Nick blickte mich mit ihren großen blauen Augen verdutzt an. „Ich meine doch, jeder weiß, daß es solche Burschen gibt. Trotzdem nenne ich es einen hundsgemeinen Trick. Die arme Freddie war damals in einer solchen Geldklemme, daß sie überhaupt nicht wußte, wie es weitergehen sollte."

„Ja, ja, eine unangenehme Geschichte. Und Ihre übrigen Freunde, Mademoiselle? George Challenger?"

„George? ... George kenne ich schon von Kindesbeinen an – oder wenigstens seit fünf Jahren", schränkte sie ein. „Eine gute Seele, der George."

„Er möchte Sie heiraten, nicht wahr?"

„Hin und wieder erwähnt er es. So in den frühen Morgenstunden oder nach dem zweiten Glas Portwein."

„Aber Sie lassen sich nicht darauf ein."

„Warum sollten George und ich heiraten? Wir sind doch beide arm wie Kirchenmäuse. Und außerdem kann George gräßlich langweilig sein. Er klebt derart am Althergebrachten ... er ist noch von der alten Garde. Kein Wunder, er ist ja auch fast vierzig."

Die Bemerkung fuhr mir wie ein Stich ins Herz.

„Gewiß, dann steht er ja auch schon mit einem Fuß im Grabe", sagte Poirot, ohne eine Miene zu verziehen. „O nein, Mademoiselle, Sie haben mich nicht verletzt! Ich bin bereits Großpapa ... Und jetzt erzählen Sie mir mehr über diese Unfälle. Über das Bild vielleicht."

„Es ist wieder aufgehängt worden. Wenn Sie wollen, können Sie es besichtigen."

Sie war bereits aufgestanden, um uns in das Schlafzimmer zu führen. Das fragliche Gemälde, ein Ölbild in einem breiten, schweren Rahmen, hing über dem Kopfende des Bettes.

„Sie erlauben, Mademoiselle?" sagte Poirot, indem er die Schuhe abstreifte und auf das Bett kletterte. Er untersuchte sowohl das Bild als auch den Draht und prüfte bedächtig das Gewicht. „Wem das auf den Kopf fällt, der ist geliefert", lautete sein Urteil. „Hing es vorher ebenfalls an einem Draht?"

„Ja, Monsieur Poirot. Aber der war nicht so dick. Es schien mir nach den Erfahrungen richtiger, einen stärkeren anzubringen."

„Das ist sehr klug. Haben Sie sich die Bruchstellen angesehen? Waren die Enden abgenutzt?"

„Ich denke wohl. Aber ich muß offen gestehen, daß ich nicht sonderlich darauf achtete. Welchen Grund hätte ich gehabt?"

„Sehr richtig bemerkt. Nichtsdestoweniger möchte ich jenes Drahtstück gern mal in Augenschein nehmen. Es liegt sicher noch irgendwo im Haus."

„Ich fürchte, der Handwerker, der den neuen Draht befestigte, wird den alten in den Abfall geworfen haben."

„Schade! Ich hätte ihn sehr gern gesehen."

„Sie glauben also nicht, daß es ein Unfall war, Monsieur Poirot?"

„Schwer zu beurteilen, Mademoiselle. Die Beschädigung an den Bremsen Ihres Autos können Sie jedenfalls nicht als Unfall auslegen. Und der Stein, der die Klippe hinabrollte? – Würden Sie mir die Stelle, wo das geschah, zeigen?“

Bereitwillig ging Nick mit uns in den Garten und von dort zum Klippenrand. Blau flimmerte und glitzerte die See unter uns. Ein holperiger Pfad führte an der Felswand abwärts. Nick gab uns eine ausführliche Schilderung des Vorfalls, und Hercule Poirot nickte stumm. Dann fragte er: „Wie viele Zugänge hat Ihr Garten, Mademoiselle?“

„Den Vordereingang, an der Pförtnerwohnung vorbei, kennen Sie. Dann ist da noch ein Eingang für Lieferanten – ein Mauerpförtchen. Ferner gibt's noch eine Gattertür hier geradeaus auf dem Klippenrand; durch sie gelangt man auf einen Zickzackpfad, der von der Bucht zum Hotel Majestic führt. Und dann kann man natürlich schnurstracks durch eine Lücke in der Hecke in den Garten des Majestic gelangen. Das ist der Weg, den ich heute vormittag gegangen bin. Auch wenn man zur Stadt will, schneidet man auf diese Art ein beträchtliches Stück ab.“

„Und wo arbeitet Ihr Gärtner meistens?“

„Er werkelt meistens im Gemüsegarten herum, oder er hockt unter dem Vorwand, die Schere schärfen zu müssen, im Geräteschuppen.“

„Mithin auf der anderen Seite des Hauses, so daß er es kaum bemerken würde, wenn sich jemand hierherschleichen und einen Felsbrocken lösen würde.“

Nick erschauerte. „Meinen Sie immer noch, daß dies der wahre Sachverhalt ist? Ich wage Ihnen natürlich nicht zu widersprechen, Monsieur Poirot, wenngleich das Ganze mir so sinnlos erscheint.“

Mein Freund holte die Kugel hervor. „Dies hier war keinesfalls sinnlos, Mademoiselle“, sagte er.

„Das kann nur ein Verrückter gewesen sein.“

„Möglich. Das Thema ‚Sind etwa alle Verbrecher verrückt?' würde übrigens einen fesselnden Unterhaltungsstoff nach einem guten Dinner abgeben. Vielleicht sind ihre kleinen grauen Zellen wirklich nicht recht auf der Höhe – ja, es ist wohl anzunehmen. Doch das ist eine Frage für die Mediziner. Ich habe andere Aufgaben. Ich habe an den Unschuldigen zu denken, nicht an den Schuldigen; an das Opfer und nicht an den Täter. Mit Ihnen beschäftige ich mich jetzt, Mademoiselle, nicht mit Ihrem unbekannten Feind. Sie sind jung, Sie sind schön; und die Sonne lacht, und die Welt ist verlockend – das ganze Leben, die Liebe, das liegt alles noch vor Ihnen. Daran denke ich, Mademoiselle. Sagen Sie, sind Ihre Freunde Mrs. Rice und Mr. Lazarus schon lange hier?"

„Freddie verbringt seit Mittwoch mit Bekannten ein paar Tage in Tavistock und machte gestern von dort einen Abstecher hierher. Jim ist, wenn ich nicht irre, auf der Durchfahrt."

„Und George Challenger?"

„Er wohnt in Devonport, kommt aber, sooft er kann, herüber. Zum Wochenende eigentlich regelmäßig."

Wieder nickte Poirot. Und dann gingen wir langsam in nachdenklichem Schweigen zum Haus zurück.

„Haben Sie eine Freundin, der Sie vollkommen vertrauen können, Mademoiselle?" fragte mein Freund plötzlich.

„Freddie."

„Außer Mrs. Rice."

„Außer ... Ich weiß nicht ... Warum?"

„Weil ich möchte, daß eine Freundin Ihnen Gesellschaft leistet – und zwar sofort."

„Oh!" – Nick starrte ins Leere, offensichtlich wenig erbaut von diesem Vorschlag. Trotzdem dachte sie nach. „Maggie käme wohl auch in Frage", meinte sie zögernd.

„Wer ist Maggie?"

„Eine meiner Kusinen aus Yorkshire. Eine große Familie, der Vater ist Geistlicher. Maggie ist so alt wie ich, besucht mich fast jeden Sommer, obwohl ich, um ganz ehrlich zu sein, diese Besuche nicht als Vergnügen empfinde. Die gute Maggie ist so ein überaus unschuldiges Mädchen. Im stillen hatte ich gehofft, daß ich dieses Jahr von Maggies Besuch verschont bleiben würde."

„Aber nein, Mademoiselle!" ereiferte sich Hercule Poirot. „Ihre Kusine eignet sich ausgezeichnet für meine Zwecke. Genau so eine Person schwebt mir vor."

„Also gut!" seufzte Nick. „Ich werde ihr telegrafieren, um so mehr, als ich nicht wüßte, wen ich sonst auftreiben könnte. Jeder hat doch jetzt schon seine Verabredungen getroffen, jeder ist bereits vergeben. Aber wenn nicht etwa der Ausflug des Kirchenchors oder eine ähnliche hochwichtige Angelegenheit sie zurückhält, wird Maggie sicher kommen. Was Sie allerdings von ihr erwarten ..."

„Können Sie es einrichten, daß sie mit in Ihrem Zimmer schläft?"

„Weshalb nicht?"

„Und Miss Maggie würde nicht denken, daß dies eigentlich ein seltsames Ansinnen ist?"

„Maggie denkt und überlegt niemals. Dafür widmet sie sich mit Treue und Ausdauer den Werken der christlichen Nächstenliebe. Also abgemacht, ich werde sie telegrafisch für Montag herbitten."

„Warum nicht für morgen?"

„Mit Sonntagszügen? Wenn ich ihr dergleichen zumute, wird sie glauben, ich läge im Sterben. Nein, lassen wir es bei Montag. Wollen Sie Maggie über das furchtbare Schicksal, das mich bedroht, aufklären, Monsieur Poirot?"

„Sind Sie immer noch zum Scherzen aufgelegt? Sie haben Mut, Mademoiselle, und das freut mich."

„Es ist doch immerhin eine Ablenkung", sagte Nick.

Irgend etwas in diesem Satz ließ mich aufhorchen, und ich warf ihr einen forschenden Blick zu. Hatte sie sich uns nicht restlos anvertraut? Irgendein Geheimnis noch für sich behalten?

Als wir in das Wohnzimmer zurückgekehrt waren, nahm Poirot zerstreut die Zeitung vom Sofa. „Lesen Sie sie regelmäßig, Mademoiselle?" erkundigte er sich.

„Den *St. Loo Herald*? Nein, eigentlich nicht. Ich hatte ihn aufgeschlagen, um mich über die Flutzeiten zu orientieren, die jede Woche veröffentlicht werden."

„Ah, ich verstehe. Haben Sie übrigens jemals ein Testament gemacht?"

„Ja. Vor sechs Monaten. Kurz vor meiner Operation."

„Ihrer Operation?"

„Blinddarm. Einer meiner Freunde behauptete, ich müßte eine testamentarische Verfügung treffen. Das tat ich und kam mir ungeheuer wichtig dabei vor."

„Und die Bestimmung dieses Testaments?"

„Das Endhaus vermachte ich Charles. Was sonst noch da war – wenig genug –, bestimmte ich für Freddie. Aber wahrscheinlich würden die Verbindlichkeiten – ich glaube, das ist der Fachausdruck – die Nachlaßmasse überstiegen haben."

Poirot äußerte sich hierzu nicht. Nachdem er eine Weile das Teppichmuster angestarrt hatte, erhob er sich und sagte: „Ich möchte mich jetzt verabschieden, Mademoiselle. *Au revoir!* Nehmen Sie sich in acht!"

„Sie übertreiben."

„Sie sind klug. Ja, da haben wir den schwachen Punkt: Nach welcher Seite sollen Sie Vorsicht walten lassen? Wer könnte das schon sagen? Aber haben Sie Vertrauen, Mademoiselle. In wenigen Tagen werde ich die Wahrheit aufgedeckt haben."

„Bis dahin Vorsicht vor Gift, Bomben, Schüssen, Autounfällen und Pfeilen, die in das geheime Gift der südamerikanischen Urwaldindianer getaucht wurden!" ergänzte Nick schlagfertig.

„Spotten Sie nicht über sich selbst, Mademoiselle“, rügte Poirot ernst, während er zur Tür schritt.

Doch auf der Schwelle zögerte er kurz. „Welchen Preis bot Ihnen übrigens Mr. Lazarus für das Porträt Ihres Großvaters?“

„Fünfzig Pfund.“

„Ah!“ Die Blicke meines Freundes suchten das nachgedunkelte, finstere Gesicht über dem Kamin.

„Aber wie ich Ihnen sagte, will ich mich von dem alten Herrn nicht trennen.“

„Das verstehe ich vollkommen, Mademoiselle!“ Und mit dieser Versicherung schritt Hercule Poirot endgültig hinaus.

4

„Poirot“, begann ich, sobald wir den grasbewachsenen Weg erreicht hatten, „da ist noch ein Punkt, über den ich Sie nicht im unklaren lassen möchte.“

„Und das wäre, *mon ami*?“

Ich erzählte ihm, welche Ansicht Mrs. Rice hinsichtlich der schadhaften Bremse und des dadurch verursachten Autounfalles hegte.

„*Tiens!* Das ist interessant. Freilich gibt es eine gewisse Sorte von Menschen, eitel und hysterisch, die, um von sich reden zu machen, allerlei wunderbare Rettungen aus Todesnot erleben und Ihnen die erstaunlichsten Histörchen auftischen, die sich niemals ereignet haben können. Solche Leute fügen sich sogar schwere körperliche Schäden zu, um die Fabel zu unterstreichen.“

„Sie vermuten doch nicht, daß...“

„Daß wir Mademoiselle Nick in diese Gruppe einreihen

müssen? Nein, das nicht, Hastings. Denken Sie doch, welche Schwierigkeiten es uns kostete, sie von der ihr drohenden Gefahr zu überzeugen! Und bis zum Schluß verschanzte sie sich hinter der Maske halb spöttischen Unglaubens. Dieses Mädchen ist ein Musterbeispiel der heutigen jungen Generation. Mrs. Rices Darlegung verliert dadurch jedoch keineswegs an Interesse. Was könnte sie veranlaßt haben, das zu sagen? Und warum sollte sie es sagen, selbst wenn es der Wahrheit entspräche? Es war unnötig – beinahe ungeschickt und taktlos."

„Ja", erwiderte ich, „Sie haben recht. Sozusagen an den Haaren zerrte sie es in die Unterhaltung – ohne triftigen Grund, soweit ich urteilen konnte."

„Das ist sonderbar. Bei Gott, das ist sonderbar. Aber ich begrüße es immer mit Freude, wenn solch sonderbare Nebenumstände auftauchen – sie weisen den Weg."

„Den Weg – wohin?"

„Mein trefflicher Hastings. Sie legen Ihren Finger auf die wunde Stelle! Wohin? Wohin? ..."

„Warum bestanden Sie darauf, daß Miss Nicks Kusine ins Haus kommt, Poirot?"

Mein Freund hielt im Gehen inne und bewegte den Zeigefinger aufgeregt durch die Luft. „Überlegen Sie doch, Hastings. Wie sind wir behindert! Wie sind uns die Hände gebunden! – Einem Mörder nachjagen, nachdem das Verbrechen begangen wurde, ist ein Kinderspiel, zum mindesten für einen Mann von meiner Behendigkeit. Durch die Ausführung des Verbrechens hat der Mörder sozusagen mit seinem Namen unterzeichnet. Aber in unserem Fall liegt kein Verbrechen vor – und, was viel bedeutender ist, wir wünschen es nicht. Und ein Verbrechen zu entdecken, bevor es zur Ausführung gelangt – nun, vor solcher Schwierigkeit hat selten ein Detektiv gestanden.

Was ist unser Hauptziel?" fuhr er in seinem schwungvollen Vortrag fort. „Die Sicherheit Mademoiselles. Und das ist nicht leicht, mein lieber Hastings. Wir können sie nicht Tag und Nacht bewachen; wir können noch nicht einmal einen tüchtigen Polizisten vor ihrer Tür postieren, damit er sie bewacht, und ebensowenig können wir die Nacht ja im Schlafzimmer einer jungen Dame zubringen, so daß die Angelegenheit von Schwierigkeiten förmlich strotzt.

Aber eines konnten wir dennoch: dem Mörder Hindernisse in den Weg legen, indem wir Mademoiselle warnten und ihr eine völlig unparteiische Zeugin beigesellten. Um diese beiden Hindernisse zu nehmen, dazu bedarf es eines sehr geschickten Menschen."

Er machte eine Pause und sagte hierauf in ungewohnt zaghaftem Ton: „Aber wissen Sie, was ich fürchte, Hastings?"

„Nun?"

„Daß er sehr geschickt sein wird. Und dieses Gefühl läßt mir keine Ruhe. Wirklich, Hastings, unter einer derartigen Unruhe habe ich noch nie gelitten."

„Poirot, Sie machen mich ja ganz nervös!" rief ich aus.

„Nervös? Meinen Sie, ich sei es nicht? – Hören Sie, mein Freund, jene harmlose Zeitung auf der Sofalehne, der *St. Loo Herald*, war aufgeschlagen und umgeknickt – nun, an welcher Stelle wohl? Dort, wo eine kleine Rubrik das Folgende besagte: ‚Unter den Gästen, die im Hotel Majestic Wohnung genommen haben, befinden sich Mr. Hercule Poirot und Captain Hastings.' Angenommen, daß jemand diese Notiz las? ... Man kennt doch meinen Namen, jeder kennt ihn –"

„Miss Buckley kannte ihn nicht", fiel ich ihm mit einem Grinsen ins Wort.

„Sie ist ein Wirrkopf – sie zählt nicht", schnauzte mein Freund. „Ein ernster Mensch jedoch, ein Übeltäter noch dazu, kennt ihn. Und er wird erschrecken, sich wundern, wird Fragen stellen. Dreimal hat er einen Mordversuch unternommen, und jetzt taucht Hercule Poirot in der Nachbarschaft auf. ‚Ist das ein zufälliges Zusammentreffen?' bohrt die Frage in ihm. Die Furcht wird ihn überkommen, daß es kein Zufall ist. Und dann?"

„Dann macht er sich aus dem Staub."

„Ja – oder er holt, wenn er wirklich verwegen genug ist, blitzschnell, ohne Zeitverlust, zum Schlag aus. Noch ehe es mir möglich ist, Nachforschungen anzustellen, liegt Mademoiselle schon tot am Boden. So würde der kühne Verbrecher handeln."

„Aber warum glauben Sie denn, daß eine andere Person als Miss Buckley die Notiz las?"

„Miss Buckley las sie bestimmt nicht. Als ich meinen Namen erwähnte, sagte er ihr nichts, war ihr nicht einmal bekannt. Haben Sie nicht ihr Gesicht beobachtet? Außerdem bemerkte sie später, daß sie nur wegen der Flutzeit einen Blick in die Zeitung werfe. Und auf jener Seite war keine Gezeitentafel."

„Sie meinen, Poirot, jemand im Haus ..."

„Jemand im Haus oder jemand, der Zutritt zu ihm hat. Wie Sie sich wohl erinnern, Hastings, stand das Fenster offen – also eine Kleinigkeit für einen Fremden, ganz abgesehen davon, daß Miss Buckleys Freunde dort ein und aus gehen."

„Haben Sie einen bestimmten Verdacht?"

„Nichts!" Poirot breitete mit vielsagender Geste beide Hände aus. „Meine Feststellung, daß das Motiv zu dem Mordanschlag nicht offenkundig sein kann, bewahrheitet sich. Das gewährleistet die Sicherheit des Täters, das gestattet ihm, so dreist vorzugehen wie heute vormittag. Dem Anschein nach ist klar, daß niemand einen Grund hat, Nicks Tod zu wünschen. – Der Besitz? Gewiß, der geht an den Vetter über, der jedoch das verschuldete und baufällige Haus sicher nicht als einen fetten Bissen betrachtet. Familiensinn kann es auch nicht sein, da der Testamentsvollstrecker nicht Buckley, sondern Vyse heißt. Trotzdem werden wir ihm ein wenig auf den Zahn fühlen ... Dann ist da noch Madame – die Busenfreundin – mit dem Aussehen einer Madonna ..."

„Was? Sie hatten den Eindruck auch?" rief ich.

Poirot schenkte meinem Zwischenruf keine Beachtung. „Welchen Anteil hat sie an der Sache?" redete er weiter. „Sie versicherte Ihnen, daß ihre Freundin Nick eine Lügnerin ist. *C'est gentil, ça!* Weshalb sagte sie Ihnen das? Befürchtete sie, daß Nick etwas ausplaudern könnte? Hängt dieses Etwas mit dem Auto zusammen? Oder führte sie dies als Beispiel an, während ihre wirkliche Furcht einen anderen Grund hatte? Hat sich jemand in verbrecherischer Absicht an dem Wagen zu schaffen gemacht, und wer? Und weiß sie Näheres darüber? – Dann dieser schöne Jüngling, Mr. Lazarus. Welchen Platz soll man ihm zuweisen? Mit seinem protzigen Wagen und seinem vielen Geld. Hat er seine Hände irgendwie mit im Spiel? – Commander Challenger –"

„– ist makellos", schnitt ich ihm das Wort ab. „Dafür möchte ich mich verbürgen. Ein Gentleman vom Scheitel bis zur Sohle."

„Zweifellos hat er das, was Sie eine gute Kinderstube und gesellschaftliche Formen nennen. Ich jedoch, der Ausländer, lasse mich von diesen Eigenschaften weniger beeindrucken und in meiner Untersuchung auch nicht beeinflussen. Aber ich gestehe Ihnen gern, daß es auch mir schwerfällt, George Challengers Persönlichkeit mit dem Fall in Zusammenhang zu bringen."

„Nein, er kann nichts damit zu tun haben", sagte ich voll Wärme.

Hercule Poirot betrachtete mich grübelnd von der Seite. „Hastings, Sie üben auf mich eine ungewöhnliche Wirkung aus; Sie haben nämlich einen so ausgeprägten Riecher für die falsche Richtung, daß ich beinahe versucht bin, sie zu befolgen. Sie sind voll und ganz jener treffliche Typ, der – ehrlich, gutgläubig, rechtschaffen – unweigerlich jedem Schurken ins Garn geht; der sein redlich erworbenes Geld in zweifelhaften Ölgeschäften oder nicht vorhandenen Goldadern anlegt. Von so netten Menschen, wie Sie es sind, leben diese Schwindler. Ah, unbedingt werde ich diesen Challenger studieren – Sie, Hastings, haben meine Zweifel geweckt."

„Mein lieber Poirot", erregte ich mich, „Sie sind wirklich verdreht! Ein Mann, der in der Welt herumgekommen ist wie ich –"

„– lernt niemals", sagte mein Freund mit traurigem Kopfschütteln. „Es ist erstaunlich – aber es verhält sich so."

„Meinen Sie, ich hätte mit meiner Farm in Argentinien Erfolg gehabt, wenn ich ein so gutgläubiger Trottel wäre, wie Sie glauben?"

„Regen Sie sich nicht auf, *mon cher*. Sie haben einen großen Erfolg drüben gehabt – Sie und Ihre Gattin."

„Bella läßt sich immer durch mein Urteil leiten."

„Sie ist so klug, wie sie reizend ist", entgegnete Poirot. „Warum wollen wir uns streiten, mein Freund? Sehen Sie, dort vor uns liegt die Garage des besagten Mott, mithin die Garage, die Miss Buckley erwähnte. Einige diskrete Fragen werden uns der Wahrheit über jenen kleinen Autounfall bestimmt näherbringen."

Also suchten wir den Garagenbesitzer auf, dem Poirot erklärte, daß ihn Miss Buckley hierherempfohlen habe. Er erkundigte sich, ob er für einige Nachmittagsausflüge einen Wagen mieten könne, und kam von diesem Gespräch unmerklich auf die Erörterung des Schadens, den Miss Buckleys Wagen vor kurzer Zeit erlitten hatte. Sofort öffneten sich die Schleusen von Mr. Motts Beredsamkeit, und mit einem gewaltigen Wortschwall beteuerte er, daß ihm so etwas noch nie vorgekommen sei. Nie, in seinem ganzen Leben! Hierauf ging Mr. Mott dazu über, uns die technischen Einzelheiten auseinanderzusetzen, und obwohl weder Poirot noch ich sonderliche Fachkenntnisse besaßen, kamen wir doch zu der Einsicht, daß jemand sich an dem Wagen zu schaffen gemacht hatte.

„So steht es also damit", knurrte Poirot grimmig, als wir davonschlenderten. „Die kleine Nick hatte recht und der reiche Mr. Lazarus unrecht. Hastings, mein Freund, das gibt zu denken!"

„Womit werden wir nun beginnen?"

„Dem Postamt einen Besuch abstatten und ein Telegramm abschicken, falls es nicht schon zu spät ist."

„Ein Telegramm?"

„Jawohl, ein Telegramm", wiederholte Hercule Poirot mit verstockter Einsilbigkeit.

Die Post hatte ihre Schalter noch nicht geschlossen, und Poirot füllte ein Formular aus und reichte es dem Beamten, ohne mich über den Inhalt oder den Empfänger zu unterrichten. Und da ich fühlte, daß mein Freund nur auf eine Frage von mir wartete, hütete ich mich, ihm diesen Gefallen zu tun.

„Ärgerlich, daß morgen Sonntag ist", bemerkte er auf dem Heimweg zum Hotel. „Wir müssen unseren Besuch bei Mr. Vyse daher leider bis Montag verschieben."

„Vielleicht gelingt es Ihnen, seine Privatadresse in Erfahrung zu bringen."

„Gelingen, gewiß. Doch gerade das möchte ich unbedingt vermeiden. Ich würde vorziehen, ihn vorerst beruflich um Rat zu fragen und mir von diesem Gesichtspunkt aus ein Urteil über ihn zu bilden."

„Vielleicht wäre es das beste", pflichtete ich bei.

„Die Antwort auf eine schlichte, kleine Frage würde zum Beispiel schon sehr ausschlaggebend sein. Wenn Mr. Charles Vyse heute um zwölf Uhr dreißig in seinem Büro saß, war er es gewiß nicht, der den Schuß im Hotelgarten abfeuerte."

„Sollten wir nicht auch die Alibis der drei im Majestic nachprüfen?"

„Das ist bedeutend schwieriger. Wie leicht kann sich der eine oder andere für ein paar Minuten von den übrigen getrennt haben! Ein hastiges Verschwinden aus einem der zahlreichen Fenster – Rauchzimmer, Halle, Schreibsalon –, im Schutz der Bäume und Sträucher zu der Stelle, wo Miss Nick vorüber muß, den Schuß abfeuern und sofort zu den zwei anderen zurückeilen ...! Aber bislang haben wir noch keineswegs die Gewißheit, daß wir auf alle Mitspieler in dem Drama gestoßen sind. Wie steht's mit der bescheidenen Ellen – und ihrem bisher unsichtbaren Ehemann? Beides Hausgenossen, und möglicherweise mit irgendeinem Groll im Herzen gegen unsere kleine Nick. Ferner dürfen wir die unbekannten Australier in der Pförtnerwohnung nicht übersehen. Und da mögen noch mehr sein, Freunde und Bekannte von Miss Buckley, gegen die sie keinen Argwohn hegt und die sie daher nicht erwähnte. Eine innere Stimme raunt mir zu, daß hinter allem etwas steckt, das noch nicht ans Tageslicht gekommen ist. Ich habe auch das Gefühl, daß Miss Buckley mehr weiß, als sie uns erzählte."

„Sie wollen sagen, Poirot, daß sie eine Information zurückhält?"

„Ja."

„Vielleicht in dem Bestreben, die Person, nach der wir fahnden, zu decken?"

Hercule Poirot schüttelte nachdrücklich den Kopf. „Nein, nein. In dieser Hinsicht – ich meine in bezug auf diese Attentate – gewann ich den Eindruck, daß sie uns nichts verschwieg. Doch da ist noch etwas anderes hinter den Dingen – etwas, von dem unsere kleine Nick glaubt, daß es nichts mit den sogenannten Unfällen zu tun hat. Und ich möchte erfahren, was es ist. Denn ich – das sage ich, ohne mich zu brüsten! – bin ganz sicher scharfsinniger als ein nettes quirliges Frauenzimmer. Ich sähe vermutlich dort einen Zusammenhang, wo sie keinen sieht, und hätte den Schlüssel, nach dem ich suche. Ja, ich gestehe es offen und ehrlich, Hastings, daß ich vorläufig im dicksten Nebel dahintaste, und solange ich nicht in diesem Nebelgrau den Schimmer eines Motivs erspähe, werden wir nicht vorankommen. Es gibt in diesem Fall eine geheime Triebkraft, die ich noch nicht erfassen kann."

„Sie werden es herausfinden, Poirot", beschwichtigte ich.

„Wenn ich es nur nicht zu spät herausfinde!" erwiderte er düster.

5

Am Abend war Tanz im Hotel. Nick Buckley erschien mit ihren Freunden zum Dinner und winkte uns einen fröhlichen Gruß zu.

Sie trug ein duftiges, rotes Chiffonkleid, das auf dem Boden nachschleppte, und aus der roten Hülle hoben sich schneeweiß der Nacken und die Schultern und ihr dunkles Haar ab.

„Ein betörender kleiner Teufel!" bemerkte ich. „Der Gegensatz zu ihrer Freundin, wie?"

Frederica Rice war in Weiß gekleidet und tanzte mit einer trägen, müden Grazie, die sich von Nicks Lebendigkeit unterschied wie Wasser von Feuer.

„Sie ist schön", hörte ich Poirot plötzlich sagen.

„Wer? Unsere Nick?"

„Nein, die andere. Ist sie gut? Ist sie böse? Ist sie nur unglücklich? Unmöglich, das jetzt zu erkennen. Sie ist ein Rätsel – oder, vielleicht, nichts von alldem."

Und damit erhob er sich zu meiner Überraschung. Nick

tanzte mit George Challenger, während Frederica und Lazarus gerade an ihren Tisch zurückkehrten. Jim Lazarus war schon gegangen, als Poirot geradewegs auf die allein gebliebene Mrs. Rice zuschritt. Ich folgte ihm.

Diplomatische Winkelzüge und Umschweife gehörten nicht zu seinen Methoden.

„Sie erlauben?" Er legte die Hand auf die Rückenlehne des freien Sessels und war in der nächsten Sekunde auch schon hineingeglitten. „Ich würde gerne einige Worte mit Ihnen wechseln, während Ihre Freundin tanzt."

„Ja?" Ihre Stimme klang kühl und teilnahmslos.

„Madame, ich weiß nicht, ob Ihre Freundin es Ihnen erzählt hat. Wenn nicht, will ich es nachholen: Heute wurde ein Mordanschlag auf sie verübt."

Fredericas graue Augen weiteten sich vor Entsetzen und Überraschung. „Wie soll ich das verstehen, Monsieur?"

„Im Garten dieses Hotels wurde auf Mademoiselle Buckley geschossen."

Sie lächelte plötzlich – ein sanftes, mitleidiges, nachsichtiges Lächeln. „Hat Nick Ihnen das erzählt?"

„Nein, Madame. Ich sah es selbst. Hier ist die Kugel." Unwillkürlich schreckte sie ein wenig zurück, als er ihr das kleine, runde Ding hinhielt.

„Aber dann ... aber ..."

„Es handelt sich also nicht um eine Erfindung Mademoiselles, das kann ich beeiden. Und außerdem haben sich in den letzten Tagen verschiedene seltsame Unfälle ereignet. Sie werden es wissen, Madame – oder nein, doch wohl nicht. Denn Sie trafen ja hier erst gestern ein, nicht?"

„Ja, gestern."

„Wenn ich recht unterrichtet bin, waren Sie vorher mit Freunden in Tavistock."

„Ja."

„Darf ich mich nach den Namen dieser Freunde erkundigen, Madame?"

Hochmütig zog sie die Augenbrauen hoch. „Bitte, was veranlaßt Sie zu dieser Frage, Monsieur?“

Im Nu war Poirot die leibhaftige, unschuldsvolle Verwunderung. „Pardon, Madame. Tausendmal Pardon! Ich benahm mich höchst ungeschickt. Aber da ich selbst Freunde in Tavistock habe, bildete ich mir ein, daß Sie mit ihnen zusammengetroffen sein könnten – Buchanan heißen meine dortigen Freunde.“

„Ich erinnere mich nicht, diesen Namen je gehört zu haben, also bin ich ihnen wohl nicht begegnet“, erwiderte sie höflich. „Unterhalten wir uns doch lieber über Nick anstatt über gleichgültige Fremde. Wer schoß auf Nick? Weshalb?“

„Ich weiß nicht, wer – noch nicht!“ gab ihr Poirot zur Antwort. „Aber ich werde den Schützen ausfindig machen. Ja, ganz bestimmt. Ich bin nämlich Detektiv, Madame. Hercule Poirot ist mein Name.“

„Ein sehr berühmter Name.“

„Madame sind zu liebenswürdig.“

„Was wünschen Sie, das ich tun soll?“ sagte sie langsam. Und ich glaube, daß Poirot eine solche Frage ebensowenig erwartet hatte wie ich.

„Ich möchte Sie bitten, Madame, auf Ihre Freundin aufzupassen.“

„Von Herzen gern.“

„Das ist mein einziges Anliegen, Madame.“ Er stand auf, verbeugte sich rasch, und wir gingen wieder zu unserem eigenen Tisch zurück.

„Poirot, decken Sie Ihre Karten nicht allzusehr auf?“ glaubte ich warnen zu müssen.

„*Mon ami*, welcher andere Weg bleibt mir? Mein Vorgehen entbehrt vielleicht des Fingerspitzengefühls, dafür hat es aber den Vorzug der Sicherheit. Ich kann kein Wagnis eingehen! Jedenfalls verschaffte uns die Zwiesprache mit Madame über eines volle Klarheit ...“

„Nun?“

„Madame war nicht in Tavistock. Das sagt mir mein Gefühl. Wo war sie dann? Ah, auch das wird mir nicht verborgen bleiben! Unmöglich, Hercule Poirot hinters Licht zu führen. – Sehen Sie, der schöne Jim hat sich wieder eingefunden. Jetzt erzählt sie es ihm, er schaut zu uns herüber. Er ist gescheit, der Bursche. Betrachten Sie seine Schädelform. Ah, ich wünschte, ich wüßte ...“

„Was?“ fragte ich, als er zögerte.

„Was ich am Montag wissen werde“, versetzte er vieldeutig.

Ich sah ihn an, enthielt mich aber jeder Bemerkung, so daß er seufzte: „Sie werden nicht mehr von Neugierde geplagt, mein Freund. In früheren Tagen ...“

„Es wäre gut, wenn Sie auf ein Vergnügen verzichten würden“, sagte ich kühl.

„Sie meinen?“

„Das Vergnügen, auf meine Fragen nicht zu antworten.“

„Ah, das ist boshaft!“

„Ganz recht.“

„Schön, schön“, brummte Poirot. „Der große Schweigsame: vor zwanzig Jahren eine äußerst beliebte Romanfigur.“

Kurz darauf kam Nick an unserem Tisch vorbei. Sie trennte sich von ihrem Partner und schoß direkt auf uns zu wie ein farbenfroher Vogel. „Tanzen am Rande des Todes!“ warf sie leicht hin.

„Ein neues Lebensgefühl, Mademoiselle?“

„Ja, ein recht spannendes.“

Schon wieder war sie auf und davon und winkte noch einmal zurück.

„Ich wollte, sie hätte sich diese Bemerkung eben geschenkt, Poirot. Tanzen am Rande des Todes! Dergleichen mag ich nicht.“

„Ich weiß. Es kommt der Wahrheit zu nahe. Unerhörten

Mut hat das kleine Ding. Aber unglücklicherweise erfordert der gegenwärtige Augenblick nicht Mut, sondern Vorsicht."

Der folgende Tag war ein Sonntag. Wir hatten uns zur Abwechslung auf der vorderen Terrasse niedergelassen, und es mochte halb zwölf sein, als Poirot plötzlich aufsprang und rief: „Kommen Sie, mein Freund. Wir werden einen kleinen Versuch anstellen. Ich habe mich vergewissert, daß Jim Lazarus und Madame im Auto fortgefahren sind und mit ihnen Mademoiselle. Die Luft ist also rein."

„Rein für was?"

„Das werden Sie gleich sehen."

Wir gingen die Stufen hinab und quer über einen schmalen Grasstreifen. Dort lag das Tor, durch das man auf den Zickzackpfad gelangte, der sich hinab zum Meer schlängelte. Lachend und schwatzend kam eine Schar Badegäste herauf. Als sie vorüber waren, schritt Poirot auf die Stelle zu, wo ein Pförtchen in rostigen Angeln die halbausgelöschte Aufschrift trug: „Endhaus, Privat". Nirgends zeigte sich jemand, und wir spazierten ungesehen hindurch.

Eine Minute später erreichten wir den Weg, den wir mit Nick zusammen gegangen waren. Poirot stattete den Klippen einen flüchtigen Besuch ab, spähte hinab und ging dann auf das Haus zu. Die Terrassentür stand weit offen, und wir drangen schnurstracks ins Wohnzimmer vor. Doch auch hier verweilte Poirot nicht. Er öffnete die Tür, betrat die Halle und stieg die Treppe hinauf zu Nicks Schlafzimmer, ich immer dicht auf seinen Fersen. Oben setzte er sich auf das Bett und zwinkerte mir vielsagend zu.

„Na, mein Freund, ist es nicht höchst einfach? Niemand hat unser Kommen bemerkt, niemand wird unser Fortgehen bemerken. In voller Sicherheit könnten wir hier irgendeine Absicht ausführen ... zum Beispiel den Drahtaufhänger eines Gemäldes so weit durchfeilen, daß er nach wenigen

Stunden reißen muß. Und sollte durch Zufall doch jemand sich auf der Vorderseite des Hauses aufhalten und unsere Ankunft bemerken – nun, da fehlte es nicht an einer durchaus triftigen Erklärung ... sofern wir als Freunde der jungen Hausherrin bekannt sind."

„Das heißt, daß wir einen Fremden ausschalten können?"

„Jawohl, Hastings. Nicht nach einem heruntergekommenen Landstreicher, sondern in Nicks engerem Freundeskreis müssen wir Ausschau halten."

Er wandte sich, um das Zimmer zu verlassen, und ich folgte ihm. Keiner sprach ein Wort, wahrscheinlich weil wir voller Sorge und Unruhe waren.

Und dann blieben wir an der Biegung der Treppe beide wie angewurzelt stehen. Ein Mann kam uns entgegen. Jetzt machte auch er halt. Sein Gesicht war zwar im Schatten, aber in seiner Haltung drückte sich äußerste Verblüfftheit aus. Er begann als erster zu sprechen, schimpfte mit lauter, ziemlich rauher Stimme: „Was, zum Teufel, treiben Sie hier, möchte ich wissen?"

„Ah!" sagte Poirot. „Monsieur Croft, wenn ich nicht irre."

„Richtig. Aber was –"

„Wollen wir nicht lieber ins Wohnzimmer gehen und dort unsere Unterhaltung fortsetzen? Ich halte es für besser."

Der andere gab den Weg frei, machte kehrt und schritt uns voran in Miss Buckleys Wohnzimmer.

„Sie erlauben, daß ich mich vorstelle", bemerkte mein Freund, als er die Tür geschlossen hatte. „Hercule Poirot." Das finstere Gesicht des Mannes erhellte sich ein wenig. „Oh, Sie sind der berühmte Detektiv. Ich habe von Ihnen gehört."

„Im *St. Loo Herald*?"

„Bewahre. Auf dem Rückweg von Australien. Sie sind Franzose, nicht wahr?"

„Belgier, doch das ist kein großer Unterschied. Das ist mein Freund, Captain Hastings."

„Freut mich, Sie kennenzulernen. – Aber was führt die Herren hierher? Ist irgend etwas nicht in Ordnung?"

„Das hängt davon ab, wie man es auffaßt."

Der Australier war trotz seines Kahlkopfes und seines vorgerückten Lebensalters ein ansehnlicher Mann. Nur hatte er leider ein grob wirkendes Gesicht – ein unfertiges Gesicht, aber schöne klare blaue Augen.

„Ich bin herübergekommen, um Miss Buckley ein paar Tomaten und eine Gurke zu bringen", erläuterte er. „Der Mann, der ihren Garten besorgt, ist ein fauler Bursche, lungert herum und erntet nichts Rechtes. Meine Frau und ich möchten aus der Haut fahren, wenn wir das so mit ansehen, und es ist nur nachbarliche Pflicht, ein bißchen auszuhelfen. Wir haben mehr Tomaten, als wir verbrauchen können. Nachbarn sollen immer gute Kameradschaft halten, meinen Sie nicht auch? – Ich kam also wie gewöhnlich über die Terasse herein und packte meinen Korb aus. Im Begriff, wieder heimzugehen, hörte ich über mir Schritte und Männerstimmen. Natürlich wurde ich stutzig. Wenn unsere Gegend im allgemeinen von Einbrechern auch nicht heimgesucht wird, so könnte sich ja doch mal einer hierher verirren. Um mich zu überzeugen, daß alles in Ordnung sei, ging ich zur Treppe und traf Sie hier. Verstehen Sie nun meine Verwunderung? Und jetzt stellt sich auch noch heraus, daß Sie ein weltbekannter Detektiv sind. Was bedeutet das alles?"

„Das will ich Ihnen gern erklären", sagte Poirot mit seinem gewinnendsten Lächeln. „Mademoiselle hatte vor etlichen Nächten ein aufregendes Abenteuer. Ein schweres Bild fiel auf ihr Bett. Hat sie es Ihnen vielleicht erzählt?"

„Ja. Ein reines Wunder, daß sie ohne Schaden davonkam."

„Damit der Vorfall sich in Zukunft nicht wiederholt,

versprach ich, ihr eine besondere Sicherheitskette zu besorgen. Mademoiselle sagte, daß sie zwar heute vormittag ausginge, daß ich indes auch während ihrer Abwesenheit für die Kette Maß nehmen könne. *Voilà* – da haben Sie den Grund unseres Hierseins."

Mit einer freundlichen Geste streckte er dem Australier die Hand hin.

„Also das ist alles!" Mr. Croft seufzte erleichtert auf.

„Ja – Sie haben völlig umsonst einen Schrecken bekommen."

„Habe ich Sie nicht schon gestern gesehen?" meinte Croft langsam. „Gestern gegen Abend. Sie gingen bei uns vorüber."

„Richtig. Und Sie arbeiteten im Garten und wünschten uns so höflich guten Tag."

„Ja. Natürlich hätte ich mir nicht träumen lassen, daß Sie der Hercule Poirot sind, von dem ich so viel gehört habe", lachte der Alte. „Sagen Sie mir, Monsieur Poirot, sind Sie sehr beschäftigt? Wenn nicht, möchte ich Sie nämlich bitten, mitzukommen, um nach australischer Sitte eine Tasse Tee bei uns zu trinken und meine Frau kennenzulernen, die jede Zeile, die über Sie veröffentlicht wurde, gelesen hat."

„Wir haben nichts vor, Mr. Croft, und nehmen Ihre Einladung mit größtem Vergnügen an."

„Das ist fein!"

„Haben Sie sich die genauen Maße des Bildes notiert, Hastings?" wandte sich Poirot an mich. Ich beeilte mich, ihm eine bejahende Antwort zu geben, worauf wir unseren neuen Freund begleiteten.

Croft war ein Schwätzer, wie wir bald merkten. Er erzählte uns weitschweifig von seinem Heim unweit von Melbourne, von seinen ersten Bemühungen und Anstrengungen, von der Begegnung mit seiner Frau, von ihren weiteren vereinten Kämpfen und dem schließlichen Aufstieg.

„Sofort faßten wir den Plan zu reisen", sagte er, „denn wir hatten stets Sehnsucht gehabt, die alte Heimat kennenzulernen. Und da die Urgroßeltern meiner Frau aus dieser Gegend stammten, kamen wir hierher, in der Hoffnung, vielleicht noch den einen oder anderen ihrer Nachkommen aufzustöbern. Doch wir bemühten uns vergeblich. Dann machten wir einen Abstecher nach dem Kontinent – Paris, Rom, die italienischen Seen, Florenz. Und in Italien wurde meine arme Frau bei einem Eisenbahnunglück schwer verletzt. Hartes Schicksal, was? Ich habe sie zu den berühmtesten Ärzten gebracht, und sie alle sagen das gleiche: Beschädigung der Wirbelsäule. Das heilt nur mit der Zeit aus und durch unentwegtes Liegen."

„Wie traurig!"

„Nicht wahr? Und dann hatte sie in ihrem Unglück und ihren Schmerzen immer nur den einen Wunsch, wieder hierherzukommen. Sie meinte, alles leichter ertragen zu können, wenn wir ein Fleckchen für uns allein hätten – nur ein ganz winziges Fleckchen. Endlich fanden wir nach langem Suchen dies hier. Friedlich, still und abgelegen – keine vorbeirasenden Autos, kein Radio im Nachbarzimmer. Ich griff zu, ohne mich lange zu besinnen, und habe es nicht bereut."

Beim letzten Satz öffnete er die Tür des Pförtnerhäuschens. „Bitte treten Sie ein!" Er führte uns in ein freundliches Schlafzimmer, und dort lag auf dem Sofa eine etwa fünfzig Jahre alte Frau, mit vollem grauen Haar und einem gütigen Lächeln.

„Was meinst du wohl, Mutter, wer das ist?" rief Mr. Croft. „Wer wohl? ... Der weltberühmte Detektiv Monsieur Hercule Poirot! Ich bringe ihn dir zu einem Schwätzchen."

„Mein Gott! Da fehlen mir vor Freude ja die Worte!" Mrs. Croft schüttelte meinem Freund herzhaft die Hand. „Ich habe den Mordfall im Riviera-Expreß, in dem Sie sich zufällig auch gerade befanden, verfolgt und überdies eine ganze Reihe Ihrer anderen Fälle. Seit ich zum Liegen verurteilt bin, lese ich mit Vorliebe Kriminalromane, weil nichts so gut die Zeit vertreibt. Bert, mein Lieber, geh und sag Edith, sie soll Tee aufgießen."

„Sofort, Mutter."

„Edith ist eine Art Hilfspflegerin", erklärte uns Mrs. Croft. „Sie kommt jeden Morgen, um mich zurechtzumachen. Wir plagen uns nicht mit Dienstboten ab. Bert versieht Küche und Haus besser als die tüchtigste Wirtschafterin, und diese Beschäftigung und der Garten bewahren ihn vor Langeweile."

„So, da ist der Tee!" rief Mr. Croft, der mit einem Tablett wieder erschien, in seiner lauten Art. „Was, Mutter, das ist heute ein Extratag in unserem ruhigen Leben?"

„Ich vermute, Sie wohnen hier in St. Loo, Monsieur Poirot?" erkundigte sich Mrs. Croft, während sie sich ein wenig nach vorn neigte und die Teekanne ergriff.

„Ja, Madame. Ich gönne mir einmal Ferien."

„Aber ich habe doch gelesen, daß Sie sich ins Privatleben zurückzogen haben."

„Ach, Madame, Sie dürfen nicht alles für bare Münze nehmen, was die Zeitungen schreiben."

„Da haben Sie wohl recht. Demnach üben Sie Ihren Beruf nach wie vor aus?"

„Wenn ich einen Fall finde, der mich interessiert."

„Dann sind Sie hier wahrscheinlich auch an der Arbeit", meinte Mr. Croft pfiffig. „Und daß Sie Ihren Aufenthalt Ferien nennen, gehört wohl mit zum Spiel?"

„Wer wird denn so direkte Fragen stellen, Bert!" verwies ihn seine Frau. „Dann kommt Monsieur Poirot ganz bestimmt nie wieder zu uns. – Wir sind einfache Leute", wandte sie sich an meinen Freund, „und Ihr heutiger Besuch ehrt uns außerordentlich. Sie ahnen nicht, welches Vergnügen Sie uns damit bereiten."

Ihre Dankbarkeit war so ungekünstelt, daß mein Herz

dieser mütterlichen Frau warm entgegenzuschlagen begann.

„Diese Sache mit dem Bild hätte schlecht ablaufen können“, meinte Mr. Croft ziemlich unvermittelt.

„Das arme Mädchen! Ihr Leben hing wirklich an einem Faden!“ bestätigte Mrs. Croft in aufrichtigem Mitgefühl. „Eine so quicklebendige Person! Wenn sie hier ist, wird das alte Haus zu einem Taubenschlag. Und doch ist sie, soviel ich gehört habe, bei den Einheimischen nicht sehr beliebt. Aber so ist das eben in diesen steifen, kleinen englischen Nestern: Man nimmt einem jungen Mädchen übel, daß es einfach fröhlich ist. Mich wundert's nicht, daß sie immer nur kurze Zeit hierbleibt und daß es ihrem langnasigen Vetter nicht gelingt, sie zur Seßhaftigkeit zu bewegen. Er könnte sie ausgeben als seine ..., ich weiß nicht recht.“

„Klatsche nicht, Milly“, sagte Mr. Croft.

„Aha, aus der Richtung bläst der Wind!“ ergriff Poirot das Wort. „Trauen Sie nur dem Instinkt von Madame, Mr. Croft. Also, Mr. Charles Vyse hat sein Herz an unsere kleine Freundin verloren?“

„Er ist verrückt nach ihr“, gab Milly Croft zur Antwort, „doch sie will keinen kleinstädtischen Anwalt heiraten. Und ich kann es ihr nicht verdenken. Vyse ist ein unbeholfener Kauz. Hingegen möchte ich gern, daß sie den netten Seemann, Mr. Challenger, heiratete. Was tut's, daß er älter ist als sie? Miss Nick braucht einen soliden, gesetzten Mann. Dies Hinundherflattern, sogar zum Kontinent hinüber, immer allein oder mit jener wunderlich aussehenden Mrs. Rice, die zwar – wie ich sehr wohl weiß – ein lieber Mensch ist, aber nicht die Richtige für unser Fräulein. Sie macht keinen allzu glücklichen Eindruck. Doch auch Miss Buckley scheint mir seit kurzem verändert und hat so einen gehetzten Blick. Und das bereitet mir Sorge, denn ich habe meine guten Gründe, dem Mädchen Teilnahme entgegenzubringen, nicht wahr, Bert?“

Mr. Croft schob ziemlich eilfertig seinen Sessel zurück. „Nicht nötig, daß du darüber redest, Milly“, sagte er. „Möchten Sie vielleicht ein paar Fotos aus Australien sehen, Monsieur Poirot?“

Von jetzt an verlief unser Besuch bei dem Ehepaar Croft ereignislos, und zehn Minuten später verabschiedeten wir uns.

„Nette Menschen!“ meinte ich. „So einfach und anspruchslos. Typische Australier.“

„Gefallen sie Ihnen?“

„Ihnen nicht?“

„Sie waren sehr angenehm – sehr freundlich.“

„Was haben Sie dann auszusetzen?“

„Vielleicht waren sie um eine Spur zu typisch“, meinte Poirot grüblerisch. „Jenes Drängen, uns australische Fotografien zu zeigen ... empfanden Sie es nicht als ein wenig übertrieben, Hastings?“

„Was sind Sie doch für ein argwöhnischer Mann!“

„Sie haben recht, *mon ami*. Ich bin argwöhnisch gegen alles und jeden. Denn ich mache mir wirklich ernsthaft Sorgen!“

6

Poirot hielt beharrlich an dem leichten, in seiner Heimat üblichen Frühstück fest. Mich mit gutem Appetit Spiegeleier und Schinken verzehren zu sehen bereitete ihm Übelkeit – wenigstens behauptete er es. Infolgedessen frühstückte er im Bett – Kaffee und Brötchen –, während es mir freistand, den Tag mit dem traditionellen Morgenimbiß des Engländers zu beginnen.

Am Montag morgen steckte ich, bevor ich nach unten

ging, die Nase in sein Zimmer. Angetan mit einem prächtigen Schlafrock, saß er aufrecht im Bett.

„*Bonjour*, Hastings. Ich war gerade im Begriff zu läuten. Sind Sie bitte so nett und veranlassen, daß diese Zeilen umgehend durch einen Boten Mademoiselle Nick geschickt werden?"

Ich streckte bereitwillig meine Hand aus. Doch Poirot betrachtete mich und seufzte schwer. „Wenn nur ... wenn nur Ihr Scheitel in der Mitte säße statt an der Seite! Hastings, mein Lieber, Sie ahnen ja nicht, welches Ebenmaß diese Haartracht Ihrer Erscheinung geben würde. Und Ihr Schnurrbart! Wenn Sie einen Schnurrbart haben müssen, dann doch wohl einen richtigen – einen von der Schönheit des meinigen."

Einen Schauder bei dieser Vorstellung unterdrückend, nahm ich den Brief aus Poirots Hand und verließ das Zimmer.

Als ich nach dem Frühstück wieder mit ihm in unserem Wohnzimmer zusammentraf, wurde uns ausgerichtet, daß Miss Buckley unten in der Halle wartete. Poirot bat, sie nach oben zu führen.

Gut gelaunt kam sie hereingeflattert, doch ich bildete mir ein, daß die Schatten unter den Augen noch dunkler waren als gewöhnlich.

„Hier!" sagte sie nach der ersten Begrüßung und reichte Poirot ein Telegramm. „Ich hoffe, das wird Sie befriedigen."

Poirot las laut vor: „Ankomme heute fünf Uhr dreißig, Maggie."

„Meine Pflegerin und Wächterin!" lachte Nick. „Aber ich weiß nicht, ob Sie sie richtig einschätzen. Zu einer Wächterin gehört doch wenigstens ein bißchen Verstand; der geht Maggie jedoch völlig ab. Gute Werke tun – das ist das einzige, wozu sie sich eignet. Freddie würde zehnmal besser verborgene Mörder auskundschaften. Und Jim Lazarus am allerbesten. Ich habe immer das Gefühl, daß man Jim nichts weismachen kann."

„Und George Challenger?"

„Ach, George! Der sieht nie etwas, wenn er nicht mit der Nase darauf stößt. Dann freilich verbeißt er sich und läßt nicht locker. George würde sehr nützlich sein, wenn es zu einem Handgemenge käme." Sie schob ihren Hut in den Nacken und fuhr fort: „Ich habe angeordnet, daß man den Mann, von dem Sie mir schrieben, einläßt. Es klingt höchst geheimnisvoll. Soll er ein Mikrophon oder etwas Ähnliches im Haus anbringen?"

Poirot schüttelte den Kopf. „Nein, nein, nichts Technisches. Es geht um eine kleine, unbedeutende Feststellung, Mademoiselle. Etwas, was ich gern wissen wollte."

„Schon gut", meinte Nick. „Das alles ist sehr amüsant, nicht wahr?"

„Ist es das, Mademoiselle?"

Wohl eine Minute lang stand sie, den Rücken uns zugewandt, und blickte aus dem Fenster. Dann drehte sie sich um. Ihre Verwegenheit war aus ihrem Gesicht verschwunden. Es war kindlich verzerrt, als sie sich bemühte, die Tränen zurückzuhalten.

„Nein", stammelte sie. „Nein, es ist nicht amüsant. Durchaus nicht. Ich habe so schreckliche Angst – und meinte bisher immer, ich sei tapfer."

„Das sind Sie auch, *mon enfant*. Hastings und auch ich haben Ihren Mut bewundert."

„Ja, wirklich", bestätigte ich voll Wärme.

„Nein", sagte Nick, „ich bin nicht tapfer. Das Warten zermürbt. Die ganze Zeit in der Spannung zu leben, ob sich noch mehr ereignet. Und auf welche Art es sich ereignet!"

„Ja, Mademoiselle, das kostet Nerven."

„Vergangene Nacht habe ich mir das Bett in der Mitte des Schlafzimmers gerichtet. Und das Fenster geschlossen und die Tür verriegelt. Als ich hierherkam, benutzte ich, entgegen meiner Gewohnheit, die Hauptstraße. Ich hätte es nicht über mich gebracht, durch den Garten zu gehen. Ich konnte es einfach nicht! Das fehlte zu allem übrigen noch!"

„Wie meinen Sie das, Mademoiselle? Zu allem übrigen?"

Es entstand eine kleine Pause. Und dann erwiderte Nick: „Ich meine nichts Besonderes. Was die Zeitungen vermutlich ‚die Belastungen des modernen Lebens' nennen würden. Zu viele Cocktails, zu viele Zigaretten – und dergleichen Sünden. Das alles hat mit schuld daran, daß Sie mich jetzt in solchem ... lächerlichen Zustand sehen."

Sie war in einen breiten Sessel gesunken und drehte nervös an ihren Fingern.

„Sie sind nicht offen zu mir, Mademoiselle."

„Wie können Sie das sagen, Monsieur Poirot? Ich habe Ihnen alles erzählt."

„Über diese Unfälle ... diese Anschläge, ja."

„Was also noch?"

„Sie haben mir nicht alles erzählt, was in Ihrem Herzen vorgeht, in Ihrem Leben."

„Wer könnte das schon?" fragte sie gedehnt.

„Also geben Sie es zu!" triumphierte Poirot.

Aber Nick bewegte verneinend den dunklen Kopf.

„Vielleicht ist es nicht Ihr Geheimnis", bohrte mein Freund weiter.

Mir schien es, als hätte ich ein vorübergehendes Zucken ihrer Augenlider wahrgenommen. Doch schon in der nächsten Sekunde schnellte sie mit der alten Lebendigkeit empor. „Wahr und wahrhaftig, Monsieur Poirot, ich habe Ihnen diese widerwärtige Angelegenheit bis in die kleinsten Einzelheiten erzählt. Wenn Sie annehmen, ich wüßte etwas über irgend jemanden oder hätte einen Verdacht, so irren Sie sich. Mich treibt im Gegenteil die Tatsache, daß ich keinerlei Verdacht habe, zum Wahnsinn! Ich bin keine Närrin. Ich begreife, daß – wenn diese ‚Unfälle' keine

Unfälle waren – sie jemand aus meiner Umgebung, jemand, der mich kennt, verursacht haben muß. Und das ist das Grauenvolle. Weil ich nicht die leiseste Ahnung habe, wer es sein könnte."

Von neuem schritt sie zum Fenster und starrte hinaus. Poirot bedeutete mir durch ein Zeichen, nicht zu sprechen. Ich glaube, daß er nun, da Nicks Selbstbeherrschung völlig zusammengebrochen war, auf weitere Enthüllungen hoffte.

Als sie wieder sprach, klang ihre Stimme verträumt und entrückt. „Soll ich Ihnen einen ganz ungereimten Wunsch beichten, den ich zeitlebens mit mir herumtrage? Ich liebe mein Endhaus, und immer wollte ich dort ein Schauspiel verfassen und aufführen. Es haftet dem Haus eine dramatische Atmosphäre an. Im Geist sah ich dort alle möglichen Handlungen sich abspielen. Und nun scheint das alte Haus tatsächlich der Schauplatz eines Dramas zu werden. Jedoch ich schreibe es nicht ... ich wirke mit, bin mitten, mittendrin. Ich bin vielleicht die Person, die gleich im ersten Akt stirbt." Ihre Stimme versagte.

„Nicht doch, Mademoiselle!" Poirot gab den Worten absichtlich einen munteren, entschlossenen Klang. „Das ist doch Hysterie!"

Nick drehte sich brüsk um. „Hat Ihnen Freddie gesagt, daß ich hysterisch sei?" fragte sie scharf. „Sie behauptet es nämlich bisweilen. Doch Sie müssen nicht alles glauben, was Freddie sagt. Sie hat Zeiten, in denen sie nicht ganz ... nicht ganz sie selbst ist."

Wiederum entstand eine Pause, die Poirot durch die völlig zusammenhanglose Frage beendete: „Haben Sie eigentlich jemals ein Angebot für Ihren Besitz erhalten, Mademoiselle?"

„Sie meinen ein Angebot, ihn mir abzukaufen?"

„Ja."

„Nein, noch nie."

„Käme denn ein Verkauf in Frage, wenn man Ihnen einen guten Preis böte?"

Nick Buckley überlegte. „Nein, ich glaube nicht. Es sei denn, man böte mir einen solch unsinnig hohen Preis, daß es bodenloser Leichtsinn wäre, wenn ich nicht zugriffe."

„*Très bien!*"

„Ich möchte den Besitz nicht gern verkaufen, weil er mir als Ort, wo ich neben Großvater meine Kindheit verlebte, ans Herz gewachsen ist." Nick begann langsam der Tür zuzugehen. „Übrigens ist heute abend ein Feuerwerk. Wollen Sie kommen? Dinner um acht Uhr. Das Feuerwerk beginnt um neun Uhr dreißig. Wir können es vom Garten aus herrlich sehen."

„Mit größtem Vergnügen, Miss Buckley."

„Selbstverständlich sind Sie beide gemeint", fügte Nick hinzu.

„Herzlichen Dank", sagte ich.

„Nur ein bißchen Geselligkeit, um die verlorengegangenen Lebensgeister wiederzubeleben", versuchte sie zu scherzen und ging dann mit einem leisen Lächeln hinaus.

„*Pauvre enfant!*" seufzte Hercule Poirot.

Er griff nach seinem Hut und schnippte sorgsam ein unendlich winziges Staubkörnchen vom Rand.

„Gehen wir aus?" erkundigte ich mich.

„Gewiß, wir haben eine Rechtsauskunft nötig, *mon ami*."

„Ah, ich verstehe."

„Wie wäre dies bei Ihren glänzenden geistigen Fähigkeiten auch anders möglich, mein teurer Hastings!"

Das Büro von Vyse, Trevannion & Wynnard befand sich in der Hauptstraße. Wir stiegen die Treppe bis zum ersten Stockwerk empor und betraten einen Raum, in dem drei Angestellte eifrig arbeiteten. Poirot verlangte Mr. Charles Vyse zu sprechen.

Einer der drei Angestellten murmelte etwas in ein Telefon, empfing offenbar eine bejahende Antwort und führte uns mit der Bemerkung, daß Mr. Vyse bitten lasse, jenseits des Korridors zu einer Tür, die er ehrerbietig öffnete. Drinnen erhob sich hinter einem aktenbeladenen Schreibtisch Miss Buckleys Vetter, hager und blaß. Trotz seiner jungen Jahre lichtete sich das Haar an den Schläfen bereits bedenklich, und die Augen blickten durch dicke Brillengläser.

Poirot hatte sich nicht unvorbereitet zu diesem Besuch entschlossen. Er legte dem Anwalt einen noch nicht unterzeichneten Vertrag vor, den er zufällig nach St. Loo mitgenommen hatte, und wies auf einige Paragraphen hin, deren Unklarheit und Zweideutigkeit er bemängelte.

Es gelang Mr. Vyse, der gemessen und korrekt sprach, bald, Poirots unaufrichtige Zweifel zu zerstreuen und etliche unverständliche Punkte klarzulegen.

„Ich bin Ihnen zu großem Dank verpflichtet", versicherte Poirot, als er den Bogen wieder zusammenfaltete. „Für mich als Ausländer ist es sehr schwer, diese juristische Ausdrucksweise und ihre Bedeutung zu verstehen."

Und diese Bemerkung veranlaßte Mr. Charles Vyse zu der Frage, wer Poirot zu ihm gesandt habe.

„Miss Buckley", sagte Poirot schlagfertig. „Ihre Kusine, nicht wahr? Eine entzückende junge Dame! Zufällig erwähnte ich ihr gegenüber meine Ratlosigkeit, worauf sie mir nahelegte, Ihre Hilfe in Anspruch zu nehmen. Ich versuchte bereits, Sie am Sonnabend gegen halb eins zu erreichen, aber Sie waren nicht da."

„Ja. Ich habe am Sonnabend das Büro früher als sonst verlassen."

„Mademoiselle muß sich in dem großen Haus sehr einsam fühlen. Ich hörte, daß sie dort allein lebt."

„Leider."

„Darf ich mir die Frage gestatten, Mr. Vyse, ob irgendeine Aussicht besteht, daß das Grundstück zum Verkauf gelangt?"

„Nicht die allergeringste, wage ich zu sagen."

„Ich frage nicht aus Neugier. Ich suche nämlich selbst einen ähnlichen Besitz, und das Klima von St. Loo bekommt mir ausgezeichnet. Allerdings befindet sich das Haus in keinem guten Zustand, vermutlich fehlt das nötige Geld für den Unterhalt und die Pflege. Würde Mademoiselle unter diesen Umständen nicht etwa doch ein Angebot in Erwägung ziehen?“

„Nie und nimmer!“ versicherte Charles Vyse. „Meine Kusine hängt mit jeder Faser ihres Herzens an dem Fleck. Für alle Schätze der Welt würde sie ihn nicht hergeben – bis zu einem gewissen Grade verständlich, da es ein Familienbesitz ist.“

„Dennoch ...“

„Schlagen Sie sich die Sache aus dem Kopf! Ich kenne meine Kusine – ihre Liebe zu dem Gemäuer grenzt an Fanatismus.“

Einige Minuten später standen wir wieder auf der Straße.

„Nun, mein Freund, welchen Eindruck machte Mr. Charles Vyse auf Sie?“ wollte Poirot wissen.

„Einen eher schwachen“, meinte ich nach kurzem Zögern. „Er ist ein seltsamer Mensch.“

„Keine starke Persönlichkeit, wollen Sie damit sagen?“

„Ja. Ein Mensch, an den man sich – sollte man ihm später einmal wieder begegnen – niemals erinnert. Schlimmste Mittelmäßigkeit!“

„Sein Äußeres ist gewiß nicht bestechend. Haben Sie im Lauf unserer Unterhaltung einen Widerspruch bemerkt?“

„Ja. Hinsichtlich Mademoiselles Landsitz.“

„Bravo. Würden Sie Nicks Einstellung als Liebe, die an Fanatismus grenzt, bezeichnen?“

„Es war ein zweifellos übertriebener Ausdruck.“

„Richtig ... und Mr. Vyses Natur liegt es fern, sich übertriebener Ausdrücke zu bedienen. Seine normale Haltung ist sicher: lieber zu verringern als zu übertreiben.

Dennoch behauptet er, Mademoiselle hege eine an Fanatismus grenzende Liebe zu dem Heim ihrer Vorfahren."

„Vor zwei Stunden war von diesem Fanatismus jedenfalls nichts zu merken, wenngleich Nick offen zugab, daß sie – was ganz natürlich ist – an dem Fleckchen Erde hängt."

„Und folglich lügt einer der beiden", erklärte Poirot.

„Man kann sich Vyse eigentlich schwer als Lügner vorstellen."

„Unbedingt ein großer Vorzug, wenn der Betreffende zu einer Lüge genötigt ist! ... Und noch etwas, Hastings."

„Was denn?"

„Er war am Sonnabend um halb ein Uhr nicht in seinem Büro."

7

Als wir am Abend im Endhaus anlangten, war die erste Person, die wir trafen, die junge Gastgeberin selbst. Sie war in einen farbenprächtigen, drachenbestickten Kimono gehüllt und wirbelte durch die Halle.

„Ach, Sie sind es nur!"

„Jawohl, Mademoiselle, nur wir. Ich bin untröstlich."

„Seien Sie nicht böse – es klang grob, zugegeben. Aber Sie werden mich verstehen, wenn ich Ihnen sage, daß ich wie auf glühenden Kohlen sitze, weil mein Kleid für heute abend noch nicht da ist. Und diese abscheuliche Schneiderin versprach mir hoch und heilig, mich nicht im Stich zu lassen."

„Ah, eine Frage der Robe – das freilich entschuldigt alles! Nicht wahr, die Kurverwaltung gibt heute einen großen Ball?"

„Ja. Nach dem Feuerwerk werden wir alle hingehen. Ich

hoffe wenigstens, alle." Ihre Stimme wurde plötzlich tonlos, doch in der nächsten Sekunde lachte der kleine Kobold schon wieder. „Sich nicht unterkriegen lassen, das ist mein Wahlspruch. Wenn man nicht an das Unheil denkt, kommt auch keins. Meine Nerven sind wieder in Ordnung, und ich will heute abend lustig und fidel sein."

Auf der alten Eichentreppe klapperten hohe Absätze, so daß Nick sich umwandte. „Das ist Maggie. Und diese beiden Herren, Maggie, sind die treuen Schildknappen, die mich vor bösen Mordbuben schützen. Nimm sie mit ins Wohnzimmer und laß dir von ihnen das Nähere erzählen!"

Wir folgten Nicks Aufforderung, nachdem wir mit Maggie Buckley, von der ich augenblicklich einen sehr günstigen Eindruck bekam, einen kräftigen Händedruck getauscht hatten. Ich glaube, es war ihre ruhige Schlichtheit, die mich so anzog. Ein stilles Mädchen, hübsch nach veralteten Begriffen – ganz gewiß nicht gewandt oder mondän. Ihr Gesicht wußte nichts von Puder und Lippenstift, und das schwarze Abendkleid war denkbar einfach, fast ein wenig schäbig. „Nick hat mich mit den erstaunlichsten Geschichten überfallen", sagte sie mit einer wohlklingenden Altstimme, „und muß sich dabei einige Übertreibungen geleistet haben. Wer sollte wohl Nick übelwollen? Sie kann keinen Feind haben." Der Blick, mit dem sie Poirot ansah, war wenig schmeichelhaft und verriet ihren Zweifel. Vermutlich war sie bisher in ihrem Leben wenig mit Ausländern in Berührung gekommen und mißtraute von vornherein einer Warnung, die von solcher Seite ausging.

„Nichtsdestoweniger versichere ich Ihnen, Miss Buckley, daß alles auf Wahrheit beruht."

Sie widersprach nicht mehr, aber in ihrem offenen Gesicht war nach wie vor Zweifel zu lesen. „Nick sprach vorhin allerdings von Todesahnungen und dergleichen", bemerkte sie. „Ich weiß nicht, was mit ihr los ist. Sie ist sehr aufgeregt." Mir lief ein Schauder über den Rücken.

Doch gleichzeitig horchte ich bei ihrem Akzent auf. „Sind Sie Schottin, Miss Buckley?“ warf ich ein.

„Meine Mutter war Schottin“, erklärte sie. Wie mir auffiel, betrachtete sie mich mit wohlwollenderen Augen als Poirot. Und da ich fühlte, daß sie auch meinen Worten mehr Gewicht beimessen würde als den seinigen, fuhr ich fort: „Ihre Kusine zeigt große Tapferkeit. Sie ist entschlossen, so zu leben, als sei nichts geschehen.“

„Es ist das einzig Richtige, nicht wahr?“ erwiderte Maggie. „Ich meine damit, daß – ganz gleich, welche Gefühle in unserem Herzen wohnen – es zu nichts führt, wenn man viel Aufhebens davon macht. Das bringt nur Unerfreulichkeiten für die anderen.“ Sie ließ eine Pause eintreten und sagte dann weich: „Ich habe Nick sehr, sehr lieb, denn sie ist immer gut zu mir gewesen.“

Wir konnten das Thema nicht weiter verfolgen, da Frederica Rice, sehr ätherisch und zart, das Zimmer betrat, in einem Kleid von jenem Blau, mit dem die mittelalterlichen Maler ihre Madonnen bekleideten. Bald darauf erschien auch Jim Lazarus, und dann tanzte Nick herein. Sie trug ein schwarzes Kleid und darüber einen wunderbaren chinesischen Schal von lebhaftem Lackrot. „Hallo, Herrschaften, Cocktails gefällig?“ rief sie.

Wir bejahten alle, und Lazarus hob sein Glas. „Auf dein Wohl, Nick! Was hast du für einen kostbaren Schal! Sehr alt, nicht wahr?“

„Ja, Ururgroßvater Timothy hat ihn von einer seiner Reisen mitgebracht.“

„Ein herrliches, ein unvergleichliches Stück“, begeisterte sich Jim. „Du könntest ganz England durchsuchen, ohne einen ähnlichen zu finden.“

„Jedenfalls hält er warm und wird mir gute Dienste tun, wenn wir uns das Feuerwerk ansehen. Und er wirkt heiter. Ich ... ich hasse Schwarz.“

„Ja“, fiel Frederica ein, „ich glaube wirklich, es ist das

erstemal, daß du ein schwarzes Kleid trägst. Warum hast du es dir denn gekauft?"

„Weiß ich's?" Nick warf verdrießlich den Kopf zur Seite, aber nicht rasch genug, um auch vor mir das schmerzliche Zucken ihrer Lippen verbergen zu können. „Warum tut man manches im Leben?"

Wir gingen zu Tisch. Ein Diener war aufgetaucht – vermutlich für diesen Abend angestellt. Das Essen war weder gut noch schlecht, der Sekt hingegen ausgezeichnet.

„George fehlt leider", sagte Nick. „Zu dumm, daß er gestern nacht nach Plymouth zurückmußte! Ich nehme allerdings an, daß er im Lauf des Abends wiederauftauchen wird, zum Tanz auf jeden Fall."

Ein entfernter, keuchender Laut kam durch das offene Fenster.

„Oh, diese Rennboote!" rief Lazarus. „Ich habe sie so satt."

„Das ist kein Rennboot, das ist ein Wasserflugzeug", verbesserte ihn Nick.

„Ich glaube, du hast recht."

„Natürlich habe ich recht. Das hört man doch am Ton."

„Und wann wirst du die Fliegerprüfung machen, Nick?"

„Wenn ich das nötige Geld habe", lachte sie.

„Und dann schwirrst du vermutlich nach Australien ab wie jene andere junge Frau ... wie heißt sie doch gleich?"

„Das möchte ich schon."

„Ich bewundere den Unternehmungsgeist dieser Frau", meinte Mrs. Rice in ihrem müden Ton. „Welch herrlich eiserne Nerven."

„Ich bewundere alle diese Flieger", ließ sich Lazarus vernehmen. „Wenn Michael Seton sein Flug um die Welt gelungen wäre, würde er der Held des Tages gewesen sein – und mit Recht. Sein Tod ist für England ein unersetzbarer Verlust."

„Vielleicht ist er noch am Leben."

„Schwerlich. Die Aussichten stehen jetzt tausend zu eins. Armer toller Seton!“

„Alle Welt nannte ihn den Tollen Seton, nicht wahr?“ fragte Frederica.

Jim Lazarus nickte. „Er entstammt einer Familie, in der alle ein bißchen verrückt sind. Sein Onkel, Sir Matthew Seton, der vor einer Woche starb, war total verdreht.“

„War er nicht der närrische Millionär, der Vogelschutzgebiete schuf?“

„Ja. Kaufte für diesen Zweck Inseln. Außerdem war er ein Frauenhasser. Irgendeine Frau hat ihn, glaube ich, betrogen, und um sich darüber hinwegzutrösten, nahm er seine Zuflucht zur Geschichte der Natur.“

„Weshalb sagst du, daß Michael Seton tot sei?“ beharrte Nick. „Noch ist meiner Meinung nach kein Grund vorhanden, ihn aufzugeben.“

„Ach, du hast ihn ja persönlich gekannt!“ erinnerte sich Lazarus. „Wie konnte ich das vergessen?“

„Freddie und ich lernten ihn vergangenes Jahr in Le Touquet kennen“, erklärte Nick. „Ein wunderbarer Mann, nicht wahr, Freddie?“

„Das weißt du besser, mein Schatz. Dir machte er den Hof, nicht mir. Nahm er dich nicht auch einmal im Flugzeug mit?“

„Ja. In Scarborough. Es war ein unvergeßliches Erlebnis.“

„Sind Sie auch schon geflogen, Captain Hastings?“ versuchte Maggie höflich Konversation zu machen.

Ich mußte ihr gestehen, daß ein Flug nach Paris und zurück meine einzige Erfahrung auf diesem Gebiet sei.

Plötzlich sprang Nick Buckley auf. „Da läutet das Telefon. Wartet mit dem Essen nicht auf mich. Es ist schon spät, und ich habe noch eine ganze Menge Leute eingeladen.“

Ich sah auf die Uhr: Es war genau neun. Das Dessert wurde gereicht, nebst Portwein. Poirot plauderte mit Lazarus über Kunst. Gemälde, sofern sie nicht Kunstwerke von ganz hohem Sammelwert seien, müsse man heutzutage als Ladenhüter bezeichnen, hörte ich Jim Lazarus sagen. Und hierauf begannen die beiden, über den neuen Baustil und die neuen Möbelformen zu diskutieren.

Derweil bemühte ich mich pflichtschuldigst, Maggie zu unterhalten, aber ich fand bei ihr wenig Unterstützung. Gewiß, sie antwortete liebenswürdig, doch ohne den Ball zurückzuwerfen. Es war eine beschwerliche Aufgabe für mich.

Die Ellenbogen auf den Tisch gestützt, vom Rauch ihrer Zigarette umkräuselt, saß Frederica Rice traumverloren auf ihrem Platz – ein nachdenklicher blonder Engel!

Als der Zeiger meiner Uhr auf zwanzig Minuten nach neun vorgerückt war, steckte Nick den Kopf zur Tür herein. „Raus mit euch allen! Das Feuerwerk beginnt gleich."

Gehorsam standen wir vom Tisch auf. Nick, die plötzlich ihre burschikose Art abgelegt hatte, begrüßte bereits mit der Bescheidenheit, wie man sie wohl in den einheimischen Gesellschaftskreisen von St. Loo bei einer jungen Frau erwartete, die Ankömmlinge, weit über ein Dutzend, denen niemand besonders auffällige Eigenschaften hätte anmerken können. Auch Charles Vyse befand sich übrigens unter ihnen.

Jetzt gingen wir alle aus der Halle in den Garten. Für die älteren Damen und Herren waren an der Stelle, die einen Blick auf See und Hafen bot, einige Stühle aufgestellt worden, doch die meisten von uns standen herum. Und während die erste Rakete zum Himmel zischte, vernahm ich eine laute, bekannte Stimme.

„Es ist zu schade, daß Mrs. Croft nicht auch hiersein kann", zwitscherte darauf Nick. „Wir hätten sie auf einer Trage oder etwas Ähnlichem herbringen sollen."

„Gewiß ist's schade", trompetete Mr. Croft. „Doch Mutter beklagt sich niemals. Immer frohgemut, immer geduldig ... Da, die zweite ist noch schöner!“ Dies galt dem goldenen Funkenregen, der sich am Himmel zeigte.

Die Nacht war dunkel und mondlos, da es drei Tage vor Neumond war und – wie oft im Sommer – ziemlich kalt. Maggie Buckley, die dicht neben mir stand, fröstelte. „Ich will schnell ins Haus laufen und mir einen Mantel holen“, murmelte sie.

„Lassen Sie mich gehen, Miss Buckley.“

„Nein, Sie würden ihn nicht finden.“

Und mit raschen Schritten ging sie dem Hause zu. In diesem Augenblick ertönte Frederica Rices matte Stimme: „Oh, Maggie, bringen Sie meinen Mantel auch mit. Er hängt in meinem Zimmer.“

„Sie hat es nicht mehr gehört“, sagte Nick. „Ich werde ihn dir mitbringen, Freddie, ich brauche auch einen Pelz. Bei diesem Wind wärmt der Schal nicht genug.“

In der Tat wehte eine scharfe Brise von der See her.

Ich wurde, während unten am Kai Böllerschüsse losknatterten, von einer älteren Dame ins Gespräch gezogen, das allmählich in ein strenges Verhör über mein Leben, über Beruf, Neigungen und voraussichtliche Dauer meines Aufenthaltes in St. Loo ausartete.

Peng! Eine Flut grüner Sterne ergoß sich über den Nachthimmel und verwandelte sich in Rot, dann in Blau und endlich in Silber.

Eine neue Rakete sprühte empor, und noch eine ...

„Oh und ah – das sagt man herzlich gern eine Weile“, raunte Poirot mir ins Ohr. „Aber schließlich wird es eintönig, finden Sie nicht auch? Brrr! Das Gras ist so naß; ich werde bestimmt einen Schnupfen kriegen. Und hier ist keine Möglichkeit, einen richtigen Kräutertee zu bekommen!“

„Einen Schnupfen? In dieser lauen Sommernacht?“

„Eine laue Nacht! Eine laue Nacht! ... Sie versteigen sich zu diesem Ausspruch, weil der Regen nicht wie aus Kannen herunterkommt, Hastings. Immer, wenn es nicht regnet, ist es bei euch Engländern eine laue Nacht. Hätte ich ein kleines Thermometer zur Hand, so würde ich Sie bald eines Besseren belehren."

„Freilich", gab ich zu, „würde mir mein Mantel nicht gerade unangenehm sein. Wenn man erst kürzlich aus wärmeren Breiten heimgekehrt ist ..."

„Vor dieser Nässe an den Füßen habe ich Angst." Mit katzenartiger Bewegung hob Poirot erst den einen und hinterher den anderen Fuß vom Boden empor. „Meinen Sie nicht, daß es möglich wäre, ein Paar Überschuhe aufzutreiben?"

Ich unterdrückte ein Lächeln. „Geben Sie diese Hoffnung auf, mein Lieber."

„Dann werde ich mich ins Haus setzen", erklärte er. „Ist diese Schaustellung es vielleicht wert, daß ich mir einen Schnupfen hole? Und hinterher vielleicht eine Lungenentzündung?"

Während er sich noch weiter entrüstete, wandten wir unsere Schritte dem Hause zu. Lautes Knattern hinter uns zeigte an, daß unten am Kai das Feuerwerk seinen Fortgang nahm. „Im Grund unseres Herzens sind wir alle Kinder", meinte Poirot. „Feuerwerkskörper, Ballspiele, ja, und selbst der Zauberkünstler, der Mann, der das Auge überlistet, sosehr es auch Obacht gibt ... aber, was ist Ihnen denn?"

Ich hatte mit der einen Hand seinen Arm gepackt, während ich mit der anderen nach vorn zeigte.

Wir befanden uns etwa hundert Meter vom Haus entfernt, und zwischen uns und der offenen Tür lag eine zusammengekrümmte Gestalt mit einem scharlachroten chinesischen Schal.

„*Mon dieu!*" wisperte Poirot. „*Mon dieu ...*"

8

Ich glaube, daß wir nur ein paar Sekunden dort standen, erstarrt vor Schreck, unfähig, uns zu rühren. Doch mir kam es wie eine Stunde vor. Dann schob Poirot langsam meine Hand beiseite und bewegte sich steif wie ein Automat vorwärts.

„Es ist geschehen", murmelte er, und ich kann kaum die qualvolle Bitterkeit in seiner Stimme beschreiben. „Trotz allem, trotz meiner Vorsicht ist es geschehen. Ich elender Stümper, warum überwachte ich sie nicht besser? Ich hätte es voraussehen müssen. Nicht einen Augenblick hätte ich von ihrer Seite weichen dürfen."

„Poirot, machen Sie sich keine Vorwürfe", sagte ich mühsam. Meine Zunge klebte am Gaumen, und ich konnte nur undeutliche Worte hervorbringen.

Mein Freund antwortete mit einem kläglichen Kopfschütteln und kniete, unbekümmert um das feuchte Gras, neben der Gestalt nieder.

Und in dieser Sekunde traf uns ein zweiter Schlag, denn fröhlich und hell erschallte Nicks Stimme, und gleich darauf erschien Nick selbst, sich scharf gegen das erleuchtete Zimmer dahinter abhebend, in dem Viereck der Tür. „Es tut mir leid, Maggie, daß es so lange dauerte", rief sie. „Aber –"

Sie brach ab, starrte auf die Gestalt am Boden.

Mit einem heiseren Ausruf drehte Poirot den leblosen Körper auf dem Rasen um. Und wir blickten in das bleiche Gesicht Maggie Buckleys.

Im Nu stand Nick neben uns. Schrill schrie sie auf. „Maggie ... oh! Maggie ... es kann nicht sein ..."

Poirot untersuchte noch den leblosen Körper. Schließlich erhob er sich unendlich langsam.

„Ist sie ... ist ..." Nick konnte den Satz nicht vollenden.

„Ja, Mademoiselle. Sie ist tot."

„Aber warum? Warum? Wer kann ihr nach dem Leben getrachtet haben?“

„Nicht Ihre Kusine wollte man töten, Mademoiselle, sondern Sie“, erwiderte Poirot schnell und bestimmt. „Doch man wurde irregeführt durch den Schal.“

„Barmherziger Gott, weshalb konnte ich es nicht sein!“ jammerte Nick. „Oh, weshalb konnte ich es nicht sein? Mir liegt nichts am Leben – jetzt. Ich wäre einverstanden, froh, glücklich gewesen, zu sterben.“

Wild schlug sie mit den Armen um sich und begann zu taumeln, so daß ich schnell hinzusprang.

„Bringen Sie sie ins Haus, Hastings“, befahl Poirot. „Und dann alarmieren Sie die Polizei.“

„Die Polizei?“

„Selbstverständlich. Sagen Sie, jemand sei erschossen worden. Und hinterher bleiben Sie bei Mademoiselle Nick. Auf keinen Fall dürfen Sie sie allein lassen.“

Ich gab durch ein Kopfnicken zu verstehen, daß ich seine Anordnungen verstanden hätte, und schleppte die halb ohnmächtige Nick ins Wohnzimmer, bettete sie auf das Sofa und eilte dann auf der Suche nach dem Telefon in die Halle. Fast wäre ich hierbei mit Ellen zusammengeprallt. Sie stand dort starr und steif wie eine Bildsäule, mit einem sehr merkwürdigen Ausdruck in ihrem sanften Gesicht. Ihre Augen glitzerten, und wiederholt befeuchtete sie mit der Zunge ihre trockenen Lippen. Als sie mich erkannte, erkundigte sie sich: „Ist ... ist etwas passiert, Sir?“

„Ja“, entgegnete ich kurz. „Wo ist das Telefon?“

„Doch nichts Schlimmes, Sir?“

„Ein Unfall“, wich ich aus. „Jemand ist schwer verletzt. Ich muß telefonieren.“

„Wer ist verletzt worden, Sir?“ fragte sie hartnäckig weiter.

„Miss Buckley. Miss Maggie Buckley.“

„Miss Maggie? Miss Maggie?“ Ihre Hände begannen zu

zittern. „Sind Sie sicher ... ich meine ... ist es wirklich Miss Maggie?“

„Ich bin vollkommen sicher. Warum?“

„Oh – nichts. Ich ... ich dachte, es könnte eine der anderen Damen sein. Ich dachte, vielleicht Mrs. Rice.“

„Also bitte, wo ist das Telefon?“

„In dem Zimmer hier, Sir.“ Sie öffnete die Tür und wies auf den Apparat.

„Danke“, sagte ich. Und da sie keine Anstalten machte, mich allein zu lassen, fügte ich hinzu: „Mehr brauche ich nicht. Danke.“

„Wenn Sie Doktor Graham ...“

„Nein, nein. Gehen Sie bitte.“

Widerstrebend, so langsam wie nur möglich, zog sie sich zurück. Aller Wahrscheinlichkeit nach würde sie draußen an der Tür horchen, aber ich konnte es nicht verhindern, ganz abgesehen davon, daß sie binnen kurzem doch alles erfahren mußte.

Nachdem ich die Polizei unterrichtet hatte, rief ich trotzdem noch den von Ellen erwähnten Dr. Graham an, dessen Nummer ich im Telefonbuch ausfindig machte. Nick sollte auf jeden Fall ärztliche Behandlung zuteil werden, wenn auch kein Arzt der Welt dem armen Mädchen helfen konnte, das draußen im Gras lag. Dr. Graham versprach, umgehend zu kommen, und rasch legte ich den Hörer wieder auf.

Wenn Ellen wirklich draußen gelauscht hatte, so verstand sie, in Windeseile zu verschwinden, denn als ich wieder hinaus in die Halle trat, war niemand zu sehen.

Nick versuchte im Wohnzimmer tapfer, aufrecht zu sitzen. „Könnten Sie mir wohl ... etwas Kognak holen?“

Ich eilte ins Eßzimmer, fand das Gewünschte und kehrte zurück. Ein paar Schlückchen Alkohol belebten die Ärmste. Die Farbe begann in die blassen Wangen zu strömen.

„Es ist alles ... so furchtbar“, stammelte sie, während ich ihr ein Kissen unter den Kopf schob. „Alles ... überall.“

„Ich weiß, mein Kind, ich weiß."

„Nein, Sie wissen es nicht. Und es ist alles so unsinnig! Wenn nur ich da draußen läge – dann wäre alles vorüber ..."

„So etwas dürfen Sie nicht denken, Miss Buckley."

Doch immer und immer wiederholte sie: „Sie wissen es nicht! Sie wissen es nicht!"

Dann fing sie ganz plötzlich an zu weinen. Ein hoffnungsloses Schluchzen, wie ein Kind. Und weil ich meinte, es würde ihr Erleichterung bringen, unternahm ich keinen Versuch, ihren Tränenstrom zu dämmen. Als der erste wilde Anfall vorbei war, stahl ich mich zum Fenster und schaute hinaus. Minuten zuvor hatte ich verstörte Aufschreie gehört. Wirklich drängte sich jetzt die ganze Gästeschar im Halbkreis um den Schauplatz der Tragödie, und wie eine Schildwache trieb sie Poirot in die gebührende Entfernung zurück. Während ich noch auf meinem Beobachtungsposten stand, schritten zwei Gestalten in Uniform über die Grasfläche. Die Polizei.

Ruhig nahm ich meinen Platz neben dem Sofa wieder ein. Nick hob ihr tränenüberströmtes Gesicht. „Müßte ich vielleicht irgend etwas tun?"

„Nein. Poirot wird alles Nötige erledigen."

Eine Minute oder zwei starrte Nick schweigend vor sich hin. Dann sagte sie: „Arme Maggie. Arme, liebe, gute Maggie. In ihrem ganzen Leben hat sie niemandem ein Härchen gekrümmt. Und solch ein entsetzliches Ende mußte gerade ihr beschieden sein? Ich habe das Gefühl, als hätte ich sie getötet, ich habe ja gebeten, daß sie kommt."

Was sollte ich ihr darauf antworten? Wie wenig kann man die Zukunft voraussehen! Als Poirot darauf bestanden hatte, eine Freundin einzuladen, ahnte er nicht, daß er das Todesurteil eines unbekannten jungen Mädchens unterzeichnete. Obgleich ich gern gewußt hätte, was draußen vor sich ging, befolgte ich Poirots Anweisung und harrte auf meinem Posten neben Nick aus. Ich atmete jedoch erleichtert auf, als sich die Tür öffnete und Poirot und ein Polizeiinspektor ins Zimmer traten. Gleich hinter ihnen kam ein Herr, der offensichtlich Dr. Graham war. Ohne zu zögern, schritt er auf Nick zu.

„Wie fühlen Sie sich, Miss Buckley? Das muß ein furchtbarer Schock für Sie gewesen sein.“ Seine Finger suchten den Puls. „Nun, nicht so arg schlimm.“

Er wandte sich an mich: „Hat man ihr irgend etwas gegeben?“

„Etwas Kognak.“

„Ich bin schon wieder ganz in Ordnung“, sagte die tapfere Nick.

„Können Sie mir einige Fragen beantworten?“

„Gewiß.“

Mit einem einleitenden Hüsteln trat der Polizeiinspektor näher und wurde von Nick durch ein Verziehen des Mundes, das wohl ein Lächeln sein sollte, begrüßt.

„Dieses Mal habe ich niemanden gefährdet“, rang sie sich einen Scherz ab. Ich schloß aus diesen Worten, daß die beiden sich kannten.

„Ich bedaure unendlich, Miss Buckley, daß mich ein so trauriger Vorfall hierherführt“, entgegnete der Inspektor. „Nun hat mir Mr. Poirot, dessen Name mir und jedem meiner Kollegen ein Begriff ist, erzählt, daß man nach seiner festen Überzeugung vorgestern im Garten des Majestic auf Sie geschossen habe.“

„Ich dachte, es sei eine Wespe. Aber es war in Wirklichkeit keine.“

„Und vorher hatten Sie ein paar seltsame Unfälle?“

„Ja – wenigstens war es seltsam, daß sie sich so kurz hintereinander ereigneten.“ Und Nick schilderte sachlich die verschiedenen Begebenheiten.

„Gut. Wie kam es, daß Ihre Kusine heute abend Ihren Schal trug?“

„Wir waren beide unsere Mäntel holen gegangen, und ich

hatte im Vorbeigehen meinen Schal auf dieses Sofa geworfen. Dann lief ich nach oben, schlüpfte in den Pelz, den ich noch jetzt trage, und holte auch für meine Freundin, Mrs. Rice, einen warmen Umhang aus ihrem Zimmer. Da rief mir Maggie zu, daß sie ihren Mantel nicht finden könnte, worauf ich sagte, dann würde er wohl unten sein. Sie ging hinunter und rief, daß er auch dort nicht sei. Ich fragte, ob sie ihn etwa im Auto gelassen habe, und erbot mich, ihr einen von meinen Mänteln hinunterzubringen. Doch sie wehrte ab und sagte, daß ihr, die aus dem rauhen Yorkshire komme, auch der chinesische Schal genüge, wenn ich ihr erlaubte, ihn zu benutzen. Natürlich rief ich ‚ja' und fügte hinzu, daß ich in einer Minute ebenfalls unten sein würde. Und als ich dann aus dem Hause trat ... da ... da –"

„Quälen Sie sich nicht, Miss Buckley", unterbrach sie der Polizeiinspektor. „Mehr brauche ich darüber fürs erste nicht zu wissen. Wollen Sie mir noch sagen, ob Sie einen Schuß hörten – oder zwei Schüsse?"

Nick schüttelte den Kopf. „Nein, nur das Prasseln und Knattern des Feuerwerks."

„Natürlich, in all diesem Lärm ging ein Schuß unter. Und wahrscheinlich werden Sie die Frage, ob Sie irgend jemanden in Verdacht haben, ebenfalls verneinen."

„Niemanden habe ich in Verdacht", bestätigte Nick.

„Und meiner Ansicht nach mit Recht. Es dürfte sich wohl um einen mordgierigen Wahnsinnigen handeln. Scheußliche Affäre! Jedenfalls brauche ich Sie heute nicht mit weiteren Fragen zu belästigen, Miss Buckley. Erlauben Sie mir nochmals, Ihnen mein herzlichstes Beileid auszudrücken."

Dr. Graham trat wieder an das Sofa heran. „Ich möchte Ihnen anraten, Miss Buckley, nicht hierzubleiben, und habe darüber bereits mit Mr. Poirot gesprochen. Wir haben hier ein ausgezeichnetes Sanatorium, und da Sie einen Nervenschock hatten und Ruhe, absolute Ruhe brauchen –"

„Ist der Nervenschock nicht nur ein Vorwand?“ unterbrach ihn Nick, die großen Augen auf Poirot gerichtet.

Er kam langsam näher. „Ich will, daß Sie sich sicher fühlen, *mon enfant*. Und ich will auch, daß Sie sicher sind. Sie werden eine nette, praktische, nüchtern denkende Pflegerin um sich haben. Wenn Sie nachts aufwachen und rufen – gleich wird sie zur Stelle sein. Verstehen Sie?“

„Ja“, sagte Nick, „ich verstehe. Aber Sie nicht. Ich habe keine Angst mehr, Mr. Poirot. Ob dieser Weg oder jener – es ist mir herzlich gleichgültig. Wenn irgendwer mich ermorden will, so soll er es tun!“

„Pst! Pst!“ warf ich ein. „Sie sind jetzt überreizt.“

„Sie verstehen nicht. Niemand versteht es!“

„Ich glaube tatsächlich, Monsieur Poirots Vorschlag ist sehr gut“, versuchte Dr. Graham zu beschwichtigen. „Ich nehme Sie gleich in meinem Wagen mit. Und dann verschreiben wir ein paar Tropfen, damit Sie schön schlafen. Nun, was meinen Sie dazu?“

„Es ist einerlei. Machen Sie mit mir, was Sie wollen.“ Poirot streichelte behutsam die schmale Hand. „Ich weiß, Mademoiselle, welche Gefühle Sie bewegen müssen. Beschämt und mit blutendem Herzen stehe ich vor Ihnen. Ich, der Schutz versprach, war nicht fähig zu beschützen. Ich habe elend versagt. Aber wenn Sie wüßten, wie ich unter meiner Fehlleistung leide, Mademoiselle, würden Sie mir verzeihen.“

„Schon gut!“ sagte Nick dumpf. „Sie müssen sich nicht mit Selbstvorwürfen quälen. Ich bin überzeugt, Sie taten das Menschenmögliche; niemand hätte mehr tun können. Bitte, Monsieur Poirot, machen Sie sich nicht unglücklich.“

„Sie sind sehr großzügig, Mademoiselle.“

„Nein, ich –“

Man hörte Lärm in der Halle. Dann flog die Tür auf, und George Challenger raste ins Zimmer.

„Was heißt das alles?“ schrie er. „Ich bin gerade angekommen, finde einen Polizisten am Tor, der auf meine Frage angibt, es sei jemand tot. Um Gottes willen, was bedeutet das? Ist es ... ist es ... Nick?“

Seine Stimme überschlug sich vor Angst, und ich realisierte plötzlich, daß Poirot und der Arzt, die vor dem Sofa standen, Nick völlig verdeckten. Bevor jemand Zeit fand zu antworten, wiederholte er seine Frage: „Sagen Sie mir ... es kann nicht wahr sein ... ist Nick tot?“

„Nein, *mon ami*“, erwiderte Poirot weich. „Sie lebt.“ Er trat beiseite, so daß Challenger die kleine Gestalt auf dem Sofa sehen konnte.

Sekundenlang starrte Challenger sie ungläubig an. Dann, schwankend wie ein Betrunkener, flüsterte er: „Nick ... Nick!“

Plötzlich lag er auf den Knien neben dem Sofa, und den Kopf in seinen Händen bergend, stammelte er: „Nick ... mein Liebling ... ich dachte, du wärest tot.“

Miss Buckley richtete sich halb auf. „Nichts ist mir geschehen, George. Sei kein Idiot. Ich bin ganz heil.“

Er hob den Kopf und blickte fragend umher. „Aber jemand ist tot? Der Polizist hat es doch gesagt.“

„Ja. Maggie, die liebe, gute Maggie. Oh!“ Ein Krampf verzerrte ihr Gesicht.

Der Arzt und Poirot drängten Challenger zurück, griffen Nick unter die Arme und führten sie hinaus.

„Je eher Sie ins Bett kommen, desto besser“, erklärte Dr. Graham, ehe sich die Tür hinter den dreien schloß. „Ich habe Mrs. Rice gebeten, Ihnen das Notwendigste einzupacken.“

George Challenger faßte mich an der Schulter. „Ich verstehe nicht. Wo bringt man sie hin?“ Und als er von mir die nötige Erklärung erhalten hatte, seufzte er erleichtert: „O ja, das ist gut. Doch jetzt, Hastings, lassen Sie mich den Zusammenhang wissen. Was für eine Tragödie! Das arme Mädchen!“

„Kommen Sie, und mixen Sie sich einen steifen Drink“, riet ich und zog ihn ins Eßzimmer. „Sie sind ja ganz aus den Fugen geraten!“

„Ist das ein Wunder?“ fragte er, während er das Whiskyglas an die Lippen führte. „Ich dachte, es wäre Nick.“

Wahrlich, über die Gefühle George Challengers konnte kein Zweifel herrschen: Sein Herz war durchsichtig wie Glas!

9

Ich glaube ohne Übertreibung behaupten zu dürfen, daß ich die nun folgenden Stunden nie mehr in meinem Leben vergessen werde. Poirot verfiel in einen solchen Trübsinn, daß ich mich ernstlich um ihn sorgte. Unaufhörlich lief er im Zimmer auf und ab, häufte Bannflüche auf sein eigenes Haupt und war taub gegen meine wohlgemeinten Beschwichtigungen.

„Weiß Gott, ich bin hart dafür bestraft worden, daß ich eine zu hohe Meinung von mir hatte! Ja, bestraft! Ich, Hercule Poirot, war meiner zu sicher.“

„Nein, nein“, unterbrach ich seine Selbstvorwürfe.

„Aber wer konnte diese beispiellose Kühnheit ahnen? Ich glaubte alle möglichen Vorsichtsmaßnahmen getroffen zu haben; ich hatte den Mörder gewarnt ...“

„Gewarnt? Den Mörder?“

„Allerdings. Ich hatte die Aufmerksamkeit auf mich gelenkt und ihn deutlich merken lassen, daß ich jemanden verdächtigte. Nach meiner Meinung wurde es dadurch für ihn zu gefährlich, seinen Mordversuch zu wiederholen. Rings um Mademoiselle hatte ich einen Sicherheitskreis gezogen, und er schlüpfte hindurch! Beinahe vor unseren

Augen schlüpfte er frech und dreist hindurch! Uns allen und all unserer Wachsamkeit zum Trotz erreichte er sein Ziel!"

„Er erreichte es nicht", erinnerte ich ihn.

„Pah, das ist reiner Zufall! Von meinem Standpunkt aus ist das kein Unterschied. Es hat ein Menschenleben gekostet, Hastings – wessen Leben, ist unwesentlich."

„Natürlich ... so meinte ich es auch nicht."

„Auf der anderen Seite allerdings trifft das, was Sie sagen, zu. Und das macht das Ganze noch schlimmer – zehnmal schlimmer. Denn weiter als je befindet sich der Mörder von seinem Ziel entfernt. Verstehen Sie, mein Freund? Die Dinge haben sich zum Schlimmsten gewandelt, weil möglicherweise nunmehr zwei blühende junge Menschenleben ihm zum Opfer fallen werden."

„Nicht, solange Sie da sind!" rief ich eindringlich.

Mein Freund hielt in seiner Wanderung inne, ergriff meine Hände und preßte sie, daß es mich fast schmerzte. „*Merci, mon ami, merci!* Sie vertrauen noch dem alten Poirot, Ihr Glaube an ihn ist nicht erschüttert, und das flößt mir neuen Mut ein. Ein zweites Mal wird Hercule Poirot nicht versagen. Ich werde meinen Irrtum gutmachen – denn sehen Sie, lieber Hastings, es muß mir ein Irrtum unterlaufen sein. Irgendwo hat es in meinen gewöhnlich so trefflich geordneten Methoden und Ansichten gehapert. Ich will ganz von neuem beginnen, und diesmal werde ich nicht fehlgehen."

„Dann meinen Sie also, daß Miss Buckleys Leben noch bedroht ist?"

„Mein Freund, aus welchem anderen Grund hätte ich sie sonst in das Sanatorium geschickt?"

„Nicht wegen des Nervenschocks?"

„Unsinn! Von einem Nervenschock könnte sie sich im eigenen Heim besser erholen als in einem Krankenhaus. Dort ist's ungemütlich – Korridore mit grünem Linoleum, einseitige Unterhaltung mit den Pflegerinnen, Mahlzeiten auf einem Tablett serviert, zur Erholung einfach unmöglich. Nein, nein, es handelt sich einzig und allein um die Sicherheit. Der Doktor, den ich ins Vertrauen zog, wird alle nötigen Anordnungen treffen. Niemandem, auch der besten Freundin nicht, wird es gestattet sein, Miss Buckley zu sehen. Nur für Sie und mich gilt diese Vorschrift nicht. Für die übrigen heißt es: Strikte Anordnung des Arztes! Eine Redensart, gegen die keiner sich auflehnen kann."

„Ja. Nur ..."

„Nur was, Hastings?"

„Das läßt sich nicht bis in alle Ewigkeit fortführen."

„Eine ungemein treffende Bemerkung. Es gibt uns aber eine kleine Atempause. Und vergegenwärtigen Sie sich auch, daß sich unsere Vorgehensweise ändern wird."

„Inwiefern?"

„Unsere ursprüngliche Aufgabe hieß, die Sicherheit Mademoiselles zu gewährleisten, während unsere jetzige viel weniger schwierig und uns seit langem vertraut ist. Sie verlangt nicht mehr, als daß wir einen Mörder zur Strecke bringen."

„Das nennen Sie weniger schwierig?"

„Aber selbstverständlich. Der Mörder hat, wie ich Ihnen vor einigen Tagen sagte, durch Ausführung eines Verbrechens mit seinem Namen unterzeichnet, er ist aus dem Dunkel herausgetreten."

„Glauben Sie ..." Ich zögerte und fuhr dann fort: „Glauben Sie, daß die Polizei mit ihrer Ansicht, der Täter sei ein herumschweifender, mordsüchtiger Irrer, recht hat?"

„Ich bin im Gegenteil fester als zuvor überzeugt, daß dies nicht zutrifft, Hastings."

„Also glauben Sie ernstlich ..."

Da ich innehielt, vollendete Poirot meinen Satz: „... daß der Mörder in Mademoiselles Freundeskreis zu suchen ist? Ja, *mon ami*, das glaube ich."

„Aber die Vorgänge des heutigen Abends schließen diese Möglichkeit beinahe aus. Wir waren doch alle zusammen, Poirot, und –"

„Könnten Sie von einer x-beliebigen Person beschwören, Hastings, daß sie unsere kleine Gesellschaft dort oben auf dem Klippenrand nie verließ?" unterbrach mich mein Freund. „Gibt es irgend jemanden unter den Anwesenden, von dem Sie beeiden würden, daß Sie ihn die ganze Zeit über gesehen haben?"

„Nein", erwiderte ich langsam, durch seine Worte stutzig geworden, „das wäre mir allerdings nicht möglich. Es war dunkel. Wir bewegten uns alle mehr oder weniger hin und her. Verschiedentlich bemerkte ich Mrs. Rice, Lazarus, Sie, Croft, Vyse – doch die ganze Zeit über, nein!"

Poirot nickte. „Sehr richtig. Und zur Ausführung der Tat bedurfte es nur wenige Minuten. Stellen Sie sich die Situation vor, Hastings: Die beiden Frauen begeben sich ins Haus, und gleich darauf schlüpft der Mörder unbemerkt weg, verbirgt sich hinter jenem Maulbeerfeigenbaum in der Mitte des Rasens. Dann tritt Nick Buckley – oder vielmehr die vermeintliche Nick Buckley – aus der Tür, nähert sich ihm bis auf einen Meter, und in rascher Folge feuert er drei Schüsse auf sie ab."

„Drei?" rief ich verwundert.

„Jawohl, drei. Er durfte diesmal dem Zufall keinen Spielraum lassen. Wir haben nämlich drei Kugeln in Maggies Leiche gefunden."

„War das nicht sehr gewagt?"

„Wahrscheinlich weniger gewagt als ein einziger Schuß. Eine Mauserpistole macht, wie Sie wissen, keinen großen Lärm. Ihr Ton, der ein bißchen dem Knattern des Feuerwerks ähnelt, wäre nicht aufgefallen."

„Haben Sie die Pistole gefunden?"

„Nein. Und das beweist meines Erachtens einwandfrei, daß kein Fremder die Tat beging. Nicht wahr, wir waren uns doch darüber einig, daß im Garten des Majestic Miss

Buckleys eigene Pistole nur aus dem Grund benutzt wurde, um den Anschein eines Selbstmordes zu erwecken? Gut! Jetzt aber, Hastings, gibt es keinen vermeintlichen Selbstmord mehr. Der Mörder weiß, daß er uns damit nicht länger hinters Licht führen kann."

Ich überlegte und mußte die Logik von Poirots Ausführungen anerkennen. „Und wo ließ er Ihrer Meinung nach die Waffe?"

„Schwer zu sagen! Doch das Meer liegt nah. Ein guter Wurf, und die Pistole sinkt auf Nimmerwiedersehen auf den Grund. Natürlich dürfen wir diese Lösung nicht als völlig sicher bezeichnen – nur würde ich an des Mörders Stelle so gehandelt haben."

Seine nüchterne Sachlichkeit ließ mich schaudern. „Meinen Sie, ihm sei sofort klargeworden, daß er die falsche Person tötete?" fragte ich gepreßt.

„Durchaus nicht ... Ha, das muß eine unliebsame kleine Überraschung für ihn gewesen sein, als ihm die Wahrheit aufging!" sagte Poirot grimmig. „Und sich dann weder durch eine Miene noch durch ein unbedachtes Wort zu verraten – verdammt, das heißt, sich ganz schön im Zaume halten!"

In diesem Augenblick entsann ich mich des seltsamen Gebarens der Haushälterin Ellen und erzählte Poirot von meiner Beobachtung.

„Sie verriet Überraschung, daß Miss Maggie die Tote war?" fragte er interessiert, als ich geendet hatte.

„Große Überraschung."

„Wie merkwürdig! Und dennoch war für sie die Tatsache, daß eine Tragödie stattgefunden hatte, offensichtlich keine Überraschung! Ja, da müssen wir mal ein bißchen hineinleuchten. Wer ist diese Ellen? So ruhig, so rechtschaffen nach englischen Begriffen. Sollte sie es sein, die ..." Er brach ab.

„Wenn Sie die Unfälle einbeziehen", warf ich ein, „so

gehörten gewiß die Kräfte eines Mannes dazu, um den schweren Felsblock die Klippen hinabrollen zu lassen."

„Nicht unbedingt, *mon ami*. Es ist weitaus mehr eine Frage der Hebelwirkung. O nein, auch eine Frau könnte das vollbringen." Wieder begann er seine Wanderung, aber jetzt mit gemäßigten Schritten. „Auf jedem einzelnen, der gestern abend in Nicks Haus weilte, lastet Verdacht. Nichtsdestoweniger neigte ich zu der Ansicht, daß die einheimischen Gäste kaum in Frage kommen; sie waren flüchtige Bekannschaften, und zwischen ihnen und der jungen Gastgeberin bestand keine direkte Verbindung."

„Charles Vyse war gleichfalls eingeladen", erinnerte ich.

„Gewiß, übersehen dürfen wir ihn nicht. Er ist logischerweise sogar der am schwersten vom Verdacht Betroffene." Verzweifelt fuhr sich Poirot durchs Haar und warf sich dann in einen Sessel, der dem meinen gegenüberstand.

„*Voilà* – immer kehren wir zu ein und demselben zurück: dem Motiv! Wir müssen das Motiv finden, Hastings, oder wir werden das Verbrechen nie verstehen. Und da stehe ich nun wie ein junger, grüner Anfänger ratlos da! Wer kann ein Motiv haben, Mademoiselle aus der Welt zu schaffen? Ich, Hercule Poirot, habe den albernsten Vermutungen Raum gewährt und den unsinnigsten Flügen der Phantasie nicht Halt geboten. Ich, Hercule Poirot, habe mir die Denkweise des allerbilligsten Schauerromans zu eigen gemacht. Hat der Großvater, der alte Nick, der, wie man allgemein annimmt, sein Geld verspielte, es wirklich verspielt, habe ich mich gefragt, oder schaffte er es etwa heimlich beiseite? Liegt es vielleicht irgendwo in dem alten Haus verborgen? Ist es vielleicht im Garten vergraben worden? Und mit dieser Möglichkeit rechnend, erkundigte ich mich schließlich – schamvoll gestehe ich es ein! – bei Mademoiselle Nick, ob sie denn jemals ein Angebot für den Besitz erhalten habe."

„Mein lieber Poirot, ich halte das im Gegenteil für eine

glänzende Eingebung!“ rief ich. „Wer weiß, ob Sie damit nicht auf dem rechten Weg sind?“

Poirot stöhnte. „Habe ich's mir doch gedacht! Oh, Hastings, ich ahnte, welch großen Gefallen Ihr romantischer, aber ziemlich mittelmäßiger Geist daran finden würde. Vergrabene Schätze – was könnte Sie wohl mehr entflammen ...?“

„Nun, ich sehe tatsächlich nicht ein, warum –“

„Weil die nüchterne, alltäglichste Erklärung in neunzig von hundert Fällen die wahrscheinlichste ist“, herrschte er mich an. „Dann Mademoiselles Vater – in bezug auf ihn habe ich mit noch schmählicheren Ideen gespielt. Er war ein Weltenbummler. Nehmen wir mal an, sagte ich mir, daß er einen Edelstein gestohlen hätte – meinetwegen das Auge eines asiatischen Götterbildes. Nun sind fanatische, eifersüchtige Priester auf seinen Fersen ... Jawohl, Hastings, zu solchen Tiefen bin ich, Hercule Poirot, gesunken. Doch auch andere Mutmaßungen habe ich hinsichtlich Nicks Vater gehegt, weniger verstiegene und daher wahrscheinlichere. Ist er etwa im Laufe seines Nomadendaseins eine zweite Ehe eingegangen? Und lebt irgendwo ein näherer Erbe als Charles Vyse? Aber auch diese Annahme führt zu nichts, denn wir stoßen auf die gleiche Schwierigkeit: daß überhaupt keine wertvolle Erbschaft vorhanden ist.

Ich habe keine Möglichkeit vernachlässigt“, führte er weiter aus. „Noch nicht einmal das rein zufällige Angebot, das Mademoiselle Nick von Jim Lazarus gemacht wurde. Sie erinnern sich, Hastings? Den Vorschlag, das Bild ihres Großvaters zu veräußern. Am Sonnabend telegrafierte ich an einen Sachverständigen, damit er hier an Ort und Stelle das Porträt prüfe; er war der Mann, dem unsere Nick – wie ich sie brieflich bat – Zutritt zum Haus gewähren sollte. Vorausgesetzt, es wäre mehrere tausend Pfund wert?“

„Mein Lieber, Sie wollen doch nicht andeuten, ein reicher Mann wie der junge Lazarus ...“

„Ist er reich? Der Schein trügt bisweilen. Selbst eine alteingesessene Firma mit palastartigen Ausstellungsräumen und allen Äußerlichkeiten eines blühenden Unternehmens kann auf schwachen Füßen stehen. Und was tut man dann? Rennt man etwa umher und klagt, daß die Zeiten schlecht seien? Nein! Man kauft einen neuen, luxuriösen Wagen. Man wirft etwas mehr mit dem Geld um sich als gewöhnlich, man lebt etwas prunkhafter. Alles wegen der Kreditwürdigkeit, verstehen Sie? Doch gelegentlich ist eine Weltfirma nur wegen einiger tausend Pfund Sterling zusammengebrochen ...

Oh, mein lieber Hastings, ich weiß, daß das alles weit hergeholt ist", fuhr er fort, meinen Einwürfen zuvorkommend, „doch das ist nicht so schlecht wie rachsüchtige Geister oder vergrabene Schätze. Immerhin besteht eine Beziehung zu den Dingen, die sich ereignet haben. Und wir dürfen über nichts hinweggehen – nichts, das uns der Wahrheit näherbringen könnte."

Mit sorgsamen Fingern ordnete er die Gegenstände, die vor ihm auf dem Tisch lagen, in Reih und Glied. Als er weitersprach, war seine Stimme ernst und zum erstenmal vollkommen ruhig.

„Das Motiv!" sagte er. „Lassen Sie uns darauf zurückgreifen und dann nüchtern und methodisch an das Problem herangehen. Wie viele Motive gibt es für einen Mord? Welches sind die Beweggründe, die ein menschliches Wesen verleiten, einem Mitmenschen das Leben zu rauben?

Ich möchte, daß wir krankhafte Veranlagung oder gar Wahnsinn ausschließen, weil ich überzeugt bin, daß die Lösung nicht in diesem Bereich zu finden sein wird. Desgleichen wollen wir Totschlag als Folge eines unkontrollierten Temperaments ausscheiden. Unser Fall ist kaltblütig vorbereiteter Mord.

Welches aber sind die Beweggründe, die zu einem solchen Mord führen?

Erstens: Gewinnsucht. Wer hatte durch Mademoiselle Buckleys Tod etwas zu gewinnen? Direkt oder indirekt? Nun, da kommt Charles Vyse nicht in Frage. Er erbt einen Besitz, der, vom geldlichen Standpunkt aus betrachtet, ein wertloses Erbe ist, selbst wenn Vyse die Möglichkeit hätte, die Hypothek abzutragen, kleine Sommervillen auf dem Grundstück zu errichten und durch deren Vermietung einen geringfügigen Verdienst zu erzielen. Wertvoll wäre das Erbe nur für jemanden, der an ihm als Familienbesitz mit ganzem Herzen hinge. Familiensinn ist freilich ein in manchen Menschen unausrottbar wurzelnder Instinkt, und er hat in einzelnen mir bekannten Fällen auch zu Verbrechen geführt. Doch ein solches Motiv paßt nicht auf Charles Vyse.

Die einzige andere Person, der Mademoiselles Tod Nutzen bringen würde, ist Madame Rice. Doch wie gering ist auch dieser Gewinn! Und soweit ersichtlich, gewinnt niemand sonst durch Mademoiselle Buckleys Ableben.

Ein weiteres Motiv? Haß – oder Liebe, die in Haß umgeschlagen ist. Das aus Leidenschaft begangene Verbrechen. Da haben wir freilich den Ausspruch der scharfsinnigen Madame Croft, daß sowohl Charles Vyse als auch George Challenger in das junge Mädchen verliebt seien."

„Nun, ich sollte meinen, daß wir uns über Challengers Gefühle persönlich ein Urteil bilden konnten", lächelte ich.

„Ja, denn der ehrliche Seemann trägt sie offen zur Schau. Was den anderen anbetrifft, bauen wir auf das Wort von Madame Croft. Wenn nun Charles Vyse fühlte, daß ihm ein Rivale den Rang abgelaufen hätte, würde er dann so bis in alle Tiefen aufgewühlt sein, daß er in schmerzlicher Raserei lieber seine Kusine tötete, als sie die Frau des Nebenbuhlers werden zu lassen?"

„Das klingt allzu überspannt und romanhaft", urteilte ich nach einigem Zaudern.

„Es klingt unenglisch, wollten Sie sagen, mein Lieber.

Zugegeben. Aber sogar Engländer werden von Gemütserregungen heimgesucht, und eine Natur wie Charles Vyse ist wohl keine Ausnahme. Er ist ein beherrschter junger Mann, einer, der seine Gefühle, obwohl sie von ungeahnter Heftigkeit sein können, nicht leicht zeigt. Niemals würde ich George Challenger eines aus Gefühlsgründen begangenen Mordes verdächtigen. Nein, nein, das entspricht nicht seiner Natur. Bei Charles Vyse hingegen wäre es denkbar, wenngleich mich diese Theorie nicht gänzlich befriedigt.

Das nächste Motiv wäre die Eifersucht. Ich trenne sie absichtlich von dem zuvor Erörterten ab, weil sie die unterschiedlichsten Ursachen haben kann. Da gibt es Neid und Mißgunst – Neid wegen des Besitzes, wegen des Vorranges. Solch eine Eifersucht trieb den Jago Ihres großen Shakespeare zu einem der geschicktesten Verbrechen – ich urteile jetzt als Kriminalist –, das je begangen wurde."

„Warum nennen Sie es geschickt?" fragte ich, mit meinen Gedanken nicht ganz bei der Sache.

„*Parbleu!*" entgegnete mein Freund. „Weil er andere dazu brachte, es auszuführen. Stellen Sie sich doch heutzutage einen Verbrecher vor, dem man keine Handschellen anlegen kann, weil er nie selber etwas getan hat. Aber nicht um diesen Punkt dreht sich unsere Unterhaltung, Hastings, sondern darum, ob Eifersucht irgendwelcher Art für unser Verbrechen verantwortlich zu machen ist. Wer hat Grund, Mademoiselle zu beneiden? Eine andere Frau? Madame Rice? Aber soweit ersichtlich, besteht keine Rivalität zwischen den beiden Freundinnen – allerdings gilt auch hier die Einschränkung: soweit ersichtlich!

Endlich: die Furcht. Ist Mademoiselle Nick zufällig Mitwisserin einer Tatsache, die, wenn allgemein bekannt, einen anderen Menschen ruinieren würde? Sollte dies zutreffen, so erkläre ich mit aller Bestimmtheit, daß Nick selbst sich dieses Geheimnisses nicht bewußt ist, wodurch die Schwierigkeiten für uns noch vergrößert werden. Denn weil sie den Schlüssel zu dem Rätsel nichtsahnend hütet, ist sie nicht imstande, uns einen Hinweis zu geben."

„Halten Sie das wirklich für möglich, Poirot?"

„Es ist eine Annahme, Hastings, zu der ich allerdings nur aus Mangel an anderen halbwegs stichhaltigen Gründen gelange. Wenn Sie die übrigen Möglichkeiten ausgesondert haben, klammem Sie sich an die eine, die noch bleibt, und sagen: So muß es sein ..."

Er schwieg lange Zeit. Als er sich endlich aus seiner Versunkenheit aufraffte, zog er einen Bogen Papier aus seiner Mappe und begann zu schreiben.

„Was machen Sie da?" fragte ich nach einem Weilchen, von Neugier geplagt.

„Ich stelle eine Liste zusammen, *mon ami*. Eine Liste jener Personen, die Mademoiselle Nick umgeben, und in der, sofern meine Theorie richtig ist, der Name des Mörders enthalten sein muß."

Wohl zwanzig Minuten lang flog seine Feder eifrig über das Papier. Dann reichte er mir den Bogen herüber und fragte: „Was halten Sie davon?"

Ich las das Folgende:

A. Ellen
B. Ihr Mann, der den Garten besorgt
C. Beider Kind
D. Mr. Croft
E. Mrs. Croft
F. Mrs. Rice
G. Mr. Lazarus
H. Commander Challenger
I. Charles Vyse
K. ???

Bemerkungen:

A. Ellen.– Verdächtige Umstände. Ihr Verhalten und ihre Worte bei Bekanntwerden des Verbrechens. Hatte die beste Gelegenheit, die „Unfälle“ herbeizuführen, und von dem Vorhandensein der Pistole erfahren. Hingegen unwahrscheinlich, daß sie sich an den Autobremsen zu schaffen machte. Außerdem scheint die verbrecherische Denkart ihren geistigen Horizont zu übersteigen. *Motiv:* keines – falls nicht Haß aus irgendeinem unbekannten Antrieb.
Anmerkung: Weitere Nachforschungen betreffs ihres Vorlebens und allgemeiner Beziehungen zu Nick Buckley.

B. Ihr Mann. – Dasselbe wie oben. NurWahrscheinlichkeit größer, daß er sich an den Bremsen zu schaffen machte.
Anmerkung: Müßte einem Verhör unterzogen werden.

C. Kind. – Kommt als Täter nicht in Frage.
Anmerkung: Müßte einem Verhör unterzogen werden, weil möglicherweise von ihm wertvolle Auskünfte zu erhalten.

D. Mr. Croft. – Einziger verdächtiger Umstand die Tatsache, daß wir ihm auf der Treppe zum Schlafzimmer begegneten. Hatte jedoch sofort ziemlich glaubwürdig klingende Erklärung zur Hand. Von seinem Vorleben nichts bekannt.
Motiv: keines.

E. Mrs. Croft. – Verdächtige Umstände: keine. Auch kein erkennbares Motiv.

F. Mrs. Rice. – Verdächtige Umstände: Hinreichende Gelegenheit. Forderte Nick Buckley auf, ihr einen Mantel mitzubringen. Hat vorsätzlich den Eindruck zu erwecken versucht, daß Nick eine Lügnerin sei, deren Erzählungen über die „Unfälle“ man nicht glauben dürfe. War nicht in Tavistock zur Zeit der Unfälle. Wo dann?

Mögliches Motiv: Gewinnsucht? Sehr gering. Eifersucht? Möglich, doch nichts bekannt. Furcht? Ebenfalls möglich, doch nichts bekannt.

Anmerkung: Mit Nick darüber reden. Die Unklarheiten erhellen. Eventuell Zusammenhang mit Frederica Rices unglücklicher Ehe.

G. Mr. Jim Lazarus. – Verdächtige Umstände: Kaufangebot für Bild. Sagte, Autobremsen seien in Ordnung gewesen (nach Aussage von Mrs. Rice). Kann sich bereits vor Freitag in der Nachbarschaft aufgehalten haben.

Motiv: keines außer Nutzen aus dem Gemäldeverkauf. Anmerkung: Herausfinden, wo Lazarus vor seiner Ankunft in St. Loo war; desgleichen, wie Finanzen der Firma Lazarus & Sohn stehen.

H. Commander Challenger. – Verdächtige Umstände: keine. Da die ganze letzte Woche in der Nähe, allerdings Gelegenheit für Herbeiführung der „Unfälle". Erschien eine halbe Stunde nach der Ermordung Maggies.

Motiv: keines.

I. Mr. Vyse. – Verdächtige Umstände: War zur Zeit, als der Schuß im Hotelgarten abgefeuert wurde, nicht in seinem Büro. Günstige Gelegenheit. An seinen Aussagen über eventuellen Verkauf von Nicks Endhaus berechtigte Zweifel. Beherrschtes Temperament. Würde wahrscheinlich von dem Vorhandensein der Pistole wissen.

Motiv: Gewinnsucht? Gering. Liebe oder Haß? Möglich. Furcht? Unwahrscheinlich.

Anmerkung: Nachforschen, wer Geld für Hypothek gab; ferner, wie Geldverhältnisse bei Vyses Rechtsanwaltsbüro sind.

K. Es könnte ein K vorhanden sein, dann aber wäre es ein Außenstehender. Immerhin durch irgend etwas mit einer der vorher genannten Personen verbunden, etwa mit A, D, E oder F. Vorhandensein eines K würde 1. Ellens mangelnde Überraschung bei Bekanntwerden des Mordes und ihre angenehme Befriedigung erklären (obwohl andererseits Menschen ihrer Art bei jedem Todesfall eine ähnliche Reaktion zeigen); könnte 2. die Veranlassung sein, daß die Australier das Pförtnerhäuschen mieteten; könnte 3. Frederica Rices etwaige Furcht vor Enthüllung eines Geheimnisses oder ihre etwaige Eifersucht bewirken.

Ich fühlte, während ich las, daß Poirot mich genau beobachtete.

„Guter englischer Stil?" fragte er voll Stolz. „Ich beherrsche Ihre Sprache schriftlich viel besser als mündlich, mein lieber Hastings."

„Es ist ein Meisterwerk", sagte ich warm. „Alle Möglichkeiten sind klar herausgestellt."

Er nahm mir den Bogen aus der Hand und blickte sinnend darauf. „Ein Name springt mir förmlich in die Augen: Charles Vyse. Er hatte die allerbesten Gelegenheiten, und wir ließen ihm die Wahl zwischen zwei Motiven. – Wenn dies eine Liste von Rennpferden wäre, würde er als Favorit starten, wie?"

„Sicherlich ist Vyse der Verdächtigste."

„Sie haben doch im allgemeinen die Neigung, mein teurer Hastings, das am wenigsten Wahrscheinliche zu bevorzugen. Das rührt daher, weil Sie zu viele Detektivgeschichten schmökern. – Doch um zu unserem Mann zurückzukehren – die Kühnheit des Verbrechens spricht gegen ihn als Täter! Und vergessen Sie nicht, was ich schon zu Anfang sagte: Das Motiv muß nicht offenkundig sein. Das wiederhole ich auch heute."

Mit einer plötzlichen Bewegung zerknüllte er das Papier zu einem Ball und warf ihn aufs Parkett.

„Nein!" rief er, als ich entrüstet einen Widerspruch laut werden ließ. „Diese Liste habe ich vergebens angefertigt. – Nein, das stimmt nicht ganz. Sie hat jedenfalls meinen Geist geklärt. Ordnung und Planmäßigkeit! Das ist die erste Stufe. Mit peinlicher Genauigkeit die Tatsachen sortieren. Hierauf folgt die zweite Stufe, bei der die Psychologie eine Rolle spielt und das fehlerfreie Arbeiten der kleinen grauen Zellen. Ich rate Ihnen, mein lieber Hastings, gehen Sie zu Bett."

„Nein", weigerte ich mich, „nur, wenn auch Sie sich hinlegen. Ich lasse Sie jetzt nicht allein."

„Sie treuester aller Freunde! Aber sehen Sie, Hastings, beim Denken können Sie mir nicht beistehen. Und ich werde nichts anderes tun."

Ich schüttelte energisch den Kopf. „Vielleicht möchten Sie doch später den einen oder anderen Punkt mit mir erörtern."

„Gut, gut, ich füge mich dem ehrlichen Freund. Dann setzen Sie sich aber bitte wenigstens in jenen bequemen Armsessel."

Auf diesen Vorschlag ging ich ein. Allmählich begann das Zimmer zu verschwimmen und zu versinken. Das letzte, was in meinem Gedächtnis haftenblieb, war Poirot, wie er behutsam den zerknüllten Bogen vom Fußboden aufhob und dem Papierkorb anvertraute. Dann muß ich in tiefen Schlaf versunken sein.

10

Es war heller Tag, als ich erwachte.

Poirot saß noch auf demselben Platz, noch in derselben Haltung. Doch in seinen Augen glimmte jener katzenartige Schimmer, den ich so gut kannte.

Steif und unbeholfen rang ich mich in meinem Sessel zu einer aufrechten Stellung empor. Zeitlebens hatte ich Schlafen in einem Sessel verabscheut, jetzt jedoch erwies es sich insofern von Nutzen, als ich nicht in dem behaglichen Zustand träger Benommenheit und Schlaftrunkenheit erwachte. Vielmehr begann der Verstand sofort genauso rührig zu arbeiten wie vor vielen Stunden, ehe ich in Schlaf versank.

„Poirot“, jubelte ich, „Ihr Nachdenken hat gute Früchte getragen!“

Er nickte, lehnte sich dann vornüber und trommelte mit den Fingern auf die Tischplatte. „Mein lieber Hastings, nachdem Sie sich so schön ausgeruht haben, geben Sie mir die Antwort auf folgende drei Fragen: Weshalb schlief Miss Buckley in letzter Zeit so schlecht? Weshalb kaufte sie, die niemals Schwarz trägt, ein schwarzes Abendkleid? Weshalb sagte sie gestern abend: ‚Mir liegt nichts am Leben – jetzt ...‘?“

Ich starrte ihn an. Denn diese Fragen schienen den Kern der Sache noch nicht einmal zu streifen.

„Die Antwort, Hastings, die Antwort!“ befahl mein Freund.

„Was die erste Frage betrifft, so erinnere ich mich, daß Nick in einem unserer Gespräche erwähnte, daß sie kürzlich Kummer gehabt habe.“

„Richtig. Doch worüber wohl?“

Da ich dies unmöglich wissen konnte, sprang ich ohne weiteres zu der Frage über, die sich mit Miss Buckleys

Kleidern beschäftigte. „Und das schwarze Abendkleid ... jeder liebt bisweilen die Abwechslung."

„Für einen verheirateten Mann sind Sie auf dem Gebiet der weiblichen Psyche verzweifelt wenig bewandert, *mon ami*", stellte Poirot kopfschüttelnd fest. „Wenn eine Frau denkt, daß eine bestimmte Farbe ihr nicht steht, dann weigert sie sich, sie zu tragen. Merken Sie sich das für künftige schwierige Fälle, *mon ami.*"

„Nun, dann paßte Schwarz vielleicht zu ihrer Stimmung, nachdem sie diese Unfälle erlitten hatte."

„Nein, das paßte gar nicht – wenigstens zu den Unfällen nicht. Durch die Ermordung ihrer Kusine vor Grauen gelähmt zu sein, sich deshalb mit Selbstvorwürfen zu quälen – all das ist natürlich. Doch das andere nicht. Nick sprach vom Leben wie von etwas wertlos Gewordenem. Das ist nicht in Einklang zu bringen mit ihrem früheren Verhalten. Sie war trotzig und keck gewesen, ja ... sie hatte meine Worte in den Wind geschlagen, ja ... und dann, als sie bei uns im Hotel die Selbstbeherrschung verlor, hatte sie Angst. Angst, Hastings – beachten Sie es wohl –, weil das Leben süß war und sie nicht sterben wollte. Aber von Schwermut und Lebensüberdruß keine Spur! Selbst vor dem Dinner schien ihr das Leben noch lebenswert. Mithin stehen wir, *mon ami*, einem psychischen Wechsel gegenüber. Und das ist ungemein wichtig. Was brachte die lustige Nick zu einem derartigen Sinneswandel?"

„Der Schreck über Maggies Tod."

„Das bezweifle ich. Der Schreck löste ihr zwar die Zunge, aber die Wandlung war schon vorher eingetreten. Gibt es denn gar nichts, was diese Wandlung verursacht haben könnte?"

„Ich wüßte von nichts."

„Denken Sie nach! Gebrauchen Sie Ihre kleinen grauen Zellen!"

„Wirklich ..."

„In welchem Augenblick hatten wir zum letztenmal Gelegenheit, Mademoiselle zu beobachten?“

„Ich glaube, beim Dinner.“

„Ganz recht. Nachher sahen wir nur, wie sie Gäste begrüßte, bald mit dem einen, bald mit dem anderen ein paar Höflichkeitsfloskeln tauschte – kurz, eine ganz mechanische, förmliche Handlung. Was aber ereignete sich gegen Ende des Dinners, Hastings?“

„Sie ging zum Telefon“, sagte ich zögernd.

„Na, endlich, mein Lieber! ... Sie ging zum Telefon und war lange Zeit abwesend, wenigstens zwanzig Minuten. Finden Sie nicht, daß dies reichlich lange ist für ein Telefongespräch? Wer sprach mit ihr? Was wurde ihr mitgeteilt? Hat sie denn überhaupt telefoniert? Hastings, wir müssen erfahren, was in diesen zwanzig Minuten geschah, denn damit erhalten wir auch den Hinweis, nach dem wir bis jetzt ohne großen Erfolg ausschauen.“

„Ist das nicht ein etwas voreiliger Schluß?“

„*Mais non, mais non!* Vor Tagen habe ich Ihnen erklärt, daß Mademoiselle etwas zurückhält, von dem sie glaubt, daß es keinerlei Beziehung zu dem Mord hat. Doch ich, Hercule Poirot, weiß es besser: Es muß eine Beziehung zum Mord haben. Vor Tagen schon bin ich mir bewußt geworden, daß da irgendein mitwirkender Umstand fehlte. Fehlte er nicht, dann würde das Ganze klipp und klar vor meinen Augen liegen. Und da es nicht klipp und klar vor meinen Augen liegt – *eh bien* –, ist der fehlende Umstand der Schlußstein des Mysteriums! Ich weiß, Hastings, daß ich recht habe; ich weiß, daß ich die Antwort auf jene drei Fragen brauche. Und dann ... und dann ... beginne ich zu sehen ...“

„Trotzdem meine ich, daß augenblicklich ein Bad und ein Rasierapparat das richtige wären“, seufzte ich und reckte meine steifen Glieder.

Als ich mich nach einem warmen Bad, das mich wieder

beweglicher gemacht hatte, anzog, fühlte ich bereits, daß ein heißer Kaffee mir ganz zu meinem normalen Selbst verhelfen würde. Meiner Gewohnheit getreu, ging ich nach unten ins Frühstückszimmer und blätterte während des Frühstücks die Zeitung durch. Doch sie brachte außer der Tatsache, daß Michael Setons Tod nunmehr endgültig bestätigt worden sei, wenig Neues. Wie würde morgen die Schlagzeile lauten? Etwa: „Mädchenmord während eines Feuerwerks. Rätselhafte Tragödie ..." So ähnlich wahrscheinlich.

Ich wollte mich eben wieder nach oben begeben, als ich Frederica Rice auf meinen Tisch zukommen sah. Sie erschien mir blonder denn je.

„Ich möchte Monsieur Poirot sprechen, Mr. Hastings. Wissen Sie, ob er schon aufgestanden ist?"

„Wir werden ihn oben im Wohnzimmer finden", erwiderte ich. „Kommen Sie nur mit."

„Ich danke Ihnen."

„Hoffentlich haben Sie nicht allzu schlecht geschlafen", erkundigte ich mich, während wir das Frühstückszimmer verließen.

„Natürlich hat mich die Sache sehr mitgenommen, obgleich ich Maggie Buckley nur oberflächlich gekannt habe. Nicht auszudenken, wenn es Nick gewesen wäre!"

„Vermutlich sahen Sie Miss Maggie gestern zum ersten Mal."

„Nein. Ich lernte sie in Scarborough kennen, als sie einmal mit Nick zum Lunch herüberkam."

„Welch furchtbarer Schlag für die armen Eltern, nicht wahr?"

„Ja, furchtbar", sprach sie mir nach. Aber es klang sehr unpersönlich. Frederica Rice war – so urteilte ich innerlich – eine Egoistin, die nur Interesse für das hatte, was sie selbst betraf.

Poirot, ebenfalls in die Morgenzeitung vertieft, sprang

auf und begrüßte die blonde Frau mit all seiner gewohnten gallischen Höflichkeit. „Madame!“ sagte er. „Ich bin entzückt, Sie zu sehen.“

Frederica Rice ließ sich müde lächelnd in den angebotenen Sessel fallen. Ihre beiden Hände ruhten auf den Armlehnen. Kerzengerade saß sie da und starrte verloren ins Weite, ohne ihr Anliegen vorzubringen. Und irgendwie wirkten ihr Schweigen und ihr Entrücktsein beängstigend.

„Monsieur Poirot“, begann sie nach mehreren Minuten, „ich gehe wohl in der Vermutung nicht fehl, daß dieser traurige Vorfall ... ich meine, daß eigentlich Nick als Opfer auserkoren war?“

„Darüber besteht wohl kein Zweifel, Madame.“

Frederica zog ein wenig die Stirn kraus. „Weiß Gott, Nicks Leben schützt ein geheimer Zauber!“

In ihrer Stimme war ein Unterton, den ich nicht verstand.

„Das Glück, sagt man, geht immer im Kreise“, bemerkte Poirot.

„Vielleicht. Jedenfalls ist es nutzlos, dagegen anzukämpfen.“

Jetzt lag nur Müdigkeit in ihrer Stimme. Nach einigen Sekunden fuhr sie fort: „Ich muß sowohl Sie, Monsieur Poirot, als auch Nick um Verzeihung bitten. Bis gestern abend glaubte ich Ihnen nämlich nicht; ich hätte mir nicht träumen lassen, daß Nick von einer ernstlichen Gefahr bedroht sei. Jetzt allerdings sehe ich ein, daß man alles sorgfältig prüfen muß und daß auch Nicks unmittelbarer Freundeskreis nicht gegen Verdacht gefeit ist. Lächerlich natürlich, doch nicht auszuschließen, nicht wahr, Monsieur Poirot?“

„Madame, ich bewundere Ihre Klugheit.“

„Vor drei Tagen stellten Sie mir einige Fragen über Tavistock, die ich, wie Sie über kurz oder lang herausfinden würden, nicht wahrheitsgemäß beantwortete. Ich war nicht in Tavistock.“

„Wirklich, Madame?“

„Ja. Mr. Lazarus und ich sind bereits Anfang vergangener Woche zusammen hier angekommen. Um die bösen Zungen nicht herauszufordern, blieben wir in Shellacombe, einem kleinen Nest in der Nähe.“

„Shellacombe? Das liegt ungefähr elf Kilometer von hier entfernt.“

„Ja, so ungefähr.“ Immer noch jene sanfte, entrückte Müdigkeit.

„Darf ich neugierig sein, Madame?“

„Fragt man da heutzutage erst um Erlaubnis ...?“

„Vielleicht haben Sie recht, Madame. Wie lange sind Sie schon mit Mr. Lazarus befreundet?“

„Ich lernte ihn vor sechs Monaten kennen.“

„Und Sie haben ihn gern, Madame?“

Frederica zuckte die schmalen Schultern.

„Er ist – reich.“

„*Oh, là, là!*“ rief Poirot. „Das klingt aber nicht nett aus Ihrem Mund.“

„Ist es nicht besser, ich sage es selbst, als daß Sie es sagen?“ fragte Mrs. Rice mit einem spöttischen Lächeln.

„Wie wahr! Darf ich wiederholen, Madame, daß Sie sehr klug sind?“

„Nächstens werden Sie mir ein Diplom ausstellen, Monsieur“, sagte sie, indem sie sich erhob.

„Mehr wollen Sie mir nicht erzählen, Madame?“

„Nein – das war alles. Ich werde jetzt ein paar Blumen kaufen und sehen, wie es Nick geht.“

„Oh, das ist außerordentlich aufmerksam von Ihnen. Im übrigen aber, Madame, danke ich Ihnen für Ihre Offenheit.“

Sie warf ihm einen forschen Blick zu, schien noch etwas hinzufügen zu wollen, besann sich dann doch eines anderen und wollte das Zimmer verlassen. Als ich ihr die Tür öffnete, schenkte sie mir zum Abschied ein flüchtiges Lächeln.

„Ja, ja, sie ist sehr klug“, murmelte mein Freund, „doch Hercule Poirot nicht minder.“

„Was meinen Sie damit?“

„Daß es sehr geschickt war, mich über den Reichtum von Jim Lazarus zu informieren.“

„Ich muß sagen, daß Ihre Bemerkung mich enttäuscht.“

„*Mon cher ami*, wie immer haben Sie die richtige Reaktion zur unrichtigen Zeit! Augenblicklich handelt es sich nicht um eine Taktfrage. Wenn Madame Rice einen ergebenen Freund hat, der über Reichtümer verfügt und ihr alle Wünsche erfüllen kann – nun, dann besteht doch für Madame Rice offenkundig keine Notwendigkeit, ihre beste Freundin zu ermorden!“

„Oh!“ sagte ich.

„*C'est ça*. Oh!“

„Warum hielten Sie die kühle Blonde nicht davon ab, in das Sanatorium zu gehen?“

„Warum sollte ich zeigen, daß ich meine Hand im Spiel habe? Hindert vielleicht Hercule Poirot die kleine Nick daran, ihre Freunde zu empfangen? Welch lächerlicher Einfall! Die Ärzte und die Betreuerinnen sind es, die Einspruch erheben. Vor allem die lästigen Betreuerinnen, vollgestopft mit Verordnungen, Vorschriften und ärztlichen Befehlen!“

„Fürchten Sie nicht, man könnte den einen oder anderen Besucher doch zu ihr lassen? Wenn Nick darauf besteht?“

„Niemand, mein lieber Hastings, tritt über ihre Schwelle außer Ihnen und mir. Und je eher wir uns auf den Weg machen, desto besser.“

Ohne vorherige Anmeldung stürzte in diesem Augenblick George Challenger ins Zimmer, kochend vor Zorn und Entrüstung.

„Wollen Sie mir gefälligst sagen, was das bedeutet, Monsieur Poirot?“ schrie er meinen Freund an. „Ich telefonierte mit dem verdammten Sanatorium, in das man Nick verschleppt hat, erkundigte mich nach ihrem Befinden und wann ich sie besuchen darf. Und da erhalte ich den Bescheid, die Ärzte hätten jeden Besuch untersagt. Was heißt das? Rundheraus: Ist das Ihr Werk? Oder ist Nick infolge der Aufregung ernstlich erkrankt?"

„Monsieur, ich versichere Ihnen, daß ich in meinem ganzen Leben noch keine Richtlinien für Krankenhäuser und dergleichen Institutionen ausgearbeitet habe. Wie sollte ich so etwas auch wagen? – Warum rufen Sie nicht den Arzt an – wie hieß er doch gleich? Ach ja, Graham ... Doktor Graham."

„Schon besorgt, Monsieur Poirot. Er sagt, Nick sei so wohlauf, wie nach den Umständen zu erwarten wäre – die üblichen Floskeln. Ich kenne alle diese Tricks, weil mein Onkel Arzt ist. Nervenarzt in London, Harley Street. Psychoanalyse und all den Krimskrams. Daher weiß ich, wie man Verwandte und Freunde mit süßen Worten fernhält. Doch in diesem Falle glaube ich, daß Nick keineswegs so krank ist, daß sie niemanden empfangen darf, sondern daß Sie, Monsieur, hinter allem stecken."

Mein Freund betrachtete den zornigen Seemann voll nachsichtiger Güte, und nicht zum erstenmal bemerkte ich, daß Poirot diesem verliebten Mann freundliche Gefühle entgegenbrachte.

„Nun hören Sie mich einmal an, *mon ami*!" sagte er. „Wenn ein Besucher vorgelassen wird, kann man die übrigen nicht abweisen. Verstehen Sie? Entweder alle oder keiner. Wir beide, Sie und ich, wollen Mademoiselles Sicherheit, nicht wahr? Gut! Und darum muß es heißen: keiner."

„Ich verstehe", brummte er. „Aber ..."

„Pst! Wir wollen kein Wort mehr darüber verlieren, wollen sogar vergessen, was wir gesprochen haben. Denn jetzt ist äußerste Vorsicht geboten."

„Ich kann den Mund halten", versicherte Challenger

ruhig. Er machte auf dem Absatz kehrt und ging zur Tür. „Blumen sind doch nicht auch verboten, oder?"

Poirot schüttelte lächelnd den Kopf.

„Und nun", sagte er zu mir, als die Tür hinter dem ungestümen Commander ins Schloß fiel, „während Mr. Challenger und Madame und vielleicht auch Jim Lazarus sich alle im Blumenladen treffen, wollen wir in Ruhe zum Sanatorium fahren."

„Und dort die Antwort auf die drei Fragen einholen?"

„Ja. Obgleich ich die Antwort kenne", sagte er verschmitzt.

„Wie ...?"

„Jawohl, Hastings."

„Aber wann haben Sie sie gefunden?"

„Als ich mein Frühstück verzehrte, *mon cher*. Da starrte sie mir ins Gesicht."

„Spannen Sie mich doch nicht so auf die Folter", rief ich.

„Nein, ich möchte, daß Sie die Antwort aus Mademoiselles Mund hören."

Dann – um meine Gedanken abzulenken – reichte er mir einen geöffneten Brief. Es war das Gutachten über das Bild des alten Nicholas Buckley, das mit höchstens zwanzig Pfund bewertet wurde.

„Mithin ist dieser Punkt geklärt", meinte Poirot.

„Keine Maus in jenem Mauseloch!" erwiderte ich mit einem Ausspruch, den Poirot vor Jahren bei einer anderen Gelegenheit geprägt hatte.

„Ha, Sie erinnern sich noch ...?" lachte mein Freund. „Ja, wirklich: keine Maus in jenem Mauseloch. Zwanzig Pfund, und Mr. Lazarus bot fünfzig. Eine gewaltige Fehlschätzung für einen anscheinend so schlauen jungen Herrn!"

Im Sanatorium, das, auf der Spitze eines Hügels gelegen, weithin über die Bucht schaute, empfing uns ein weißgekleideter Pförtner und führte uns in einen kleinen Raum, wo sich auch gleich darauf eine Schwester zu uns hinzugesellte.

Ein Blick auf Poirot genügte ihr offenbar. Wahrscheinlich hatte Dr. Graham ihr eine genaue Schilderung des kleinen Detektivs gegeben, und die Wirklichkeit stimmte wohl mit dieser Schilderung so sehr überein, daß die ernste Person nur mühsam ein Lächeln verbarg. „Miss Buckley hat recht gut geschlafen", sagte sie. „Wollen Sie mit nach oben kommen?"

Wir fanden unseren Schützling in einem netten Zimmer untergebracht, durch dessen breites Fenster das Sonnenlicht hereinströmte. In dem schmalen Eisenbett sah Nick aus wie ein müdes Kind. Ihre Wangen waren weiß und die Augen verdächtig gerötet.

„Gut, daß Sie da sind!" flüsterte sie.

Poirot nahm ihre kleine Hand in beide Hände. „Mut, Mademoiselle. Es bleibt immer noch etwas, für das es sich lohnt zu leben." Bei diesen Worten zuckte sie zusammen, und ihre dunkelblauen Augen suchten Hercule Poirots Augen.

„Wollen Sie mir jetzt nicht erzählen, Mademoiselle, was Sie letzthin so bekümmerte? Oder soll ich es erraten? Und darf ich Ihnen dann mein tiefstes Mitgefühl aussprechen, Mademoiselle?"

Eine dunkle Röte schoß in die blassen Wangen. „So wissen Sie es also. Es ist ja auch so gleichgültig, wer und wie viele es jetzt wissen – jetzt, da alles vorüber ist, jetzt, da ich ihn nie wiedersehen werde." Ihre Stimme wurde durch Tränen erstickt.

„Mut, Mademoiselle."

„Ich habe in den letzten Wochen allen Mut verausgabt, Mr. Poirot. Hoffend und hoffend – und ganz zuletzt gegen meine innere Überzeugung."

Mein Blick wanderte ratlos zwischen den beiden hin und her. Ich verstand kein Wort.

„Sehen Sie den armen Hastings an", bemerkte Poirot. „Er weiß nicht, worüber wir sprechen."

Ihre unglücklichen Augen wandten sich mir zu. „Michael Seton, der Flieger, war mein Verlobter ... Und nun ist er tot."

11

Mir war, als habe ich einen Schlag vor den Kopf erhalten. „Meinten ... meinten Sie das, Poirot?" stammelte ich.

„Ja, *mon ami*. Heute morgen erfuhr ich es."

„Doch woher? Sie sagten, die Erklärung hätte Ihnen während des Frühstücks ins Gesicht gestarrt."

„Das stimmt auch, Hastings. Aus der Morgenzeitung. Ich erinnerte mich an die Unterhaltung, die beim gestrigen Dinner geführt wurde – und da war alles klar." Dann drehte er sich zu Nick um. „Haben Sie die Nachricht gestern erhalten?"

„Ja. Durch das Radio. Als ich angeblich zum Telefon lief, ich ... ich wollte die Nachricht allein hören ... im Falle ..." Sie schluckte und schluckte. „Und dann vernahm ich es ..."

„Ich weiß, ich weiß."

„Oh, es war grauenvoll. Und all die Gäste, die ich empfangen mußte. Ich verstehe nicht, wie ich es fertigbrachte; alles zog an mir vorüber wie ein Traum, und in diesem Traumzustand sah ich auch mich selbst, plaudernd und von einem zum anderen gehend, als sei nichts geschehen. Doch als ich Freddies Umhang holte, brach ich für eine Minute zusammen. Und Maggie, die Arme, plagte mich unwissentlich mit ihren fortgesetzten Fragen nach ihrem Mantel, bis sie schließlich meinen Schal nahm und fortging. Ich biß die Zähne aufeinander ... schnell ein bißchen Puder, ein bißchen Rot aufgelegt und dann gleichfalls wieder hinaus in den Garten ... Und da war Maggie tot ..."

„Sie Ärmste."

„Ach, Monsieur Poirot, Sie verstehen mich nicht. Ich war verbittert, haderte mit dem Schicksal. Ich beneidete Maggie, wünschte mir, selber tot zu sein – und wollte überhaupt nicht mehr leben, während weit weg Michael ertrunken im Stillen Ozean treibt."

„*Pauvre enfant!*"

„Nein, ich will nicht leben!" schrie sie plötzlich rebellisch. „Ich will nicht!"

„Ich weiß, Mademoiselle. Für jeden von uns kommen Stunden, da uns der Tod wünschenswerter erscheint als das Leben. Aber auch das geht vorüber – Sorge und Kummer. Im gegenwärtigen Augenblick können Sie mir das nicht glauben, mein Kind, und es ist für einen alten Mann wie mich nutzlos, darüber zu reden. Müßige, nichtige Worte – so denken Sie. Müßige, nichtige Worte."

„Sie meinen, ich würde vergessen – und später einen anderen heiraten? ... Nie! Nie!"

Sie sah unendlich anziehend aus, wie sie da mit heißen Wangen und geballten Fäusten im schmalen Bett saß.

„Nein, nein, Mademoiselle", widersprach Poirot, „nichts dergleichen denke ich. Sie sind sehr glücklich gewesen. Mademoiselle: Ein kühner Mann, ein Held hat Sie geliebt. Wann und wo machten Sie seine Bekanntschaft?"

„Vergangenen September in Le Touquet. Vor fast einem Jahr."

„Und wann verlobten Sie sich?"

„Kurz nach Weihnachten. Doch wir hielten das streng geheim."

„Warum?"

„Wegen Michaels Onkel, des alten Sir Matthew Seton, der Vögel liebt und Frauen haßt."

„Ah, *mon dieu*!"

„Nun ja, er ist ein verschrobener Sonderling gewesen, behauptete, daß Frauen das Leben eines Mannes zugrunde richten. Und Michael war von ihm vollkommen abhängig. Sir Matthew, ungeheuer stolz auf seinen Neffen, finanzierte auch den Bau des ‚Albatros' und den Weltflug. Wenn Michael der Flug geglückt wäre, hätte er ja von seinem Onkel alles verlangen können. Und selbst wenn der alte Sir Matthew bei seiner Marotte geblieben wäre – brauchten wir uns darum zu kümmern? Michael zu einer Art Held geworden, weltberühmt, mit Angeboten aller Art überschüttet ... da hätte schließlich auch der Onkel nachgegeben."

„Ich verstehe."

„Aber Michael sagte, es würde verhängnisvoll sein, wenn vorher etwas durchsickerte. Niemand dürfte von unserer Verlobung wissen. Niemand – nicht einmal Freddie."

Poirot stöhnte. „Wenn Sie es doch wenigstens mir erzählt hätten, Mademoiselle."

„Warum?" Nick starrte ihn mit aufgerissenen Augen an. „Welchen Unterschied hätte das gemacht? Sie glauben doch nicht etwa, daß diese rätselhaften Attentate mit meiner Verlobung zu tun haben? – Nein, ich hatte es Michael versprochen, und ich hielt mein Wort. Aber leicht war es nicht. Dieses Hangen und Bangen, dieses Lechzen nach Nachrichten, und dazu die Freunde, die mich nervös und launisch nannten und denen man keine Erklärungen geben durfte."

„Glauben Sie, Mademoiselle, ich kann es Ihnen sehr gut nachfühlen."

„Schon einmal, als er auf dem Weg nach Indien die Wüste überflog, war er vermißt. Doch dann stellte sich heraus, daß zwar seine Maschine beschädigt, ihm selbst aber nichts geschehen war. Und so tröstete ich mich, daß es dieses Mal wieder so ausgehen würde. Während alle Welt bereits seinen Tod beklagte, redete ich mir ein: Er ist gesund, er ist gesund ... Und dann, gestern abend ..." Sie biß sich, um nicht aufzuschreien, verzweifelt in die zusammengeballte Faust.

„Bis gestern hatten Sie also noch gehofft?“

„Ich weiß nicht ... Vielleicht weigerte ich mich nur, das Schreckliche zu glauben. Und allen Kummer in mich hineinzufressen ... oh, ich meinte manchmal, ersticken zu müssen.“

„Trat denn nie die Versuchung an Sie heran, sich Mrs. Rice anzuvertrauen?“

„Bisweilen sehnte ich mich förmlich danach.“

„Meinen Sie nicht, Mademoiselle, daß sie Ihr Geheimnis erriet?“

„Ich glaube nicht.“ Nick schien sorgfältig zu überlegen. „Wenigstens ließ sie nie ein Wort darüber fallen.“

„Und als Mr. Setons Onkel starb, haben Sie auch da nicht erwogen, Mrs. Rice ins Vertrauen zu ziehen? Oder wissen Sie nicht, daß Sir Matthew vor einer Woche starb?“

„Ich weiß es. An den Folgen einer Operation oder dergleichen. Ja, sehen Sie, Monsieur Poirot, da hätte ich es am liebsten jedem erzählt. Aber es wäre nicht sehr zartfühlend gewesen, hätte sehr prahlerisch gewirkt. Die Reporter sämtlicher englischer Zeitungen würden sich auf mich, die Braut des berühmten Fliegers, gestürzt und Interviews verlangt haben. Ein billig erkaufter Glanz, den Michael gehaßt hätte.“

„Da pflichte ich Ihnen bei, Mademoiselle. Der Öffentlichkeit konnten Sie Ihre Verlobung nicht bekanntgeben. Aber vielleicht privat – einem Freund?“

„Einer Person gegenüber habe ich auch Andeutungen gemacht“, erklärte Nick, „weil ich glaubte, daß das ganz in Ordnung sei. Doch wieweit er – ich meine die betreffende Person – mich verstand, weiß ich nicht.“

Poirot nickte. „Stehen Sie mit Ihrem Vetter, Mr. Vyse, eigentlich auf gutem Fuß?“ wechselte er ohne Überleitung das Thema.

„Charles? Wieso denken Sie, daß er es ist?“

„Ein Gedankenblitz."

„Charles, der Pedant, der nie die Nase aus diesem kleinen Nest herausgestreckt hat, meint es bestimmt gut", entgegnete Nick. „Aber ich glaube, er tadelt mich."

„Oh, Mademoiselle! Mademoiselle! Ich hörte im Gegenteil, daß er Ihnen all seine Ergebenheit zu Füßen legt."

„Man kann eine Person tadeln und dennoch eine Schwäche für sie haben", belehrte ihn Nick. „Charles stört meine Lebensweise, er mißbilligt meine Cocktails, die Art, wie ich mich kleide, meine Freunde und meine Unterhaltung, und fühlt sich trotzdem von mir angezogen. Er hofft immer, mich eines Tages zu bessern." Sie schwieg ein Weilchen und fragte dann, während ein Anflug der früheren Schelmerei in ihre Augen trat: „Wen haben Sie denn ausgepumpt, um all diesen Lokalklatsch zu erfahren?"

„Sie müssen mir deshalb nicht böse sein, Mademoiselle: Ich hatte eine Unterhaltung mit Madame Croft, der Australierin."

„Ach, sie ist ein liebes, gutes Geschöpf – wenn man Zeit für sie hat. Furchtbar rührselig. Liebe und Heim und Kinder, na ja. Sie verstehen schon."

„Ich bin selbst von einer altmodischen Rührseligkeit, Mademoiselle."

„Sie? ... Ich hätte geschworen, daß Captain Hastings der Rührseligere von Ihnen beiden wäre."

Ich fühlte, wie mir die Schamröte in die Wangen stieg.

„Er ist wütend", sagte Poirot, der sich an meinem Unbehagen weidete. „Aber Sie haben recht, Mademoiselle, vollkommen recht."

„Durchaus nicht", stieß ich ärgerlich hervor.

„Hastings ist eine liebe Seele, was für mich zeitweilig ein großes Hindernis darstellte."

„Reden Sie nicht so albern, Poirot."

„Vor allem sträubt er sich, irgendwo Böses zu sehen, und wenn er es schließlich doch sieht, ist seine gerechte Entrüstung derart groß, daß es ihm jede Verstellung und Heuchelei unmöglich macht. Alles in allem also eine seltene und feine Natur. Nein, *mon ami*, ich erlaube nicht, daß Sie mir widersprechen. Es ist so, wie ich sage."

„Sie sind beide so freundlich zu mir gewesen", bemerkte Nick vermittelnd.

„Na, na, Mademoiselle! Nicht der Rede wert – wir haben noch einiges vor uns. Und jetzt hören Sie mich an: Sie werden hübsch hierbleiben, sich fügen und tun, was ich anordne."

Nick seufzte. „Ich will alles tun, was Sie wollen. Es ist ja gleichgültig, wo ich bin und was ich mache."

„Sie werden auch keinen von Ihren Freunden zu sehen bekommen, Mademoiselle."

„Um so besser! Ich möchte gar keinen sehen."

„Für Sie, mein Kind, die passive Rolle – für uns die aktive. Und jetzt, Mademoiselle, werde ich Sie allein lassen."

Als seine Hand schon auf der Klinke lag, sagte er über die Schulter hinweg: „Übrigens erwähnten Sie einmal ein Testament, das Sie aufgesetzt hätten. Wo befindet es sich?"

„Es liegt irgendwo herum."

„Im Endhaus?"

„Ja."

„In einem Geldschrank? Eingeschlossen in Ihrem Schreibtisch?"

„Ich weiß es wirklich nicht. Irgendwo muß es sein." Sie runzelte die Stirn. „Ja, ich bin gräßlich unordentlich. Dokumente und dergleichen Papiere liegen zum größten Teil zusammen mit Bergen von Rechnungen im Schreibtisch in der Bibliothek, und vermutlich steckt auch das Testament darunter. Es kann aber auch in meinem Schlafzimmer sein."

„Erlauben Sie mir, danach zu suchen?"

„Gewiß, sehen Sie sich an, was Sie mögen."

„*Merci*, Mademoiselle. Ich werde von Ihrer Erlaubnis Gebrauch machen."

12

Poirot sagte kein Sterbenswörtchen, bis wir uns draußen unter freiem Himmel befanden. Dort jedoch packte er aufgeregt meinen Arm. „Sehen Sie, Hastings? Sehen Sie? Ah, ich hatte also recht! Dauernd wußte ich, daß da etwas fehlte – ein Stück des Vexierspiels. Und ohne das fehlende Stück war das Ganze sinnlos."

Sein jubelndes Wortgesprudel war unverständliches Kauderwelsch für mich, da ich beim besten Willen nicht einsah, inwiefern sich etwas Denkwürdiges ereignet hatte.

„Die ganze Zeit über war es vorhanden!" ereiferte sich mein Freund. „Und ich konnte es nicht sehen. Zu wissen, daß es ein Etwas gibt – das steht auf einem Blatt; aber zu wissen, was dieses Etwas ist – das steht auf einem ganz anderen ... und bereitet viel größere Schwierigkeiten."

„Mein lieber Poirot, drücken Sie sich doch endlich verständlich aus!" rief ich.

„Mein Gott, sehen Sie denn nicht? Hastings, ist das möglich? – Sehen Sie nicht, daß wir das verborgene, dunkle Motiv entdeckt haben? Das Motiv!" stieß er wie berauscht hervor.

„Poirot, und wenn Sie mich für beschränkt halten, ich sehe es nicht. Meinen Sie Eifersucht irgendwelcher Art?"

„Eifersucht? Nein, nein, mein Freund. Das landläufige, das unvermeidliche Motiv. Geld, mein Lieber, Geld!" Er schwieg, um nach einem Weilchen ruhiger fortzufahren: „Vor über einer Woche starb Sir Matthew Seton, ein englischer Millionär."

„Ja, aber –"

„Geduld! Immer hübsch Schritt für Schritt ... Er hat einen Neffen, den er vergöttert und dem er, wie wir mit Sicherheit annehmen dürfen, sein großes Vermögen vermachte."

„Aber –"

„Sie sollen schweigen, Hastings! Legate abgerechnet, desgleichen eine Stiftung zugunsten seiner gefiederten Lieblinge, fällt die ungeheure Hauptmasse an Michael Seton. Vergangenen Dienstag wird nun Michael Seton als vermißt gemeldet – und am Mittwoch beginnen die Attentate auf Mademoiselles Leben. Wie aber, wenn jener Michael, bevor er zu seinem Weltflug aufstieg, eine letztwillige Verfügung getroffen und sein Hab und Gut seiner Verlobten vermacht hätte?"

„Das ist reine Vermutung, Poirot."

„Vermutung – zugegeben. Doch es muß so sein. Weil sonst die letzten Ereignisse hier – wie ich bereits sagte – keinen Sinn hätten. Es steht also doch keine armselige Erbschaft auf dem Spiel, sondern ein Riesenvermögen."

„Niemand weiß von der Verlobung", machte ich geltend.

„Pah! Irgend jemand wird es wissen, wie stets in solchen Fällen. Und was man nicht weiß, errät man. Madame Rice zum Beispiel mag argwöhnisch gewesen sein und Mittel und Wege gefunden haben, ihren Argwohn in Gewißheit zu verwandeln."

„Wie?"

„Meinen Sie, Michael Seton und Mademoiselle Nick hätten in der Verlobungszeit keine Briefe gewechselt? Und die besten Freunde müssen Nick eine unachtsame junge Dame nennen. Hier und dort und überall hinterläßt und verstreut sie ihre Habseligkeiten. Ich bezweifle sehr, daß sie je in ihrem Leben etwas eingeschlossen hat. O ja, da fällt es nicht schwer, sich Gewißheit zu verschaffen."

„Und Frederica Rice wäre auch bekannt, daß Nick vor ihrer Operation ein Testament abfaßte?"

„Fraglos. Ja, ja, die Personen A bis K auf meiner Liste verringern sich auf zwei. Ich streiche die Dienstboten. Ich streiche George Challenger, obschon er nach Polizeibericht für die Strecke von Plymouth bis hier, eine Entfernung von nur achtundvierzig Kilometern, ganze eineinhalb Stunden brauchte. Ich streiche auch den jungen Jim Lazarus, der fünfzig Pfund für ein Bild bot, das nur zwanzig wert war. Wenn man darüber nachdenkt und Jims Geschäftstüchtigkeit berücksichtigt, mutet es einen freilich seltsam an! Desgleichen streiche ich den Australier – so herzlich und zuvorkommend – und halte mich an die beiden Personen, die noch auf meiner Liste bleiben."

„Eine ist Frederica Rice", sagte ich nachdenklich. Im Geiste sah ich sie vor mir, das goldene Haar, die zarte Blässe ihres Gesichts.

„Ja. Es deutet sogar alles auf sie hin. Wie nachlässig Mademoiselle ihr Testament auch abgefaßt haben mag, so wird die Blonde darin eindeutig als Universalerbin genannt worden sein. Wenn die Kugeln Mademoiselle Nick anstatt Mademoiselle Maggie niedergestreckt hätten, so wäre Madame Rice heute eine schwerreiche Frau."

„Mein Gott, ich kann es kaum glauben."

„Sie meinen, Hastings, Sie können kaum glauben, daß eine schöne Frau eine Mörderin sein kann? Zu diesem Glauben hat sich auch manches Schwurgericht schwer durchgerungen. Aber vielleicht ist Ihr Zweifel begründet. Es steht ja noch ein Verdächtiger auf unserer Liste."

„Charles Vyse."

„Der allerdings nur das Haus erbt", ergänzte mein Freund. „Doch möglicherweise weiß er dies nicht. Setzte er Mademoiselles Letzten Willen auf? Meines Erachtens nicht, denn dann würde diese Urkunde nicht ‚irgendwo herumliegen' – um Nicks eigene Worte zu wiederholen. Infolgedessen ahnt er vielleicht von dem Testament nichts und lebt in der Vorstellung, er – als nächster Anverwandter – sei der Erbe."

„Das klingt viel wahrscheinlicher", erklärte ich.

„Hastings, Sie Unverbesserlicher, da meldet sich wieder Ihre romantische Seele! Der schurkische Rechtsanwalt – beinahe jeder Schriftsteller läßt ihn in seinem Buch aufmarschieren. Und wenn der Rechtsanwalt gar noch ein verschlossenes Gesicht hat, ist an der Tatsache seiner Schuld nicht zu rütteln und zu deuteln. In gewisser Weise steht unser Charles Vyse mehr im Vordergrund als Madame – das will ich nicht leugnen. Er dürfte eher als sie von der Pistole wissen und versteht es sicher besser, sie zu handhaben."

„Und auch den Felsblock leichter zu Tal zu befördern!"

„Mein Lieber, ich sagte Ihnen schon früher, daß dies nicht ausschließlich eine Frage der Körperkraft ist. Und die Tatsache, daß der Fels in der falschen Sekunde ins Rollen gebracht wurde und Mademoiselle daher verfehlte, deutet mehr auf eine weibliche Urheberschaft. Der Einfall, an den Bremsen des Autos herumzumanipulieren, könnte dagegen eher einem männlichen Hirn entsprungen sein, wenngleich heutzutage manche Frauen genausoviel davon verstehen wie Männer. Andererseits gibt es in der Anklage gegen Vyse ein oder zwei Lücken."

„Welche?"

„Er hatte weniger Gelegenheit als Madame, von der Verlobung zu erfahren. Und außerdem wäre seine Handlung ziemlich überstürzt gewesen, Hastings. Bis gestern abend herrschte noch nicht vollkommene Gewißheit, daß Seton ertrunken ist. Hastig und nur auf Grund von Gerüchten zu handeln verträgt sich nicht mit juristischer Denkart."

„Eine Frau jedoch neigt eher zu übereilten Schlüssen", gab ich zu. „Poirot, es ist ein reines Wunder, daß Nick dem Tod entging!"

„Ja", sagte mein Freund düster. „Und ich kann mir nicht ein bißchen Verdienst daran zuschreiben!"

„Vorsehung!" murmelte ich.

„*Mon ami*, ich würde die Last menschlicher Missetaten lieber nicht auf die Schultern des lieben Gottes packen! ‚Vorsehung' – Sie sagen das in theatralisch feierlicher Ergebenheit, ohne zu überlegen, daß Sie in Wirklichkeit nichts anderes sagen, als daß der liebe Gott Miss Buckley getötet hat."

„Aber, Poirot!"

„Tatsächlich, mein Freund. Aber ich will mich nicht bequem hinsetzen, die Arme verschränken und bekennen: ‚Das Schicksal hat alles so trefflich geordnet, da werde ich nicht eingreifen.' Weil ich überzeugt bin, daß Hercule Poirot eigens dazu geschaffen wurde, einzugreifen. Es ist mein Werk."

Langsam waren wir den Zickzackpfad die Klippen hinaufgeklettert und betraten jetzt durch das kleine Pförtchen Nick Buckleys Grund und Boden.

„Uff!" schnaufte Poirot. „Eine verteufelte Steigung! Mir ist heiß, sogar mein Schnurrbart verliert seine Form. – Ich wollte noch sagen: Ich stehe auf seiten der Unschuld. Auf seiten Mademoiselle Nicks, weil sie angegriffen, auf seiten Mademoiselle Maggies, weil sie getötet wurde."

„Und Sie sind gegen Frederica Rice und Charles Vyse."

„Nein, Hastings, nein. Ich bewahre mir den klaren Blick und behaupte nur, daß gegenwärtig auf einem dieser beiden der Verdacht ruht ... Pst!"

Wir waren bis zu dem Rasenstreifen vor Nicks Haus gekommen, wo ein Mann mit einer Mähmaschine den Rasen mähte.

Ein kleiner, etwa zehnjähriger Bengel, häßlich, aber pfiffig aussehend, leistete ihm Gesellschaft. Mir fiel ein, daß wir das klappernde Schnurren der Mähmaschine vorher nicht gehört hatten. Wahrscheinlich gönnte sich der faule Gärtner wieder einmal Zeit und hatte seine Maschine erst in Bewegung gesetzt, als er unsere Stimmen hörte.

„Guten Morgen!" wünschte Poirot.

„Guten Morgen, Sir."

„Sie sind, wie ich vermute, der Gärtner."

„Das stimmt, Sir", grinste der Mann. „Und ich nehme an, daß ich den ausländischen Herrn vor mir habe, der von

Beruf Detektiv ist. Wie steht's mit unserer jungen Herrin?"

„Wir kommen gerade von ihr; es geht ihr leidlich."

„Hier sind Polizisten gewesen", plapperte der kleine Junge. „Jawohl, dort, wo das Fräulein tot hinfiel. Ich habe auch einmal gesehen, wie man ein Schwein totmacht, nicht wahr, Papi?"

„Ja", brummte sein Vater gleichmütig.

„Als Papi auf einer Farm arbeitete, mußte er Schweine totmachen. Nicht wahr? Und einmal habe ich zugeguckt. Huh, das war fein!"

„Alle Jungen mögen gern zusehen, wenn ein Schwein getötet wird", erklärte der Gärtner, als handelte es sich um ein unveränderliches Naturgesetz.

„Mit einer Pistole wurde die Dame erschossen", fuhr der Kleine fort. „Aber die Kehle hat man ihr nicht durchgeschnitten!"

Wir setzten unsern Weg zum Haus fort, und ich war froh, von dem blutrünstigen Kind wegzukommen.

Poirot trat durch die offenstehende Terrassentür ins Wohnzimmer und drückte dort auf die Klingel. Adrett in Schwarz gekleidet, erschien Ellen; sie war keineswegs erstaunt über unsern Besuch.

Poirot setzte ihr auseinander, daß Miss Buckley uns gestattet hätte, das Haus zu durchsuchen.

„Sehr wohl, Sir."

„Ist die Polizei fort?"

„Ja, beim ersten Morgengrauen hat man den Garten durchwühlt. Ob man was Verdächtiges fand, weiß ich nicht."

Die Haushälterin wollte gerade das Zimmer wieder verlassen, als Poirot sie mit einer Frage zurückhielt: „Waren Sie gestern abend sehr überrascht, als Sie erfuhren, daß Miss Buckley erschossen im Gras lag?"

„Ja, Sir, ich begreife nicht, wie jemand einer solchen

netten jungen Dame wie Miss Maggie Böses zufügen konnte."

„Wäre es irgend jemand anders gewesen, würde Sie das weniger überrascht haben?"

„Ich ... ich verstehe nicht recht, Sir."

„Als ich in die Halle kam", ergriff ich das Wort, „fragten Sie sofort, ob etwas passiert sei. Waren Sie vielleicht auf etwas Derartiges gefaßt?"

Sie blieb stumm, und ihre Finger fältelten den Schürzensaum. „Wollen Sie nicht antworten?"

„Die Herren würden mich ja doch nicht verstehen."

„Doch, doch", beteuerte Poirot. „Wie verwunderlich das auch sein mag, was Sie sagen, ich würde es verstehen."

Unter halbgesenkten Lidern warf sie ihm einen abschätzenden Blick zu, und diese Prüfung schien zu Poirots Gunsten auszufallen. „Sehen Sie, Sir", sagte sie mit einem Seufzer, „dies ist kein gutes Haus."

Im Gegensatz zu mir fand Poirot die Bemerkung offenbar durchaus nicht sonderbar. „Sie meinen, es ist ein altes Haus."

„Ja, Sir, aber auch kein gutes Haus."

„Sind Sie schon lange hier?"

„Sechs Jahre, Sir. Doch ich diente bereits früher als Mädchen einmal bei der Herrschaft. Damals, zu Zeiten des alten Sir Nicholas, war ich Küchenmädchen. Und mit dem Haus verhielt es sich schon damals nicht anders."

Poirot betrachtete die Frau aufmerksam. „Ein altes Haus umgibt oft eine Aura des Bösen", meinte er gedehnt.

„Ja, Sir, Sie haben das richtige Wort dafür gefunden!" rief Ellen. „Des Bösen. Schlimme Gedanken und schlimme Taten dazu. Wie Moder nistet es darin, und man kann es nicht vertreiben. Man atmet es ein mit der Luft ... Oh, ich habe immer gewußt, daß sich eines Tages in diesem Haus Böses ereignen würde."

„Und Sie haben recht behalten."

„Ja, Sir.“ Sie sagte die beiden Worte mit der Befriedigung eines Propheten, dessen Weissagungen in Erfüllung gegangen sind.

„Aber Sie dachten nicht an Miss Maggie.“

„Nein, gewiß nicht. Niemand haßte sie, das weiß ich bestimmt.“

Während ich in dieser Erklärung einen verborgenen Sinn witterte und erwartete, daß Poirot ihm nachgehen würde, steuerte er auf einen ganz fernliegenden Umstand los. „Haben Sie die Schüsse nicht gehört?“

„Bei dem Radau, den das Feuerwerk machte?“

„Waren Sie draußen, um es sich anzusehen?“

„Nein, ich hatte das Geschirr vom Dinner noch nicht abgeräumt.“

„Und der Kellner? Half er Ihnen?“

„Nein, er wollte gern vom Garten aus das Feuerwerk sehen.“

„Und Sie machten sich nichts draus?“

„Natürlich. Doch erstens wollte ich mit meiner Arbeit fertig werden, und zweitens soll es ja übermorgen wiederholt werden. Da dachte ich, ich würde mit William in die Stadt hinuntergehen und es mir dann von dort aus anschauen.“

„Ich verstehe. Haben Sie gehört, wie Mademoiselle Maggie nach ihrem Mantel suchte und ihn nicht finden konnte?“

„Ich hörte Miss Nick die Treppe hinaufrennen, Sir, und Miss Maggie unten von der Halle hinaufrufen, daß sie etwas nicht fände. Gleich darauf rief sie: ‚Schon gut! Ich werde den Schal nehmen.‘“

„Pardon“, unterbrach Poirot. „Sie bemühten sich nicht, den Mantel für sie zu suchen oder ihn aus dem Auto zu holen, wo er zurückgeblieben war?“

„Ich hatte meine Arbeit zu tun, Sir.“

„Und zweifellos hat auch keine der jungen Damen Sie

gefragt, weil sie vermuteten, Sie wären ebenfalls im Garten, nicht wahr?"

„Ja, Sir."

„Ah, dann haben Sie sich also in früheren Jahren das Feuerwerk angesehen?"

Über das blasse Gesicht huschte eine plötzliche Röte. „Ich weiß nicht, was Sie meinen, Sir. Es ist uns stets gestattet worden, in den Garten zu gehen, und wenn ich dieses Jahr keine Lust verspürte und lieber schnell meine Arbeit erledigen und mich schlafen legen wollte, so geht das doch wohl nur mich allein etwas an."

„*Mais oui, mais oui.* Nichts lag mir ferner, als Sie zu kränken. – Noch eine andere Kleinigkeit, bei der Sie mir vielleicht helfen können. Das Endhaus ist ein altes Gebäude, da gibt es doch sicher einen geheimen Raum."

„Ja, eine verschiebbare Wandtäfelung. Daran habe ich nicht mehr gedacht, Sir; jetzt, wo Sie danach fragen, erinnere ich mich, daß die Köchin es mir vor vielen Jahren einmal zeigte. Aber wo? War es in der Bibliothek? Im Eßzimmer? ... Das habe ich vergessen."

„Groß genug, um einem Menschen als Versteck dienen zu können?"

„Bewahre! Ein kleines Wandschränkchen – eine Nische, etwa dreißig Quadratzentimeter groß, nicht mehr."

„Ach, so ein winziges Ding meinte ich nicht!"

Wieder flutete die Röte über ihr Gesicht. „Wenn Sie glauben, daß ich mich irgendwo versteckt hätte, Sir, so irren Sie sich! Ich hörte Miss Nick wieder treppab rennen ... hörte sie draußen aufschreien und kam in die Halle, um zu sehen, was vorgefallen war. Und das ist die reine Wahrheit, Sir. Die reine Wahrheit!"

13

Nachdem Ellen wieder gegangen war, wandte Poirot mir sein ernstes, grübelndes Gesicht zu. „Jetzt möchte ich wirklich wissen, ob sie die Schüsse hörte ... Ich glaube nämlich, ja. Sie wird sie gehört und die Küchentür geöffnet haben und dann in die Halle gelaufen sein. Das alles ist sehr verständlich. Doch weshalb blieb sie dem Feuerwerk fern? Das möchte ich gern wissen."

„Was hatten Sie vor, als Sie nach dem geheimen Raum fragten?"

„Ein plötzlicher Einfall, vielleicht von dem Wunsch beseelt, das ‚K' unterzubringen, die letzte Person auf unserer Liste. Den Außenseiter. Doch das ist alles Unsinn ... Kommen Sie, Hastings. Wir wollen das Testament von Mademoiselle Nick aufstöbern."

Im Wohnzimmer befanden sich überhaupt keine Schriftstücke, so daß wir in die angrenzende Bibliothek hinübergingen, einen ziemlich dunklen Raum, aus dessen Fenstern man den Fahrweg überblickte. Hier stand ein großer, antiker Nußbaumsekretär.

Es brauchte eine beträchtliche Zeit, bis wir seine Schubkästen und Fächer durchgesehen hatten. Rechnungen und Quittungen bildeten ein wildes Durcheinander. Dazwischen schoben sich Einladungen, Mahnschreiben von Gläubigern, Briefe und Karten von Freunden.

„Wir werden Ordnung und Übersichtlichkeit in diesen Wust bringen", sagte Poirot streng.

Und er hielt Wort.

Nach einer Stunde lehnte er sich äußerst befriedigt zurück und betrachtete die gebündelten und verschnürten Häuflein. „*C'est bien ça!* Ein Gutes hat dieses Tohuwabohu gehabt; daß wir nämlich jedes Papierschnippselchen gründlich betrachten mußten und daher nichts Wichtiges übersa hen."

„Ja, aber die Suche war vergebens."

„Wer weiß! Vielleicht hat sie sich doch gelohnt. Lesen Sie mal." Er schob mir einen Brief zu, der in einer großen, gespreizten und dennoch fast unleserlichen Handschrift geschrieben war.

Mein Liebes, die Party gestern war herrlich. Doch heute ist für mich ein qualvoller Tag. Du hast sehr klug gehandelt, daß du das Zeug nicht angerührt hast – fang nie damit an, mein Liebes. Es ist so verteufelt schwer, wieder davon loszukommen. Ich muß unserem Freund schreiben, daß er sich mit der Lieferung beeilt. Oh, was ist das Leben für eine Hölle!
Deine Freddie

„Datiert im Februar dieses Jahres", sagte Poirot nachdenklich. „Sie ist natürlich drogenabhängig – das wußte ich vom ersten Augenblick an."

„Wirklich, Poirot? Ich habe das nie vermutet."

„Dabei ist es so offensichtlich! Sie brauchen doch nur ihre Augen anzusehen. Und außerdem sind da noch ihre außergewöhnlichen Stimmungsumschwünge. Bisweilen ist sie ganz munter, angeregt, und bisweilen leblos, schlapp, schwerfällig."

„Rauschgiftgenuß untergräbt auch das moralische Empfinden, nicht wahr?"

„Unvermeidlich. Doch ich glaube, daß Madame Rice dem Gift noch nicht rettungslos verfallen ist. Sie befindet sich auf der ersten Stufe, nicht auf der letzten."

„Und Nick?"

„Macht mir nicht den Eindruck. Sie mag wohl hin und wieder aus Spaß ein bißchen probiert haben, aber sie ist sicher nicht abhängig."

„Gott sei Dank!“

Ich erinnerte mich plötzlich, daß Nick von Frederica gesagt hatte, sie sei manchmal nicht sie selbst. Jetzt wußten wir, worauf sich das bezog!

„So, hier haben wir nichts mehr zu suchen. Hinauf in Mademoiselles Schlafzimmer!“ befahl mein Freund.

Auch hier stand ein kleiner Schreibtisch, in dessen Fächern aber eine ziemliche Leere herrschte. Keine Spur von einem Testament. Hingegen fanden wir Nicks Führerschein neben einigen unwichtigen Drucksachen.

Poirot seufzte, zwischen Erbitterung und Belustigung schwankend. „Nein, die jungen Mädchen werden nicht mehr angemessen erzogen. Eine schlechte Kinderstube, aus der Ordnung und Genauigkeit verbannt sind! Sie ist reizend, Mademoiselle Nick, aber sie ist so schrecklich unordentlich!“

Inzwischen hatte er schon angefangen, den Inhalt einer Kommode zu besichtigen.

„Aber Poirot“, wehrte ich ab, „das ist doch Wäsche.“

„Freilich ist das Wäsche.“ Er blickte mich erstaunt an. „Und was ist dabei?“

„Meinen Sie nicht ... ich denke ... wir können doch unmöglich ...“

Er brach in schallendes Gelächter aus. „Auf Ehrenwort, mein armer Hastings, Sie gehören den alten Zeiten des Biedermeier an! Wenn Mademoiselle hier wäre, würde sie es bestätigen ... Die jungen Damen heute erröten nicht mehr bei der Erwähnung ihrer Unterwäsche. Tagtäglich werden am Strand, wenige Schritte von Ihnen, all diese Höschen und Hemdchen, die nicht länger ein schamvolles Geheimnis bilden, abgelegt. Und warum auch nicht?“

„Ich sehe aber nicht den geringsten Grund, daß Sie auch dort nachsehen.“

„Lieber Hastings! Wo würde Mademoiselle, die ihre Schätze nicht einschließt, wohl etwas verbergen, das sie den

Blicken anderer nicht preisgeben will? Unter den Seidenstrümpfen und Höschen ... Genau. Ah, was haben wir denn hier?“

Er zog ein Päckchen Briefe hervor, die mit einem blaßrosa Band zusammengebunden waren. Ruhig knüpfte er die Schleife auf und fing an, die Briefe zu entfalten.

„Poirot“, rief ich, ehrlich empört, „das dürfen Sie nicht tun. Das heißt unfaire Waffen im Spiel gebrauchen.“

„Spiel?“ Schneidend klang das Wort. „Ich wüßte nicht, daß ich spiele, Hastings; ich verfolge einen Mörder.“

„Ja, aber Privatbriefe ...“

„Können ebensogut aufschlußreich wie nichtssagend sein. Ich muß jede Gelegenheit beim Schopf ergreifen, mein Freund. Kommen Sie, wir wollen sie gemeinsam lesen; vier Augen sehen meistens mehr als zwei. Und im übrigen trösten Sie sich mit dem Gedanken, daß die treue Ellen sie wahrscheinlich auswendig kennt.“

Obgleich ich mir durchaus bewußt war, daß Poirots Lage nicht erlaubte, wählerisch zu sein, beschwichtigte ich mein mahnendes Gewissen erst durch die Tatsache, daß Nicks letzte Worte gelautet hatten: „Sehen Sie sich an, was Sie mögen.“

Die Briefe, die einen mehrmonatigen Zeitraum umfaßten, begannen mit dem vergangenen Winter.

Neujahrstag
Liebling, das neue Jahr ist da, und ich habe gute Vorsätze gefaßt. Mir scheint es noch immer ganz unwirklich, daß Du mich liebst. Wie hast Du mein Leben von Grund auf umgestaltet! Ich glaube, wir beide wußten vom ersten Moment an, daß unsere Schicksalsstunde geschlagen hatte. Ein glückliches neues Jahr, mein geliebtes Mädchen. Dein für immer
Michael

8. Februar
Du einzig Geliebtes! Wenn ich Dich doch öfters sehen könnte! Es ist abscheulich, es ist gräßlich, und ich hasse diese schreckliche Geheimniskrämerei. Aber ich erklärte Dir ja, wie die Dinge liegen. Und darum müssen wir beide, die wir Lügen nicht mögen, gute Miene zum bösen Spiel machen, weil sonst die Karre in den Dreck gerät. Onkel Matthew hat sich nun einmal in die Idee verrannt, daß eine frühe Heirat die Laufbahn eines Mannes zum Scheitern bringen muß. Als ob Du mir Schaden zufügen könntest, Du süßer Engel!
Kopf hoch, Liebling! Alles wird gut werden.
Dein Michael

2. März
Ich weiß, daß ich Dir nicht an zwei Tagen hintereinander schreiben sollte, aber ich muß es tun. Als ich gestern aufstieg, dachte ich an Dich. Ich flog über Scarborough. Gesegnetes, gesegnetes Scarborough – du herrlichster Ort der Welt. Herz, weißt Du denn, wie ich Dich liebe?
Dein Michael

18. April
Mein Liebling, jetzt ist alles geregelt und festgesetzt. Endgültig. Wenn ich es schaffe – und ich werde es schaffen –, kann ich Onkel Matthew die Stirn bieten, und sollte er auch dann noch bei seinen verbohrten Ansichten bleiben, so kümmere ich mich nicht mehr darum. Es ist lieb von Dir, daß Du Dich so für meine langen technischen Beschreibungen des „Albatros“ interessierst. Wie ich mich sehne, Dich mit hinaufzunehmen in die Luft! Einmal wird der Tag kommen, Liebste. Sorge Dich um Gottes willen nicht um mich. Die Sache ist halb so gefährlich, wie sie klingt. Jetzt, da

ich weiß, daß Deine Gedanken mich begleiten, kann mich ja gar kein Unheil treffen. Alle Schwierigkeiten werden überwunden werden. Vertraue nur
Deinem Michael

20. April
Du Engel, jedes Wort, das Du sagst, ist wahr, und ich werde diesen Brief wie einen Schatz hüten. Ich bin nicht halbwegs gut genug für Dich. Kein anderer Mensch kann sich mit Dir messen. Ich bete Dich an, ich verehre Dich.
Dein Michael

Der letzte Brief trug kein Datum.

Liebling, also morgen geht es los. Mich beherrscht eine köstliche Erregung, ein ungeheurer Wagemut und die unumstößliche Gewißheit, daß ich es schaffen werde. Der gute „Albatros" läßt mich bestimmt nicht im Stich. Kopf hoch, mein Schatz, mach Dir keine Sorgen! Natürlich ist ein gewisses Risiko dabei, doch was im Leben ist ohne Risiko? Übrigens riet mir jemand, ein Testament zu machen. Taktvoller Bursche, nicht wahr? Aber er meinte es gut. Jedenfalls bin ich seinem Rat gefolgt und habe das Testament, auf den Bogen eines Abreißblocks geschrieben, an den alten Whitfield geschickt. Mir fehlte die Zeit, es ihm persönlich zu übergeben. Doch da ich einmal gehört habe, daß ein Mann seinen Letzten Willen in die drei Worte zusammenfaßte „Alles an Mutter" und daß es trotz der Kürze rechtskräftig gewesen sei, nahm ich ihn mir als Beispiel, wobei ich als gescheiter Bursche nicht vergaß, daß Du in Wirklichkeit Magdala getauft wurdest. Ein paar Freunde mußten das bezeugen.
Nicht wahr, Liebling, Du nimmst Dir dies feierliche

Gerede über Testamente nicht zu Herzen? Es bedeutet nicht, daß mir etwas zustoßen könnte. Ich werde im Gegenteil so gesund sein wie ein Fisch im Wasser. Aus Indien, Australien usw. erhältst Du Telegramme. Und nun Mut, mein Kleines. Es wird alles gut werden. Glaubst Du mir?
Gute Nacht, und Gott segne Dich.
Michael

Sorgfältig legte Poirot die Briefe wieder aufeinander. „Nun, sehen Sie ein, Hastings, daß ich sie lesen mußte, um sicherzugehen? Und es verhält sich so, wie ich Ihnen sagte."

„Sicherlich hätten Sie das auch auf einem anderen Weg herausfinden können!"

„Nein, *mon cher*, das konnte ich nicht. Wir haben jetzt nämlich sehr wertvolles Beweismaterial in die Hand bekommen."

„Wieso?"

„Weil wir Gewißheit erhielten, daß Michael Setons Testament, das tatsächlich Mademoiselle Nick als Erbin einsetzte, schwarz auf weiß niedergeschrieben wurde. Mithin hat es jeder erfahren, der diese Briefe las. Und so oberflächlich versteckte Briefe wie diese hier konnte ungefähr jeder lesen."

„Ellen?"

„Ellen mit neunzigprozentiger Sicherheit, möchte ich behaupten. Wir wollen, bevor wir gehen, einen kleinen Versuch mit ihr anstellen ... Wo aber, zum Teufel, steckt Mademoiselles Letzter Wille? Vielleicht verstaubt er zuoberst auf einem Bücherschrank oder im Bauch einer chinesischen Vase. Es hilft nichts – wir müssen Nicks Gedächtnis auffrischen."

Die Haushälterin wischte in der Halle Staub, als wir die Treppe hinabgingen, und Poirot führte sie geschickt durch ein paar freundliche Worte irre, ehe er, als sei es eine Belanglosigkeit, hinwarf: „Sie wissen vermutlich, daß Miss Buckley mit dem Flieger Michael Seton verlobt war?“

Ellen blickte ihn fassungslos an. „Was? ... Mit dem berühmten Flieger, über den alle Zeitungen seitenlang schreiben?“

„Ja.“

„Gott bewahre! Keine Ahnung hatte ich. Verlobt mit Miss Nick!“

„Vollkommene Überraschung einwandfrei festgestellt!“ bemerkte ich, als wir uns draußen im Garten befanden.

„Ja, es klang wirklich echt.“

„Vielleicht war es echt.“

„So? Und jenes Briefpäckchen, das sich seit Monaten an die Seidenwäsche schmiegt? Nein, *mon ami*.“

Alles schön und gut, dachte ich, hütete mich aber wohlweislich, meine Gedanken auszusprechen. Wir heißen doch nicht alle Hercule Poirot; wir stecken doch nicht alle unsere Nase in Dinge, die uns nichts angehen.

„Hm ... hm ... diese Ellen ist ein Rätsel“, knurrte neben mir mein Freund. „Irgend etwas gefällt mir da nicht. Nein, noch immer sehe ich nicht ganz klar.“

14

Wir gingen geradewegs zum Sanatorium zurück. Nick war ziemlich erstaunt, als wir abermals über die Schwelle traten.

„Ja, Mademoiselle“, beantwortete Poirot ihre stumme Frage, „ich bin wie der Kasperle in der Schachtel – immer hopse ich wieder hervor. Darf ich Sie nun zuerst einmal davon in Kenntnis setzen, daß ich bei Ihnen Ordnung geschaffen habe? Alles ist jetzt hübsch aufgeräumt.“

„Wahrscheinlich war es allerhöchste Zeit", sagte Nick, unwillkürlich lächelnd. „Sind Sie sehr ordentlich?"

„Fragen Sie meinen Freund Hastings."

Sie warf mir einen fragenden Blick zu, und ich schilderte einige von Poirots kleinen Eigentümlichkeiten: Toastscheiben, die nur von einem viereckigen Brotlaib stammen durften; Eier, die in der Größe genau zueinander passen mußten; seine Abneigung gegen das Golfspiel als ein so sehr dem Zufall ausgeliefertes Spiel, dessen einzig versöhnender Zug die niedlichen Erdhaufen für die Bälle seien. Und zum Schluß erzählte ich ihr den berühmten Fall, den Poirot durch seine Gewohnheit, die Nippessachen auf dem Kaminsims in schnurgerader Linie aufzubauen, gelöst hatte.

Poirot lächelte mir zu.

„Er drechselt eine nette Geschichte daraus", meinte er, als ich schwieg. „Aber im großen und ganzen ist sie wahr. Denken Sie, Mademoiselle, daß ich Hastings unaufhörlich zusetze, er soll sein Haar in der Mitte scheiteln und nicht an der Seite. Sehen Sie doch, welch schiefes Aussehen es ihm gibt."

„Dann entspreche ich Ihrem Geschmack ja auch nicht, Monsieur Poirot", sagte Nick, „während Ihnen Freddie mit ihrem Scheitel in der Mitte sehr gefallen muß."

„Aha, daher hat er neulich so sehr ihr Loblied gesungen", warf ich spöttisch ein. „Jetzt weiß ich endlich den Grund dafür."

„Genug!" entschied Hercule Poirot. „Mich führt eine ernste Angelegenheit hierher. Ich finde Ihr Testament nicht, Mademoiselle."

„Oh!" Sie runzelte die Stirn. „Aber hängt denn so viel davon ab? Schließlich bin ich nicht tot. Und Testamente erhalten ihren wirklichen Wert erst nach erfolgtem Ableben, nicht wahr?"

„Das ist richtig. Nichtsdestoweniger aber interessiert mich Ihr Letzter Wille. Denken Sie bitte nach. Versuchen

Sie sich zu erinnern, wo Sie ihn hinlegten, wo Sie ihn zuletzt sahen."

„Vermutlich legte ich ihn überhaupt an keinen besonderen Platz, Monsieur Poirot. Bei mir ist es immer eine Sache des Zufalls, wo ein Papier hingerät."

„Haben Sie ihn vielleicht in das Geheimfach gelegt?"

„Geheim... was?"

„Ihre Ellen behauptet, daß im Wohnzimmer oder in der Bibliothek sich hinter der Täfelung eine geheime Nische befindet."

„Unsinn! Ich habe niemals davon etwas gehört. Ellen hat das gesagt?"

„*Mais oui.* Es scheint, daß sie als junges Mädchen bei Ihrem Großvater in Stellung war und es damals von der Köchin erfuhr."

„Mein Gott, wenn es sich tatsächlich so verhielte, hätte Großvater mich doch in das Geheimnis eingeweiht! Monsieur Poirot, sind Sie sicher, daß Ellen nicht vielleicht geflunkert hat?"

„Ich bin durchaus nicht sicher, Mademoiselle. Ihre Ellen kommt mir nicht geheuer vor."

„O nein, dieses Urteil verdient sie nicht. William ist ein Einfaltspinsel und der Junge ein kleines Scheusal, doch Ellen ist der Inbegriff der Rechtschaffenheit."

„Haben Sie ihr gestern abend erlaubt, sich das Feuerwerk anzusehen, Mademoiselle?"

„Natürlich. Sie sehen es sich ja immer an und waschen dann hinterher das Geschirr ab."

„Und trotzdem ging sie nicht hinaus in den Garten."

„Aber, Monsieur Poirot, sie war ja draußen!"

„Woher wissen Sie das, Mademoiselle?"

„Mein Gott, ich nehme es an, weil sie sich, als ich ihr die Erlaubnis gab, bedankte. Da wird sie doch wohl auch gegangen sein."

„Im Gegenteil – sie blieb im Haus."

„Aber ... das ist mehr als eigenartig. Und welchen Grund gibt sie für diesen plötzlichen Stimmungsumschwung an?"

„Den wahren nannte sie mir nicht, Mademoiselle."

Nick blickte fragend zu meinem Freund. „Ist es denn ... wichtig?"

„Das vermag ich vorläufig nicht zu entscheiden. Eigenartig ist es auf jeden Fall."

„Und ihre Aussage über die geheime Nische nicht minder", überlegte Nick. „Ich kann mir nicht helfen, Monsieur Poirot: Es klingt höchst verwunderlich und wenig überzeugend. Hat sie Ihnen die Stelle gezeigt?"

„Sie sagt, sie könne sich nicht mehr erinnern."

„Wie? ... Ach, ich glaube, die gute Ellen hat sich damit wichtig machen wollen!"

„Geschichten erzählt sie unbedingt. Sie vertraute uns auch an, daß das Endhaus kein guter Ort zum Leben sei."

Nick Buckley zog fröstelnd die Schultern zusammen. „Darin hat sie vielleicht nicht unrecht", meinte sie leise. „Ich habe selbst bisweilen dieses Gefühl gehabt. Die alten Mauern ..." Ihre Augen wurden groß und dunkel und bekamen einen leeren Blick, so daß Poirot sich beeilte, dem Gespräch eine andere Wendung zu geben.

„Wir sind abgeschweift, Mademoiselle. Das Testament! Wo ist das Testament von Magdala Buckley?"

„Magdala Buckley ... so habe ich es auch unterzeichnet", sagte Nick mit kindlichem Stolz. „Und dann verfügte ich, wie ich mich entsinne, daß alle Schulden und durch mein Ableben entstehende Ausgaben bezahlt werden sollten. Ganz ähnlich hatte ich es einmal in einem Roman gelesen."

„Also bedienten Sie sich keines Testamentsformulars?"

„Nein. Das ging ja alles Hals über Kopf. Ich verfaßte es, kurz bevor ich in die Klinik fuhr, und Mr. Croft riet mir, meinen Verfügungen eine möglichst einfache Fassung zu geben. Testamentsformulare zu gebrauchen sei für Laien zu schwierig."

„Mr. Croft? War er denn dabei?"

„Gewiß. Von ihm ging die Anregung, einen Letzten Willen aufzusetzen, ja überhaupt aus; ich selbst hätte daran nie gedacht. Er sagte, wenn ich ohne Testament stürbe, heimste der Staat das gesamte Vermögen ein, und das sei schade."

„Ein besonnener Mann, dieser vortreffliche Mr. Croft!"

„Das ist er wirklich", bekräftigte Nick mit Wärme. „Er rief auch Ellen und ihren Mann als Zeugen hinzu. Oh, natürlich! Was für ein Dummkopf bin ich doch gewesen ...!"

Poirot und ich schauten einander verdutzt an.

„Ein Riesendummkopf sogar! ... Da lasse ich Sie das Endhaus von unten bis oben durchstöbern, und dabei hat Charles das kostbare Schriftstück in Verwahrung! Mein Vetter Charles Vyse!"

„Ah, das ist die Erklärung!"

„Mr. Croft sagte, ein Rechtsanwalt wäre der geeignete Hüter für ein Testament."

„Fabelhafte Ratschläge von seiten des guten Mr. Croft!"

„Männer sind bisweilen ganz nützlich", versicherte Nick. „Ein Rechtsanwalt oder die Bank – war sein Rat, worauf ich mich für Charles entschied. Deshalb steckten wir es in einen Umschlag und sandten es sofort an ihn ab." Mit einem tiefen Seufzer legte sich Nick in ihre Kissen zurück. „Es tut mir aufrichtig leid, daß ich mich so dumm angestellt habe, Monsieur Poirot. Doch nun ist ja alles in Ordnung. Wenn Sie das Testament mit eigenen Augen ansehen wollen, wird Charles es Ihnen natürlich zeigen."

„Nicht ohne eine Anweisung von Ihnen, mein Kind", berichtigte Poirot lächelnd.

„Wie albern!"

„Nein, Mademoiselle, nur vorsichtig."

„Nun, ich finde es albern." Sie nahm ein Blatt Papier von einem kleinen Stoß, der auf ihrem Nachttisch lag. „Was soll ich schreiben?"

Poirot diktierte einige Sätze, die Nick gehorsam nachschrieb.

„Haben Sie besten Dank, Mademoiselle", sagte er, als er die Vollmacht in Empfang nahm.

„Nicht wahr, Sie sind nicht böse, weil ich Ihnen so viel Mühe mache? Aber ich hatte es wirklich vergessen."

„Mit Ordnung und System im Gehirn vergißt man nichts."

„Dann werde ich wohl eine entsprechende Lehre machen müssen", sagte Nick ganz zerknirscht. „Ich kriege einen richtigen Minderwertigkeitskomplex, Monsieur Poirot."

„Das ist unmöglich, Mademoiselle. *Au revoir!*" Er ließ seinen Blick durch das Zimmer schweifen. „Schöne Blumen hat man Ihnen geschickt."

„Nicht wahr? Die Nelken sind von Freddie, die Rosen von George, die Lilien von Jim Lazarus. Und sehen Sie hier ..." Mit raschem Griff entfernte sie die Hülle von einem großen Korb Trauben, die im Treibhaus gereift waren.

Ich sah, wie sich Poirots Gesicht jäh veränderte. Hastig trat er wieder ans Bett heran. „Mademoiselle, Sie haben doch noch nicht davon gekostet?"

„Nein, noch nicht."

„Gott sei Dank! Sie dürfen nichts essen, was von draußen kommt, Mademoiselle. Nichts! Verstehen Sie?"

„Oh!" Langsam wich die Farbe aus ihren Wangen. „Meinen Sie ... es ist ... noch nicht vorüber? Meinen Sie, man versucht es noch immer?" flüsterte sie.

Beruhigend strich er über ihre Hand. „Denken Sie nicht daran! Hier sind Sie sicher. Aber beachten Sie das eine: nichts essen, was von draußen hereinkommt!"

Noch unten auf der Straße sah ich das weiße, erschreckte Gesicht mit dem dunklen Lockengewirr vor mir ...

Poirot blickte auf die Uhr. „Bon. Wir können gerade noch Mr. Vyse in seinem Büro abfangen, ehe er zum Lunch geht."

Der junge Rechtsanwalt empfing uns sofort, genauso förmlich, genauso steif und unnahbar wie beim erstenmal. „Guten Morgen, Monsieur Poirot. Womit kann ich dienen?“ Ohne weitere Einleitung gab ihm mein Freund Nicks Zeilen. Mr. Vyse las sie und starrte uns dann über den Rand des Blattes hinweg fassungslos an.

„Verzeihung, meine Herren. Ich muß gestehen, daß mir der Sinn dieses Schreibens unverständlich ist.“

„Wieso, Mr. Vyse? Hat Mademoiselle Buckley ihren Wunsch nicht klar ausgedrückt?“

„In diesem Brief“, erwiderte Charles Vyse, indem er mit dem Fingernagel auf das Papier tippte, „fordert sie mich auf, Ihnen ein Testament auszuhändigen, das sie im vergangenen Februar gemacht und mir anvertraut hätte.“

„Ja, Monsieur.“

„Aber, mein lieber Monsieur Poirot, mir ist kein Testament anvertraut worden!“

„Wie bitte?“

„Soweit mir bekannt ist, hat meine Kusine nie ein Testament gemacht; bestimmt habe ich keins für sie aufgesetzt.“

„Das letztere ist richtig, Mr. Vyse – Mademoiselle Buckley schrieb es mit eigener Hand und schickte es Ihnen zu.“

„Dann kann ich nur sagen, daß ich es nie erhalten habe“, erklärte der junge Anwalt kopfschüttelnd.

Es trat eine Pause ein. Poirot sah nachdenklich zu Boden. Schließlich erhob er sich und sagte: „In diesem Fall erübrigt sich eine weitere Unterhaltung, Mr. Vyse. Es muß irgendein Irrtum vorliegen.“

„Unbedingt.“ Auch der Anwalt stand auf.

„Guten Tag, Mr. Vyse.“

„Guten Tag, Monsieur Poirot.“

Wie so oft war ich der erste, der unten auf der Straße das Schweigen brach. „Lügt er, Poirot?“

„Das weiß ich ebensowenig wie Sie, mein Bester. Er hat

ein gutes Pokergesicht. Doch auf das eine dürfen Sie sich verlassen: daß er auf dem einmal eingenommenen Standpunkt verharren wird, er habe niemals ein Testament erhalten!"

„Sicherlich wird Nick eine schriftliche Empfangsbestätigung haben."

„Der kleine Wirrkopf? ... Nein, an so etwas würde sie nie denken! Nick schickte das Testament ab – und damit basta! Überdies stand ihr die Blinddarmoperation bevor, die sie fraglos mehr beschäftigte als eine Quittung."

„Und was werden wir jetzt unternehmen?"

„*Parbleu!* Wir suchen Mr. Croft auf, um zu erfahren, wieweit er sich noch an die Angelegenheit erinnert, die er eigentlich eingefädelt hat. "

„Ohne daß er irgendwelchen Nutzen daraus zog", ergänzte ich.

„Das ist wahr. Er ist offenbar so ein Allerweltshelfer – der Mann, dem es innerlich Genugtuung bereitet, wenn er die Angelegenheiten seiner Nachbarn regeln kann. Und obgleich sie es herzlich gut meinen, bringen diese Alleswisser viel Ärger in unsere Welt."

Wir fanden Mr. Croft, wie er in Hemdsärmeln mit einem dampfenden Topf in der Küche hantierte. Ein leckerer Duft erfüllte die kleine Wohnung, aber Mr. Croft ließ seine Kocherei anscheinend gern im Stich, da er offensichtlich darauf brannte, mit uns über den Mord zu reden.

„Im Nu stehe ich Ihnen zur Verfügung", sagte er. „Gehen Sie voran nach oben; Mutter würde es uns nie verzeihen, wenn wir uns hier unten unterhielten. – Milly! Unsere beiden Freunde sind hier!"

Mrs. Croft begrüßte uns mit gewohnter Herzlichkeit und erkundigte sich sofort besorgt nach Nicks Befinden. Mir gefiel die warmherzige Frau viel besser als ihr Mann.

„Das arme junge Ding!" rief sie mitleidig. „In einem Sanatorium? Ein Nervenzusammenbruch, sagen Sie? Mein

Gott, das ist ja kein Wunder nach diesem grauenvollen Mord. Man mag gar nicht daran denken, daß ein unschuldiges Mädchen sein Leben lassen mußte! Und nicht etwa in einem gesetzlosen, wilden Land, sondern mitten im Herzen unseres gesitteten Englands. Furchtbar, furchtbar! Die ganze Nacht schloß ich kein Auge."

„Mich packt jetzt noch das Grauen, wenn ich mir vorstelle, wie du gestern abend hier mutterseelenallein gelegen hast, Milly", ließ sich Mr. Croft vernehmen, der seine Jacke angezogen hatte und gleichfalls nach oben gekommen war.

„Du darfst mich nicht wieder allein lassen, wenigstens nicht nach Einbruch der Dämmerung. Überhaupt möchte ich gern so schnell wie möglich aus dieser Gegend fort. Ich kann auch nicht glauben, daß die arme Nick Buckley sich dazu überwindet, je wieder in diesem Unglückshaus zu schlafen."

Es war nicht so leicht, den Zweck unseres Besuches zu erreichen. Mr. und Mrs. Croft redeten beide so viel, hatten Frage auf Frage zu stellen. Wann würde das Begräbnis stattfinden? Wo würde die Leichenschau sein? Welche Meinung hatte sich die Polizei über das Verbrechen gebildet? War man schon jemandem auf der Spur? Beruhte das Gerücht auf Wahrheit, daß ein verdächtiger Mann in Plymouth verhaftet worden sei?

Und als wir ihnen diese Fragen nach Kräften beantwortet hatten, bestanden sie darauf, daß wir zum Lunch ihre Gäste sein müßten. Nur Poirots diplomatischer Hinweis, daß wir bereits mit dem Polizeiinspektor verabredet wären, rettete uns.

Endlich gab eine kurze Pause Hercule Poirot Gelegenheit, die Frage zu stellen, die ihm schon lange auf der Zunge brannte.

„Aber natürlich", entgegnete Mr. Croft, während er zerstreut einen Knoten in die Schnur des Sonnenrollos knüpfte und wieder löste, „ich erinnere mich noch gut. Es muß kurz nach unserer Ankunft gewesen sein. Blinddarmentzündung lautete die Diagnose –"

„Und wahrscheinlich wird es gar keine Blinddarmentzündung gewesen sein", unterbrach ihn Mrs. Croft. „Diese Ärzte sind gleich mit dem Schneiden bei der Hand, auch wenn es nicht nötig ist. Das arme kleine Ding hatte eine Verdauungsstörung, und schon wurde eine Röntgenaufnahme gemacht – und am nächsten Tage – hops! Auf den Operationstisch."

„Mehr aus Scherz, um sie von trüben Gedanken abzubringen, fragte ich, ob sie ein Testament aufgesetzt habe", ergänzte Mr. Croft. „Na ja, und da entschloß sie sich, schnell noch einige Verfügungen zu treffen – möglichst einfach und ohne juristisches Beiwerk, wie ich ihr riet. Miss Buckleys Vetter ist ja Rechtsanwalt, und er konnte ihr ja hinterher, wenn sie aus der Klinik zurückkehrte – was ich nicht eine Sekunde bezweifelte –, bei der Abfassung eines neuen Testaments zur Seite stehen. Es handelte sich ja nur um eine Vorsichtsmaßnahme."

„Und wer waren die Zeugen?"

„Ellen, die Haushälterin, und ihr Mann."

„Und nachher? Was geschah dann mit dem Dokument?"

„Wir schickten es an Mr. Vyse."

„Wissen Sie auch genau, daß es abgeschickt wurde, Mr. Croft?"

„Mein verehrter Monsieur Poirot, ich habe den Brief eigenhändig in den Kasten neben dem Tor gesteckt."

„Wenn also Mr. Vyse erklärt, es nie erhalten zu haben ..."

Jäh ließ Mr. Croft die Rolloschnur fallen. „Wollen Sie andeuten, daß es auf der Post verlorenging? Das ist doch einfach unmöglich."

„Sind Sie sicher, daß Sie den Brief abgeschickt haben?"

„Vollkommen sicher!" beteuerte Mr. Croft, ohne zu zögern. „Das kann ich jederzeit beeiden."

„Nun, glücklicherweise ist es nicht so wichtig, da Mademoiselles Befinden zu ernstlichen Besorgnissen keinen Anlaß gibt", meinte Poirot.

„*Et voilà!*" sagte Poirot, als wir außer Hörweite waren und zum Hotel hinabwanderten. „Wer ist der Lügner? Mr. Croft? Oder Mr. Charles Vyse? Ich gestehe, daß ich keinen Grund sehe, weshalb Mr. Croft lügen sollte. Das Testament zu unterschlagen, das auf seine Anregung hin erst gemacht wurde, brachte ihm keinerlei Vorteil. Nein, seine Aussage, die sich zudem mit Nicks Erzählung deckt, ist glaubwürdig. Aber trotzdem ..."

„Nun?"

„Trotzdem bin ich froh, daß sich Mr. Croft bei unserer Ankunft der Kochkunst widmete und einen vortrefflichen Abdruck seines fettigen Daumens und Zeigefingers auf der Zeitung hinterließ, die auf dem Küchentisch lag. Es glückte mir, die Ecke unbemerkt abzureißen. Und nun werden wir sie unserem guten Freund Inspektor Japp von Scotland Yard senden. Denn sehen Sie, Hastings, ich werde das Gefühl nicht los, daß unser freundlicher Mr. Croft ein bißchen zu gut ist, um echt zu sein. – Doch jetzt auf zum *déjeuner*! Ich falle bald in Ohnmacht vor Hunger."

15

Poirots Schwindelei hinsichtlich der Verabredung mit dem Polizeiinspektor erwies sich als weniger falsch, als wir ursprünglich ahnten, da uns kurz nach dem Lunch der Chef selbst, Chefinspektor Weston, einen Besuch abstattete. Er war ein großer, stattlicher Mann mit militärischer Haltung und brachte Poirots Leistungen, die ihm wohlbekannt zu sein schienen, den gebührenden Respekt entgegen. „Ein großes Glück, daß wir Sie hier haben, Monsieur Poirot!" versicherte er immer wieder.

Offensichtlich fürchtete er nichts so sehr, als daß er gezwungen sein könnte, die Mitwirkung Scotland Yards zu beantragen. Er wollte ohne Hilfe Londons das Geheimnis von Maggie Buckleys Ermordung lösen und den Verbrecher fassen, und daher pries er die gütige Vorsehung, die Hercule Poirot nach St. Loo geschickt hatte. Poirot zog ihn, soweit ich zu urteilen vermochte, vollständig ins Vertrauen.

„Eine verteufelte Angelegenheit!" fluchte Chefinspektor Weston. „Gewiß, das Mädel befindet sich im Sanatorium in Sicherheit, aber man kann es doch nicht zeitlebens zwischen Kranken einsperren."

„Das ist ja im Augenblick das Problem, und die einzige Lösung ist, daß wir den Schuldigen hinter Schloß und Riegel setzen."

„Wenn Ihre Vermutungen auf Wahrheit beruhen, dürfte das nicht so leicht sein."

„*Ah, je le sais bien.*"

„Beweismaterial! Wo, zum Teufel, bekommen wir Beweismaterial her? ... Ah, diese Fälle, die nicht routinemäßig zu lösen sind, machen immer am meisten zu schaffen! Wenn wir wenigstens die Pistole hätten ..."

„Die liegt voraussichtlich tief auf dem Grund des Meeres – ganz sicher, wenn der Mörder seine gesunden fünf Sinne beieinander hat."

„Ja, aber oft haben diese Burschen das nicht!" sagte Chefinspektor Weston. „Ich bin manchmal wirklich erstaunt, welche Unvorsichtigkeiten sie begehen. Von Mördern spreche ich allerdings nicht – Morde sind hier gottlob selten –, sondern von anderen Kriminellen. Was man bei diesen manchmal an unmöglichen Dummheiten erlebt, ist überraschend."

„Man darf sie jedoch nicht alle gleich bewerten."

„Wohl richtig. Wenn Mr. Vyse der Schurke ist, werden

wir einen schweren Stand haben. Er ist ein vorsichtiger Mensch und ein gewitzter Anwalt, der sich nicht selbst verrät. Bei der Frau bestünde mehr Hoffnung – zehn zu eins kann man da wetten, daß sie es wieder versucht, denn Frauen fehlt meist die Geduld." Er erhob sich. „Die amtliche Leichenschau ist für morgen früh anberaumt, und ich werde dafür sorgen, daß man es möglichst kurz macht. Es ist für unsere Zwecke besser, wenn die Dinge vorläufig noch in Dunkel gehüllt bleiben ... Donnerwetter, jetzt hätte ich beinahe vergessen, weshalb ich überhaupt zu Ihnen kam!"

Von neuem nahm er Platz, zog aus seiner Tasche einen zerknitterten Papierfetzen und gab ihn Poirot. „Als meine Leute heute bei Morgengrauen den Garten absuchten, ist ihnen dies in die Hände gefallen. Es hat unweit der Stelle gelegen, von wo Sie das Feuerwerk beobachteten, und ist leider die Gesamtausbeute. Was halten Sie davon, Monsieur Poirot?"

Poirot versuchte das Papier zu glätten, ehe er die Worte, die mit großen, fahrigen Buchstaben darauf geschrieben waren, las.

„... muß umgehend Geld haben. Wenn Du nicht ... was geschehen wird. Ich warne Dich." Poirot zog die Brauen zusammen. Ein zweites und ein drittes Mal las er die wenigen Sätze. „Das ist interessant", sagte er dann. „Darf ich es behalten?"

„Selbstverständlich. Fingerabdrücke sind übrigens nicht darauf. Wenn es Ihnen sonst irgendwie von Nutzen sein könnte, würde ich mich natürlich sehr freuen." Jetzt erhob sich Chefinspektor Weston endgültig. „Wie gesagt: morgen findet die Leichenschau statt. Sie, Monsieur Poirot, werden nicht als Zeuge aufgerufen werden – nur Captain Hastings. Warum soll man den sensationslüsternen Reportern auch noch auf die Nase binden, daß Sie Ihre Hand mit im Spiel haben?"

„Ich verstehe. Und die Angehörigen der armen Miss Maggie Buckley?“

„Der Vater und die Mutter werden heute aus Yorkshire erwartet, gegen halb sechs. Bedauernswerte Eltern! Wie ich hörte, wollen sie am folgenden Tag den Leichnam ihres Kindes mit in die Heimat zurücknehmen.“ Er schüttelte den Kopf. „Eine verteufelt unangenehme Sache. Ich würde gern darauf verzichten, Monsieur Poirot.“

„Wer möchte das nicht, mein Lieber?“

Als Weston gegangen war, widmete sich Poirot von neuem dem Papierfetzen.

„Sehen Sie einen wichtigen Fingerzeig?“ erkundigte ich mich.

„Bin ich allwissend, *mon ami*? Es klingt ein bißchen nach Erpressung. Von irgendeinem der Gäste fordert man in ziemlich unliebenswürdiger Form Geld, aber es ist möglich, daß der Empfänger des Briefes nicht zu Mademoiselle Nicks engem Freundeskreis gehört.“

Jetzt betrachtete er die Schriftzüge durch ein Vergrößerungsglas. „Kommt Ihnen die Schrift vertraut vor, Hastings?“

„Ein wenig erinnert sie mich an ... an ... Ja, an was? Ah, an den Brief Frederica Rices.“

„Ähnlichkeit ist zweifellos vorhanden“, meinte Poirot langsam. „Und dennoch glaube ich nicht, daß dieses hier die Schrift der blonden Madonna ist – herein!“ rief er, da es klopfte.

Es war George Challenger. „Nur einen Augenblick will ich Sie stören!“ entschuldigte er sich. „Möchte gern wissen, ob Sie vorangekommen sind.“

„*Parbleu!*“ sagte Poirot verärgert. „Gegenwärtig habe ich das Gefühl, daß ich immer mehr ins Hintertreffen gerate.“

„Das ist freilich schlimm. Aber ich glaube es Ihnen eigentlich nicht, Monsieur Poirot. Nach dem, was ich inzwischen gehört habe, hatten Sie noch nie einen Fehlschlag zu verzeichnen."

„Das ist nicht wahr", widersprach mein Freund. „Vor vielen Jahren erlitt ich in Belgien eine arge Schlappe. Erinnern Sie sich, Hastings? Ich erzählte es Ihnen – die Affäre mit der Pralinenschachtel."

„Ich erinnere mich." Und ich lächelte, denn zu der Zeit, als mir Poirot jene Geschichte erzählte, hatte er mich angewiesen, „Pralinenschachtel" zu ihm zu sagen, sobald er nach meiner Meinung eitel und eingebildet würde! Und er war bitter beleidigt gewesen, als ich das Zauberwort nur anderthalb Minuten später gebrauchte.

„Oh", wehrte Challenger ab, „das liegt so viele Jahre zurück, daß es nicht mehr zählt. Aber dieser Sache hier werden Sie auf den Grund gehen, nicht wahr?"

„Ja, das schwöre ich, Hercule Poirot, von ganzem Herzen. Ich bin der Jagdhund, der von der Fährte nicht abirrt."

„Famos! Haben Sie schon Anhaltspunkte?"

„Mein Verdacht richtet sich auf zwei Personen."

„Ich vermute, daß ich nicht fragen darf, wer sie sind?"

„Ich würde es Ihnen jedenfalls nicht sagen, da ich mich möglicherweise irre."

„Mein Alibi ist hoffentlich zufriedenstellend", meinte Challenger mit einem kleinen Blinzeln.

Poirot lächelte den sonnengebräunten Seemann nachsichtig an. „Commander, Sie verließen Plymouth wenige Minuten vor halb neun, kamen hier fünf Minuten nach zehn an – zwanzig Minuten nach Ausführung des Verbrechens. Da aber die Entfernung von Plymouth wenig mehr als achtundvierzig Kilometer beträgt und Sie diese infolge der ausgezeichneten Straßenverhältnisse oft in weniger als einer Stunde zurückgelegt haben, ist Ihr Alibi durchaus nicht gut!"

„Ja ... ich ..."

„Sie verstehen, ich untersuche alles und jedes. Und Ihr

Alibi ist, wie gesagt, nicht gut. Aber es gibt noch andere Dinge außer Alibis. Ich glaube, Sie würden sehr gern Mademoiselle Nick heiraten, nicht wahr?"

Die sonnengebräunten Wangen färbten sich dunkler. „Es war von jeher mein Wunsch, sie zu heiraten."

„*Eh bien* – Mademoiselle Nick war mit einem anderen Mann verlobt. Ein Grund vielleicht, den anderen zu töten. Doch das erübrigte sich, als dieser den Heldentod starb."

„So ist es also wahr, daß Nick sich mit Michael Seton verlobt hatte? Seit heute morgen macht dieses Gerücht die Runde."

„Ja, nichts verbreitet sich so rasch wie eine Neuigkeit. Haben Sie vorher nichts geahnt?"

„Ich wußte, daß Nick jemandem ihr Jawort gegeben hatte, da sie es mir vor zwei Tagen persönlich sagte. Aber sie erwähnte nicht, wer der Glückliche sei."

„Es war Michael Seton, der ihr – unter uns gesagt – ein sehr hübsches Sümmchen Geld hinterlassen hat. Ah, gewiß ist jetzt nicht der richtige Augenblick, um Mademoiselle Nick zu töten. Sie weint zwar um den toten Liebsten, aber das Herz tröstet sich. Sie ist jung. Und ich denke, Monsieur, daß sie viel von Ihnen hält ..."

Challenger atmete tief auf. „Wenn das wahr wäre ...", murmelte er.

Wieder pochte es an die Tür, und Mrs. Rice trat ein. „Ich habe Sie gesucht, George", wandte sie sich an den Commander, „und die Kellner sagten mir, Sie seien bei Monsieur Poirot. Wie steht es mit meiner Armbanduhr? Ist sie fertig?"

„Ja, ich habe sie heute morgen abgeholt." Er kramte eine Uhr von ungewöhnlicher Form aus seiner Tasche hervor – rund wie eine Kugel und an einem schlichten, schwarzen Moiréband befestigt. Ich entsann mich, daß ich ein ähnliches Stück an Nicks Handgelenk gesehen hatte. „Ich hoffe, sie wird jetzt genau gehen!"

„Ach, man hat schon seinen Ärger mit ihr! Irgend etwas fehlt ihr immer."

„Vermutlich ist sie mehr für die Schönheit und weniger für die Zweckmäßigkeit gedacht", warf Poirot ein.

„Kann man nicht beides haben?" Frederica blickte von einem zum anderen. „Störe ich etwa?"

„Durchaus nicht, Madame. Wir sprachen über Gerüchte, nicht über das Verbrechen. Wir sagten, wie unglaublich schnell sich Nachrichten verbreiten – wie jetzt schon jedermann weiß, daß Nick die Braut des tapferen Fliegers war, der in den Tiefen des Ozeans sein Grab fand."

„Nick mit Michael Seton verlobt?" rief Frederica erstaunt.

„Überrascht Sie das so sehr, Madame?"

„Ein wenig jedenfalls. Und dabei weiß ich eigentlich nicht, warum, denn vergangenen Herbst machte er ihr den Hof. Doch nach Weihnachten schien mir bei beiden eine Abkühlung eingetreten zu sein. Soviel ich weiß, sahen sie sich kaum noch."

„Ja, sie verstanden ihr Geheimnis gut zu hüten."

„Vermutlich mit Rücksicht auf den alten Sir Matthew, diesen verrückten Kauz."

„Und auch Sie ahnten nichts, Madame? Obwohl Sie Nicks beste Freundin sind?"

„Nick kann, wenn es ihr in den Kram paßt, ein verschlossener kleiner Teufel sein", murmelte Frederica. „Doch jetzt begreife ich, weshalb sie in letzter Zeit so nervös war. Und außerdem hätten mir einige Worte, die sie erst gestern fallenließ, die Augen öffnen müssen!"

„Ihre kleine Freundin ist sehr attraktiv, Madame."

„Ja, das schien vor einer gewissen Zeit der gute Jim Lazarus auch zu finden", bemerkte Challenger mit lautem, ziemlich taktlosem Lachen.

„Oh, Jim ..." Mrs. Rice zuckte die Achseln, doch mir machte es den Eindruck, als sei sie verärgert.

Jetzt drehte sie ihren blonden Kopf Poirot zu. „Monsieur Poirot, haben Sie ..." Mitten im Satz brach sie ab. Die schlanke Gestalt schwankte, das Gesicht wurde noch weißer. Und die Augen hingen wie festgebannt an der Mitte des Tisches.

„Fühlen Sie sich nicht wohl, Madame?"

Ich schob ihr rasch einen Stuhl hin und half ihr beim Niedersetzen.

„Danke, mir geht's schon wieder gut", flüsterte sie, obwohl sie das Gesicht in den Händen barg. Wir drei Männer beobachteten sie besorgt.

„Wie dumm!" fuhr sie dann nach einem Weilchen auf. „George, mein Bester, schauen Sie nicht so betrübt. Sprechen wir über Mörder und ihre Taten, über irgend etwas Aufregendes! Ich bin neugierig, ob Monsieur Poirot schon eine bestimmte Fährte verfolgt."

„Es ist zu früh, um sich hierüber zu äußern", wich Poirot aus.

„Aber Sie haben bereits eine bestimmte Vorstellung, wie?"

„Vielleicht. Doch benötige ich viel mehr Beweise."

„Oh!" Es klang unsicher. Mit einem Ruck erhob sie sich. „Ich habe Kopfschmerzen und will mich lieber hinlegen. Vielleicht wird man mir morgen gestatten, Nick zu sehen."

Challenger blickte ihr mürrisch nach.

„Nie weiß man, wie man mit dieser Frau dran ist!" knurrte er, als die zerbrechliche Gestalt verschwunden war. „Nick mag ihr sehr zugetan sein, doch bezweifle ich, ob sie Nick zugetan ist. Aber auch darin kann man bei Frauen nie klarsehen. ‚Liebling, Liebling', heißt es immerfort, während ein ‚Hol dich der Teufel!' die wahren Gefühle viel besser ausdrückte ... Gehen Sie aus, Monsieur Poirot?"

Mein Freund hatte sich nämlich erhoben und bürstete sorgfältig ein Fleckchen von seinem Hut.

„Ja, ich gehe in die Stadt."

„Ich habe nichts Besonderes vor. Darf ich Sie begleiten?“

„Es wird mir ein Vergnügen sein.“

Zu dritt verließen wir das Zimmer. Doch gleich darauf machte Poirot mit einer unverständlichen Entschuldigung kehrt.

„Mein Stock“, erklärte er, als er uns wieder einholte. Challenger machte eine überraschte Bewegung. Der Stock mit der goldgehämmerten Krücke war für englische Begriffe übertrieben verziert.

Poirots erster Besuch galt einem Blumenladen. „Ich muß Mademoiselle Nick ein paar Blumen schicken“, erklärte er.

Seine Wünsche zu befriedigen war für die Verkäuferin nicht leicht. Schließlich einigten sie sich auf einen goldenen, mit orangefarbenen Nelken gefüllten Korb – das Ganze mit einer großen, blauen Schleife umwunden. „Mit den besten Wünschen von Hercule Poirot“, schrieb er in seiner verschnörkelten Schrift auf eine Karte.

„Ich habe Nick heute früh Blumen geschickt“, sagte George Challenger. „Ich könnte ihr nun eigentlich Obst kaufen.“

„Kommt nicht in Frage!“ schnarrte Poirot.

„Wie?“

„Kommt nicht in Frage! Eßbares – verboten!“

„Wer sagt das?“

„Wer? Ich sage es ... ich habe diese Anordnung getroffen und sie Mademoiselle eingeschärft, die mich übrigens versteht.“

„Gerechter Gott!“ entsetzte sich Challenger und blieb mitten auf dem Bürgersteig stehen. „Also das ist es? Monsieur Poirot, Sie fürchten immer noch ...?“

16

Die Leichenschau war ein nüchternes Verfahren – nichts als bloße Erfüllung der gesetzlichen Vorschriften. Nachdem die Persönlichkeit der Ermordeten noch einmal offiziell festgestellt worden war, mußte ich Zeugnis ablegen in bezug auf das Auffinden der Leiche. Hierauf gab der ärztliche Sachverständige sein Gutachten ab, und dann vertagte der Vorsitzende die Verhandlung für eine Woche. Inzwischen hatte der Mord in St. Loo die gesamte Tagespresse in Aufruhr gebracht und tatsächlich die Sensation über Michael Setons Tod in den Schatten gerückt. Vielleicht mochte mancher Reporter dem Schicksal insgeheim danken, daß es ihm in dem gewöhnlich flauen Monat August solch einen Stoff bescherte.

Zum Glück fand ich nach der Leichenschau einen Weg, der Journalistenmeute zu entschlüpfen und mich mit Poirot zu treffen, um gemeinsam mit ihm dem ehrwürdigen Pfarrer Giles Buckley und seiner Gattin unser Beileid auszusprechen.

Maggies Eltern waren reizende Leute, völlig weltfremd. Mrs. Buckley, auffallend groß und blond, verriet deutlich ihre nordische Abstammung; der grauhaarige Gatte war kleiner als sie und von angenehm zurückhaltendem Wesen. Sie waren wie betäubt von dem Unglück, das über sie hereingebrochen war.

„Ich kann es noch immer nicht glauben", sagte Mr. Buckley. „Ein solch liebes Kind, Monsieur Poirot. So ruhig und selbstlos – stets an andere denkend. Wie konnte nur jemand ihr feindlich gesinnt sein."

Und seine Frau setzte traurig hinzu: „Es hat unglaublich lange gebraucht, bis ich das Telegramm verstand. Wir hatten sie doch erst tags zuvor heil und gesund zur Bahn begleitet."

„Rasch tritt der Tod den Menschen an“, murmelte der Pfarrer.

„Chefinspektor Weston, der uns mit Freundlichkeiten überhäufte, hat versichert, daß man alles tun wird, um den Schuldigen zu finden. Es muß sich um einen Wahnsinnigen handeln – eine andere Erklärung ist nicht möglich.“

„Madame, ich kann Ihnen nicht sagen, wie tief mich Ihr Verlust schmerzt – und wie ich Ihre Tapferkeit bewundere.“

„Wenn wir zusammenbrächen – davon würde unsere Maggie auch nicht wieder zum Leben erweckt“, erwiderte Mrs. Buckley traurig.

„Meine Frau ist bewundernswert; sie übertrifft mich bei weitem an Glauben und Mut. Es ist alles so ... so verwirrend, Monsieur Poirot.“

„Ich weiß, ich weiß, Mr. Buckley.“

„Sie sind ein berühmter Detektiv, nicht wahr?“ fragte Maggies Mutter.

„So behauptet man, Madame.“

„Bis in unser entferntes Landstädtchen ist Ihr Ruhm gedrungen. Sie werden die Wahrheit herausfinden, nicht wahr, Monsieur Poirot?“

„Ich werde nicht rasten, bis es mir gelungen ist.“

„Sie werden bestimmt erfolgreich sein, Monsieur Poirot“, sagte der Geistliche mit zitternder Stimme. „Denn das Böse kann nicht ungestraft hingehen.“

„Das Böse findet stets seine Strafe, Monsieur; nur bleibt diese unseren Augen oft verborgen.“

„Wie soll ich das verstehen?“

Doch mein Freund schüttelte wortlos den Kopf.

„Und um die kleine Nick mache ich mir auch ernstlich Sorgen“, ließ sich Mrs. Buckley vernehmen. „Sie schrieb mir einen rührenden Brief, klagt sich an, daß sie durch ihre Einladung Maggies Tod verschuldet habe.“

„Das ist doch Unsinn“, warf ihr Gatte ein.

„Natürlich, doch ich verstehe ihre Gefühle. Ach, wenn

man mich doch zu ihr ließe! Mir erscheint es ungeheuerlich, daß man den leiblichen Verwandten den Zutritt verwehrt."

„Ärzte und Krankenschwestern sind sehr streng", wich Poirot aus, „und gestatten um nichts in der Welt Ausnahmen von einer einmal erlassenen Vorschrift. Fraglos fürchten sie auch die seelische Erschütterung, der Mademoiselle durch ein Wiedersehen mit Ihnen, Madame, ausgesetzt sein würde."

„Vielleicht", entgegnete Mrs. Buckley keineswegs überzeugt. „Ich halte überhaupt nicht viel von Sanatorien. Unter meiner Obhut könnte Nick in Yorkshire viel eher das furchtbare Ereignis vergessen. Das glaube ich ganz sicher."

„Möglich – nur, fürchte ich, werden Sie tauben Ohren predigen. Wie lange haben Sie Mademoiselle Buckley nicht gesehen, Madame?"

Sie überlegte kurz.

„Seit vergangenem Herbst. Sie war damals in Scarborough, wo Maggie sie besuchte. Und dann kam Nick zu uns. Sie ist ein nettes, gutherziges Geschöpf, obwohl ich den Freundeskreis, in dem sie sich bewegt, nicht mag. Und auch ihre Lebensweise nicht. Aber man darf das arme elternlose Mädchen, das nie eine richtige Erziehung genossen hat, deshalb nicht tadeln."

„Das Endhaus ist ein seltsames Haus", meinte Poirot nachdenklich.

„Ich mag das alte Gemäuer nicht, habe es nie gemocht. Es haftet ihm etwas Unheilvolles, Unrechtes an. Und Nicks Großvater, Sir Nicholas, war mir außerdem richtig unheimlich."

„Er war – so schien es mir oft – kein guter Mensch", sagte Mr. Buckley. „Trotzdem ging von ihm ein merkwürdiger Zauber aus."

„Dieses Gefühl habe ich nie gehabt", widersprach Mrs. Buckley. „So unheimlich Sir Nicholas war, so unheimlich ist auch die Aura, die das Endhaus umgibt. Bei Gott, ich wünschte, wir hätten unsere Maggie nicht dorthin reisen lassen."

„Wünschen ... wünschen!" sagte der Pfarrer resigniert und schüttelte den Kopf.

„Ich möchte Sie jetzt nicht länger beanspruchen." Poirot erhob sich. „Ich wollte Ihnen nur persönlich mein tiefstes Mitgefühl ausdrücken."

„Danke, Monsieur Poirot. Und danke für alles, was Sie getan haben."

„Wann kehren Sie nach Yorkshire zurück?"

„Morgen. Eine traurige Reise. Auf Wiedersehen, Monsieur Poirot. Und nochmals unseren innigsten Dank."

„Sehr sympathische, einfache Leute", sagte ich, als wir allein waren.

Poirot nickte. „Es tut weh, wenn man sieht, wie grausam blind das Schicksal manchmal zuschlägt, nicht wahr, mein Freund? Eine so nutzlose, so sinnlose Tragödie! Dies liebenswürdige, bescheidene junge Mädchen und diese prächtigen Eltern ... Wenn Sie wüßten, Hastings, welche Vorwürfe ich mir mache! Ich, Hercule Poirot, befand mich in Rufweite und verhinderte das Verbrechen nicht!"

„Niemand hätte es verhindern können."

„Sie sprechen ohne Überlegung, *mon ami.* Kein Durchschnittsmensch hätte es verhindern können – aber zu welchem anderen Zweck lebt Hercule Poirot, als in die Tat umzusetzen, was der Durchschnittsmensch nicht vermag?"

„Natürlich, wenn Sie es so auslegen ..."

„Ja, ich bin niedergeschlagen – vollkommen gedemütigt."

Mir schoß durch den Sinn, daß Poirots Demütigung merkwürdig dem glich, was man sonst als versnobt zu bezeichnen pflegt. Doch ich hütete mich, ihm dies zu sagen.

„Und nun: *en avant*! Auf nach London!" rief er und wirbelte den goldverzierten Stock durch die Luft.

„Nach London?“

„Jawohl. Wir erreichen den Zweiuhrzug sehr bequem. Und da hier alles friedlich ist und Mademoiselle sich im Sanatorium befindet, wo nichts sie gefährden kann, dürfen die beiden Wachhunde sich einen Urlaub gönnen. Ich brauche nämlich ein oder zwei kleine Auskünfte.“

Unser erster Gang in London führte uns zu den Anwälten des verstorbenen Michael Seton, Whitfield, Pargiter & Whitfield, mit denen Poirot bereits telefonisch eine Verabredung getroffen hatte, so daß wir, obgleich es nach sechs war, sofort zu dem Seniorchef, Mr. Whitfield, geleitet wurden.

Er hatte einen Brief von Chefinspektor Weston und einen zweiten von einem hohen Beamten Scotland Yards vor sich liegen und sagte nach einigen höflichen Begrüßungsworten: „Das ist alles sehr regelwidrig und ungewöhnlich, Monsieur Poirot.“ Dann begann er mit Ausdauer seine Brillengläser zu putzen.

„Sehr richtig bemerkt, Mr. Whitfield“, erwiderte mein Freund. „Aber ein Mord ist auch regelwidrig und – wie ich mit Vergnügen feststelle – hinreichend ungewöhnlich.“

„Gewiß, gewiß. Doch erscheint es mir sehr weit hergeholt, wenn man eine Verbindung zwischen diesem Mord und dem Testament meines verstorbenen Klienten herstellt.“

„Ich bin da anderer Ansicht, Mr. Whitfield.“

„Nun, unter diesen Umständen – und vor allem, weil Sir Henry hier in seinem Brief es mir dringend ans Herz legt – bin ich bereit, Ihnen zu helfen.“

„Sie waren der juristische Berater Michael Setons?“

„Der gesamten Familie Seton, verehrter Herr. Seit hundert Jahren genießen wir – das heißt die Firma – dieses Vertrauen.“

„*Très bien!* Wenn ich nicht irre, setzte Sir Matthew Seton einen Letzten Willen auf, nicht wahr?“

„Wir setzten ihn für ihn auf."
„Und wem vermachte er sein Vermögen?"
„Verschiedene Personen und Institutionen – darunter das Naturhistorische Museum – wurden mit Legaten bedacht, indes fiel die Hauptmasse, ein sehr bedeutendes Vermögen, an seinen Neffen und einzigen nahen Verwandten Michael Seton. – Der verstorbene Sir Matthew war der zweitreichste Mann von ganz England", fügte Mr. Whitfield würdevoll hinzu.
„Hatte er nicht etwas absonderliche Ansichten?"
Der Rechtsanwalt maß meinen Freund mit einem strengen Blick. „Einem Millionär ist es erlaubt, exzentrisch zu sein, Monsieur Poirot. Man erwartet es beinahe von ihm."
Poirot steckte diesen Verweis sanftmütig ein und stellte eine neue Frage. „Sein Tod erfolgte, wie ich hörte, unerwartet?"
„Völlig unerwartet. Sir Matthew erfreute sich einer ausgezeichneten Gesundheit. Er hatte seit Jahren einen Tumor, der schließlich lebensgefährlich wurde und eine sofortige Operation erforderlich machte. Sie glückte auch, aber kurz darauf versagte das wohl durch die Narkose geschwächte Herz."
„Und sein Vermögen ging an Michael Seton über."
„Allerdings."
„Auch Michael Seton hat, bevor er England verließ, sein Testament gemacht, nicht wahr?"
„Wenn Sie das ein Testament nennen wollen – ja", sagte Mr. Whitfield mit unverhohlener Mißbilligung.
„Ist es nicht legal?"
„Durchaus legal. Die Absicht des Erblassers ist klar ersichtlich und durch die gebührenden Zeugen erhärtet. O ja, es ist legal."
„Doch offenbar billigen Sie es nicht, Mr. Whitfield?"
„Verehrter Herr, wofür sind wir denn da?"
Darüber hatte ich mir auch schon öfters den Kopf zerbro-

chen, nachdem ich einmal genötigt war, eine ganz einfache testamentarische Verfügung selbst zu Papier zu bringen, und anschließend durch die Weitschweifigkeit und den Wortschwall der Fassung erschreckt wurde, die mein Anwalt richtig und angemessen fand.

„In Wirklichkeit besaß Michael Seton damals keine zehn Pfund eigenes Vermögen", fuhr Mr. Whitfield fort, „sondern war von seinem Onkel abhängig. Er meinte wahrscheinlich, daß angesichts dieser Vermögenslage auch ein einfaches Testament genügen würde."

„Wie lauten Michael Setons Verfügungen?"

„Er hinterläßt alles, was er am Tage seines Ablebens besitzt, seiner künftigen Ehefrau, Miss Magdala Buckley, und bestellt mich als Testamentsvollstrecker."

„Dann beerbt ihn also Miss Buckley?"

„Selbstverständlich."

„Und wenn Miss Buckley nun zufällig vergangenen Montag gestorben wäre?"

„So wäre nach Michael Setons Bestimmungen das Vermögen jener Person zugefallen, die Miss Buckley in ihrem etwaigen Testament als Universalerben eingesetzt hätte – oder bei Fehlen eines Testaments an ihren nächsten Verwandten ... Ich möchte mir die Bemerkung erlauben", schaltete Mr. Whitfield ein, „daß die Steuern und Abgaben enorm gewesen sein würden. – Enorm!" wiederholte er mit gespitztem Mund. „Drei Todesfälle in schneller Folge! Enorm! ..."

„Nach Abzug dieser Lasten wäre aber immerhin noch etwas übriggeblieben?" erkundigte sich Poirot vorsichtig.

„Mein Herr, wie ich Ihnen schon sagte, war Sir Matthew der zweitreichste Mann Englands!"

Poirot nickte und stand auf, um sich zu verabschieden. „Ich bin Ihnen für die Auskunft sehr zu Dank verpflichtet, Mr. Whitfield."

„Nicht der Rede wert, nicht der Rede wert! Im übrigen

ist der Brief, in dem ich Miss Buckley von der Erbschaft in Kenntnis setzte, bereits abgeschickt worden, und ich würde mich glücklich schätzen, wenn ich ihr behilflich sein könnte."

„Mademoiselle Buckley ist eine junge Dame, die eines vernünftigen Ratgebers bedarf."

„Wahrscheinlich, denn die Mitgiftjäger werden jetzt in Scharen auftauchen."

„Das ist sicher", stimmte mein Freund ihm bei. „Guten Tag."

„Auf Wiedersehen, Monsieur Poirot. Freut mich, wenn ich Ihnen von Nutzen war. Ihr Name ist mir ... eh! ... nicht unbekannt."

Er sagte es, als habe er damit ein kostbares Zugeständnis gemacht.

„Weiß Gott, es verhält sich alles so, wie Sie dachten!" rief ich, als wir draußen waren.

„*Mon ami*, es mußte so sein, es bestand gar keine andere Möglichkeit. – Und jetzt gehen wir zum Dinner ins Restaurant Cheshire. Japp wartet dort auf uns."

Der Scotland-Yard-Beamte saß tatsächlich bereits dort und begrüßte meinen Freund mit überströmender Wärme. „Welche Freude, Monsieur Poirot! Jahre sind vergangen seit unserem letzten Wiedersehen. Und ich dachte, daß Sie in irgendeinem friedlichen Winkel Ihres Vaterlandes Kürbis und Kohl anbauten!"

„Ich hab's versucht, Japp, ich hab's versucht. Doch selbst wenn man Kürbisse züchtet, ist man vor einem Mord nicht sicher."

Er stieß einen tiefen Seufzer aus, und ich wußte, woran er dachte – an jene merkwürdige Affäre von Fernley Park, die ich leider nicht miterlebt hatte.

„Und Captain Hastings ist auch wieder da!" meinte Inspektor Japp. „Wie geht's denn, Sir?"

„Nicht übel, danke", erwiderte ich.

„Und jetzt gibt's wiederum Morde?" scherzte Japp.

„Ja – wiederum Morde."

„Sie müssen es nicht tragisch nehmen, alter Kampfhahn, selbst wenn Sie Ihren Weg nicht klar sehen. Meinen Sie, Sie könnten zeitlebens den Erfolg verbuchen, der Ihnen bisher stets beschieden war? Wir werden alle einmal alt und müssen dem Nachwuchs den Platz räumen."

„Und dennoch ist es der alte Hund, der alle Schliche kennt", murmelte Poirot vor sich hin. „Er ist gewitzt; er verliert die Witterung nicht."

„Gut – wir reden aber doch von menschlichen Wesen und nicht von Hunden."

„Besteht da solch ein großer Unterschied?"

„Es hängt davon ab, wie Sie die Dinge sehen. Aber Sie sind ein gefährlicher Bursche, sind es immer gewesen. Stimmt's, Hastings? Er sieht auch noch genau wie früher aus; vielleicht ist das Haar inzwischen ein bißchen dünner geworden, aber das Gestrüpp im Gesicht ist voller denn je."

„Eh?" sagte Poirot. „Was ist das?"

„Er beglückwünscht Sie zu Ihrem Schnurrbart", bemerkte ich schmunzelnd.

„Ja, der ist üppig", bestätigte Poirot und streichelte seine Männerzierde wohlgefällig.

Inspektor Japp schüttelte sich vor Lachen. – „Also", begann er dann, „ich habe die kleinen Aufträge gewissenhaft erledigt. Die Fingerabdrücke, die Sie mir sandten ..."

„Nun?" fragte Poirot eifrig.

„... waren nichts wert. Wer dieser australische Herr auch immer ist – mit uns hatte er noch nichts zu tun. Andererseits erhielt ich auf meine telegrafische Anfrage aus Melbourne den Bescheid, daß man dort keine Person, auf die Name und Beschreibung passen, kennt ..."

„Ha!"

„... so daß der sogenannte Mr. Croft doch etwas verdächtig sein mag. Aber, wie gesagt, zu unseren Burschen gehört er nicht. Was die andere Sache anbelangt, so erfreuen sich Lazarus und Sohn eines guten Rufes. Keine dunklen Machenschaften in ihren Geschäften. Gerissen, natürlich – doch das geht uns ja nichts an. Leider haben auch sie die Ungunst der Zeiten geschäftlich zu spüren bekommen."

„Oh, wirklich?"

„Ja. Der Preissturz auf dem Bildermarkt hat ihnen schwer zugesetzt. Überdies sind auch antike Möbel nicht mehr so begehrt, seit die moderne Richtung bei uns immer mehr Liebhaber findet. Kurz, man tuschelt, daß die Firma bald mit dem Gerichtsvollzieher Bekanntschaft machen wird."

„Mein lieber Japp, was hätte ich wohl ohne Sie angefangen! Ich als Ausländer könnte das alles gar nicht auskundschaften. Ich bin Ihnen zu großem Dank verpflichtet."

„Schon gut! Bin einem alten Freund immer gern gefällig. Ich brachte Ihnen in den guten alten Tagen manch hübschen Fall ein."

Dies – so dachte ich bei mir – war Inspektor Japps Art, eine Verpflichtung Poirot gegenüber anzuerkennen, der mehr als einen Fall gelöst hatte, der den Inspektor überfordert hatte.

„Ja, das waren gute Tage", sagte Poirot voll Wehmut.

„Es würde mich freuen, wenn wir auch heute noch hin und wieder ein Schwätzchen halten könnten. Ihre Methoden mögen altmodisch sein, aber wer hat den Kopf von Hercule Poirot?"

„Und wie steht's mit meiner anderen Frage, Japp? Was treibt dieser Doktor MacAllister?"

„Er ist ein Arzt, wie Frauen ihn mögen, ich meine nicht Gynäkologe, sondern einer dieser Ärzte, die Ihnen weismachen, Sie müßten in einem Zimmer mit purpurroten Wänden und gelber Decke schlafen, die des langen und breiten von Ihren Trieben und geheimen Wünschen faseln, von Unterbewußtsein und ähnlichem Kram. Wenn Sie mich um meine persönliche Meinung fragen, so nenne ich ihn ein Gemisch von Arzt und Beichtvater, aber die Frauen schwören auf ihn, rennen hin zu ihm wie die Fliegen auf den Leim. Auch in Paris scheint er noch eine Praxis zu haben, denn er fährt häufig dorthin."

„MacAllister?" fragte ich verwirrt. „Ich höre den Namen heute zum erstenmal. Wie kommen Sie denn auf ihn, Poirot?"

„Er ist der Onkel von George Challenger", erklärte mein Freund. „Erinnern Sie sich, daß er gelegentlich einen Onkel, der Arzt sei, erwähnte?"

„Wie gründlich Sie sind! – Meinen Sie, er hätte Sir Matthew operiert?"

„Doktor MacAllister ist doch kein Chirurg", sagte Japp.

„*Mon ami*", ergänzte Poirot, „ich liebe es, alles in meine Nachforschungen einzubeziehen. Hercule Poirot ist ein tüchtiger Hund. Der tüchtige Hund aber folgt der Fährte, und wenn bedauerlicherweise die Fährte fehlt, hebt er die Nase, schnuppert und sucht. So macht es auch Hercule Poirot. Und oft findet er etwas."

„Unser Beruf ist nicht fein", meinte der Inspektor. „Nein, durchaus nicht. Und Ihrer, Monsieur Poirot, ist noch schlimmer als meiner – weil er nicht amtlich ist, verstehen Sie? Weil Sie sich daher viel häufiger auf unlegale Art einschleichen müssen."

„Ich habe mich noch nie einer Verkleidung bedient, Japp."

„Das können Sie auch gar nicht. Sie sind einzigartig. Wer Sie einmal sah, wird Sie nie vergessen." Und als Poirot ihn ziemlich ungläubig anblickte, fuhr Inspektor Japp lachend fort: „Nichts für ungut, alter Freund. Ich scherze natürlich ... Eine Flasche Portwein jetzt?"

Der Abend verlief sehr harmonisch. Bald steckten wir mittendrin in den Erinnerungen. Bald dieser Fall, bald jener, und dann noch ein anderer. Und ich gestehe, daß auch ich gern in der Vergangenheit schwelge. Ach ja, das waren wirklich schöne Tage gewesen! ... Wie gereift und erfahren ich mir vorkam!

Armer alter Poirot! Ich sah, wie ihm dieser Mord von St. Loo zu denken gab. Fraglos hatten Poirots Fähigkeiten nachgelassen, fraglos hatte das Alter diesen scharfen Verstand beeinträchtigt. Ich hatte das sichere Gefühl, daß er diesmal fehlgehen würde – daß Maggie Buckleys Mörder nie dingfest gemacht werden würde.

„Mut, *mon ami*!“ sagte er da und klopfte mir auf die Schulter. „Es ist nicht alles verloren. Setzen Sie bitte nicht diese Trauermiene auf.“

„Ich bin ganz wohlgemut, Poirot“, versicherte ich.

„Und ich ebenfalls. Und Japp auch.“

„Also sind wir's alle drei!“ rief der Inspektor. „Prosit, meine Freunde.“

Und tatsächlich trennten wir uns nach Stunden in fröhlichster Stimmung.

Am folgenden Morgen fuhren wir nach St. Loo zurück, und sofort nach unserer Ankunft im Hotel ließ sich Poirot mit dem Sanatorium verbinden und verlangte Nick zu sprechen. Plötzlich ging eine ungeheure Veränderung mit ihm vor; der Hörer entfiel beinahe seiner Hand. „*Comment? Comment?* Was ist geschehen? Bitte, sagen Sie es noch einmal.“

Einige Minuten stand er lauschend am Apparat. Dann hörte ich ihn antworten: „Ja, ja. Ich komme sofort.“

Als er sich umwandte, sah ich in ein aschfahles Gesicht.

„Warum ging ich auch fort, Hastings? *Mon dieu!* Warum ging ich fort?“

„Was gibt es denn, Poirot?“

„Mademoiselle ist schwer krank. Eine Überdosis Kokain. Also haben sie es doch erreicht. *Mon dieu! Mon dieu!* Warum ging ich fort?“

17

Auf dem ganzen Weg murmelte und flüsterte Poirot Selbstvorwürfe vor sich hin.

„Ich hätte es wissen müssen“, stöhnte er. „Ja, ich hätte es wissen müssen. Doch andererseits, was konnte ich tun? Hatte ich nicht alle Vorsichtsmaßregeln getroffen? Es ist unmöglich – unmöglich. Keiner konnte zu ihr gelangen. Wer hat sich da über meine Anordnungen hinweggesetzt?“

Im Sanatorium wurden wir in das kleine Zimmer im Erdgeschoß geführt, in dem wir schon einmal gewartet hatten, und etliche Minuten später erschien Dr. Graham, erschöpft und bleich.

„Ich glaube, ich bringe sie durch“, sagte er ohne jede Einleitung. „Die Schwierigkeit bestand darin, daß wir nicht wußten, wieviel sie von dem verdammten Zeug geschluckt hat.“

„Was war es?“

„Kokain.“

„Aber wie geschah es? Wie konnte man es ihr eingeben? Wem hat man den Zutritt gestattet?“ Poirot bebte vor ohnmächtiger Entrüstung.

„Keinem hat man den Zutritt gestattet.“

„Unmöglich.“

„Es ist wahr.“

„Aber dann ...“

„Man benutzte eine Schachtel mit Konfekt.“

„Ah, *sacré*! Habe ich ihr nicht ausdrücklich gesagt, nichts, absolut nichts zu essen, was von draußen käme?“

„Ich weiß darüber nichts Näheres, doch scheint es mir eine schwierige Aufgabe zu sein, einem jungen Mädchen das Naschen zu verwehren. Gottlob aß sie nur ein einziges Stück.“

„Enthielten sämtliche Pralinen Kokain?“

„Nein, nur drei der obersten Schicht, von denen sie eine aß. Der übrige Inhalt war tadellos."

„Und wie hat man es gemacht?"

„Sehr plump. Das Konfektstück durchgeschnitten, das Kokain mit der Füllung gemischt und hierauf die Schokolade wieder zusammengeklebt. Dilettantische Pfuscharbeit würden Sie es nennen, Monsieur Poirot."

Mein Freund stöhnte abermals. „Ah, wenn ich wüßte ... Darf ich Mademoiselle sehen?"

„Wenn Sie in einer Stunde wiederkommen, glaube ich, daß ich es Ihnen erlauben kann", erwiderte der Arzt. „Beruhigen Sie sich doch, mein Lieber. Sie wird nicht sterben."

Eine geschlagene Stunde wanderten wir durch die Straßen und Gäßchen von St. Loo. Ich tat mein Bestes, um Poirots Gedanken abzulenken, wies ihn darauf hin, daß alles ja glimpflich abgelaufen und kein Unglück geschehen sei. Aber er schüttelte unentwegt den Kopf und wiederholte immer wieder: „Ich habe Sorgen, Hastings, ich habe große Sorgen ..."

Einmal riß er mich am Arm und zwang mich stehenzubleiben. „Hören Sie, mein Freund. Ich bin fehlgegangen. Von Anfang an."

„Meinen Sie, es sei nicht das Geld?"

„Nein, nein, darüber besteht kein Zweifel. Aber diese zwei ... es ist zu einfach, zu leicht. Dahinter steckt noch etwas viel Verzwickteres."

Und dann brach sich seine Entrüstung Bahn. „*Ah, cette petite!* Untersagte ich es ihr nicht ausdrücklich? Habe ich nicht klar und deutlich befohlen, nichts anzurühren, was von draußen hereinkommt? Und sie verweigert mir den Gehorsam? Mir, Hercule Poirot? Genügt es ihr nicht, viermal mit knapper Not dem Tod zu entgehen? Muß sie sich noch ein fünftes Mal in Gefahr begeben? Ah, das ist unerhört!"

Schließlich standen wir wieder in dem kleinen Wartezimmer des Sanatoriums und wurden gleich darauf von einer Schwester nach oben geführt.

Nick saß aufrecht im Bett, mit ungeheuer geweiteten Pupillen. Sie machte den Eindruck einer Fiebernden, und ihre Hände flogen und bebten.

„Wieder ...“, murmelte sie.

Poirot erschütterte dieser Anblick zutiefst. Er räusperte sich und nahm dann eine dieser zuckenden Hände. „Ah, Mademoiselle! Mademoiselle!“

„Wenn es ihnen doch gelungen wäre!“ sagte sie trotzig. „Ich habe alles so satt ... so satt!“

„*Pauvre petite!*“

„Ihr Sanatorium bot also auch keine Sicherheit!“

„Wenn Sie meine Anweisungen befolgt hätten, Mademoiselle ...“

Sie blickte erstaunt zu ihm hinauf. „Ich habe sie doch genau befolgt.“

„Schärfte ich Ihnen nicht ein, nichts zu essen, was von draußen käme?“

„Habe ich auch nicht.“

„Und die Pralinen?“

„Die waren doch ungefährlich, weil sie von Ihnen kamen.“

„Was? Mademoiselle, was haben Sie gesagt?“

„Sie, Monsieur Poirot, haben sie mir doch geschickt.“

„Ich? ... Niemals. Niemals!“

„Aber ja. Ihre Karte lag doch obenauf in der Schachtel.“

„Wie?“

Nick machte einige zuckende, krampfhafte Bewegungen in der Richtung des Tischchens, das neben ihrem Bett stand, so daß die Schwester hilfreich hinzusprang. „Wollen Sie die Karte haben, die in der Schachtel lag?“

„Bitte, Schwester.“

Es entstand Schweigen, bis die Schwester mit der Karte in der Hand wieder ins Zimmer kam.

„Hier ist sie."

Mir stockte der Atem vor Erregung und Poirot nicht minder. Denn auf der Karte stand in verschnörkelter Handschrift derselbe Satz, den mein Freund dem Blumenkorb als Geleitwort mitgegeben hatte: „Mit den besten Wünschen von Hercule Poirot."

„*Sacré tonnerre!*"

„Nun sehen Sie wohl", sagte Nick anklagend.

„Ich habe das nicht geschrieben."

„Wie?"

„Und dennoch ... dennoch ist es meine Handschrift."

„Ich weiß. Es ist genau die gleiche wie auf der Karte, die mit den orangefarbenen Nelken kam. Und daher zweifelte ich auch keine Sekunde, daß Sie mir die Pralinen schickten."

„Weshalb hätten Sie auch zweifeln sollen, mein Kind? Oh, dieser Satan! Dieser durchtriebene, grausame Satan! Solch einen Einfall zu haben ... Ja, er ist ein Satan, doch gleichzeitig ein Genie. ‚Mit den besten Wünschen von Hercule Poirot' – denkbar einfach. Ja, man hätte daran denken müssen. Und ich habe nicht daran gedacht, versäumte, diesen Schachzug vorauszusehen."

Nick bewegte sich unruhig in ihren Kissen hin und her.

„Nicht aufregen, Mademoiselle. Sie trifft kein Tadel. Nur mich, den elenden Dummkopf. Wie gesagt, ich hätte es voraussehen müssen." Das Kinn sank ihm auf die Brust, er bot ein Bild der Zerknirschung.

„Ich glaube wirklich ...", flüsterte die Schwester, die sich mit deutlicher Mißbilligung genähert hatte.

„Eh? Ja, ja, ich werde gehen. Mut, Mademoiselle. Das ist der letzte Fehler, den ich mache. Ich schäme mich, man hat mich übertölpelt, als sei ich ein kleiner Schuljunge. Aber das wird nicht wieder vorkommen. Nein. Ich verspreche es. Kommen Sie, Hastings."

Poirot ließ sich bei der Oberin melden, die natürlich

durch das Vorkommnis ungemein erregt war. „Es ist unfaßbar, Monsieur Poirot, völlig unfaßbar, wie so etwas in einem von mir geleiteten Sanatorium geschehen kann."

Poirot versuchte sie mit taktvollen, teilnehmenden Worten zu beruhigen, und als ihm dies gelungen war, begann er sie über die Ankunft des verhängnisvollen Päckchens auszufragen, worauf die Oberin erklärte, daß hierüber am besten der Pförtner Bescheid geben könne, der zu jener Stunde Dienst gehabt hatte.

Der betreffende Mann war ein einfältig, doch ehrlich aussehender Bursche von zweiundzwanzig Jahren.

„Sie haben sich nichts vorzuwerfen", sagte Poirot zu dem Mann und legte ihm die Hand auf die Schulter. „Aber ich möchte von Ihnen wissen, wann und wie das Päckchen ankam."

„Schwer zu sagen, Sir, da im Laufe des Tages eine Menge Leute kommen und nachfragen und Blumen und Päckchen für die verschiedenen Patienten abliefern."

„Nach Aussage der Schwester ist dies Päckchen gestern abend ungefähr gegen sechs abgegeben worden."

Die verdüsterten Züge des Burschen erhellten sich. „Ja, jetzt erinnere ich mich. Ein Herr brachte es, ungefähr um halb sechs, kurz nach Eintreffen der Post."

„Ein Herr mit schmalem Gesicht und blondem Haar?"

„Blond war er – doch ob er ein schmales Gesicht hatte, weiß ich nicht mehr."

„Sollte Charles Vyse es persönlich gebracht haben?" raunte ich Poirot zu, ohne zu bedenken, daß dem Burschen ein einheimischer Name bekannt sein mußte.

„Nein, Mr. Vyse war es nicht", versicherte er. „Der Herr war kräftiger gebaut, gutaussehend, und fuhr in einem großen Wagen vor."

„Lazarus!" rief ich aus.

Poirot warf mir einen warnenden Blick zu, und ich bedauerte meine Voreiligkeit.

„Also er fuhr in einem großen Wagen vor und übergab Ihnen das Päckchen", setzte mein Freund sein Verhör fort. „War es an Miss Buckley adressiert?"

„Ja, Sir. Und ich legte es dann wie üblich auf den Tisch."

„Auf welchen Tisch? Zeigen Sie ihn mir!"

Der Pförtner führte uns in die Halle. In unmittelbarer Nähe der offenen Vordertür stand ein langer Tisch mit Marmorplatte, auf dem Päckchen und Briefe lagen.

„Alles, was ankommt, wird hier hingelegt, die Schwestern verteilen es an die einzelnen Patienten."

„Dann möchte ich gern die Schwester sprechen, die das Päckchen fortnahm. Besten Dank, mein Lieber."

Nach wenigen Minuten erschien eine der Schwestern, ein molliges, kleines Persönchen, ganz aufgeplustert vor Erregung. Sie behauptete, sich genau zu entsinnen, daß sie das Päckchen um sechs, als ihr Dienst begann, fortgenommen habe.

„Sechs Uhr ...", brummte Poirot in seinen dicken Schnauzbart. „Dann hat es also ungefähr zwanzig Minuten auf dem Tisch gelegen."

„Wie bitte, Sir?"

„Nichts, Mademoiselle. Fahren Sie in Ihrem Bericht fort."

„Ich trug das Päckchen nach oben, zusammen mit verschiedenen anderen Geschenken, die man für Miss Buckley abgegeben hatte. Unter anderem ein großer Strauß Wicken von Mr. und Mrs. Croft, etliche Briefe und noch ein Päckchen, das mit der Post gekommen war und seltsamerweise ebenfalls eine Schachtel Konfekt enthielt."

„Wie? Eine zweite Schachtel?"

„Ja. Ein sonderbares Zusammentreffen. Miss Buckley riß von beiden die Hülle ab und sagte: ‚Schade, daß ich nicht davon essen darf!' Dann öffnete sie die Deckel, um zu sehen, ob auch der Inhalt gleich sei, und fand Ihre Karte. ‚Oh, Schwester, nehmen Sie rasch die andere Konfektschachtel weg, damit keine Verwechslung vorkommt', bat sie mich. Ach Gott, wer konnte etwas Derartiges ahnen! Es klingt, als stamme es aus einem Roman von Edgar Wallace, nicht wahr?"

Poirot unterbrach ihre Wortflut. „Zwei Schachteln? Wer schickte die andere?"

„Sie war ohne Absender."

„Und welche der beiden stammte angeblich von mir? Die mit der Post kam oder die andere?"

„Das weiß ich nicht mehr genau. Soll ich nach oben laufen und Miss Buckley fragen?"

„Wenn Sie so liebenswürdig sein wollen."

Sie war schon draußen und raste die Treppe hinauf.

„Zwei Schachteln", knurrte Poirot. „Das ist ja ein nettes Durcheinander!"

Atemlos kehrte die Pflegerin zurück. „Miss Buckley kann es auch nicht mit unbedingter Sicherheit sagen, da sie beide auswickelte und die Verpackung beiseite legte, bevor sie hineinschaute. Sie meint freilich, daß die Schachtel von Ihnen, Sir, nicht mit der Post kam; aber es wäre auch möglich, daß es sich anders verhielte."

„*Diable!*" fluchte Poirot auf dem Rückweg. „Gibt es überhaupt jemanden, der einer Sache unbedingt sicher ist? In Kriminalromanen – ja. Aber im Leben herrscht immer ein großer Kuddelmuddel. Bin ich mir etwa selbst über alles sicher? Nein, nein!"

„Lazarus", sagte ich lakonisch.

„Ja, das nenne ich eine Überraschung, nicht wahr?"

„Werden Sie ihn darauf ansprechen?"

„Selbstverständlich. Bin höchst gespannt, wie er es aufnimmt. Übrigens wäre es zweckmäßig, wenn wir die Wirkung von Mademoiselles Kokainvergiftung übertrieben, wenn wir durch geschickt eingestreute Worte den Glauben erweckten, als ob sie mit einem Fuß bereits im Grab stünde. Verstehen Sie, Hastings? Das feierliche Gesicht ... ha, ha, prächtig! Mein Lieber, Sie ähneln täuschend einem Leichenbitter!"

Wir hatten das Glück, vor dem Hotelportal auf Mr. Lazarus zu stoßen, der irgend etwas an seiner Kühlerhaube in Ordnung brachte, und Poirot ging direkt auf ihn zu. „Gestern abend gaben Sie im Sanatorium eine Schachtel Konfekt für Mademoiselle Nick ab, Monsieur Lazarus", überfiel ihn mein Freund.

Erstaunt hielt Jim Lazarus in seiner Beschäftigung inne und erwiderte: „Ja, das stimmt."

„Das war sehr freundlich von Ihnen."

„Um nicht ein unverdientes Lob einzustecken, muß ich gestehen, daß Freddie, ich meine Mrs. Rice, Nick die Pralinen sandte. Ich übernahm nur die Besorgung."

„Ah, ich verstehe."

Jim Lazarus beugte sich bereits wieder über seinen Kühler, als ihn Poirot nochmals durch eine Frage störte: „Wo ist Mrs. Rice?"

„Ich glaube, in der Halle."

Tatsächlich saß sie dort bei einer Tasse Tee. Sobald sie uns erblickte, winkte sie uns heran und erkundigte sich besorgt: „Ist etwas Wahres an dem Gerücht, daß Nick ernstlich erkrankt ist?"

„Madame, Sie berühren da ein heikles Thema. Sagen Sie mir zuerst, ob Sie ihr gestern eine Schachtel Konfekt schickten."

„Ja, sie bat mich, ihr etwas Süßes zu besorgen."

„Mademoiselle Nick bat Sie? Aber es wurde ihr doch verboten, irgendeinen Besuch zu empfangen."

„Ich habe sie auch nicht besucht. Nick telefonierte mit mir."

„Und was sagte sie?"

„Daß ich ihr eine Schachtel Pralinen besorgen möchte."

„Wie klang denn Mademoiselles Stimme? Schwach?"

„Nein, keineswegs schwach. Doch irgendwie verändert,

so daß ich sie erst gar nicht erkannte, bis sie ihren Namen nannte."

„Sind Sie sicher, Madame, daß es Ihre Freundin war?"

Frederica blickte erschrocken erst Poirot und dann mich an. „Ich ... ich ... aber natürlich war es Nick! Wer hätte es sonst sein sollen?"

„Das ist eine ungemein wichtige und interessante Frage. Madame."

„Um Gottes willen ..."

„Können Sie beschwören, Madame, daß es die Stimme Ihrer Freundin war, wenn Sie nur den Klang, nicht den Inhalt des Gesprächs, berücksichtigen?"

„Nein", gab Frederica Rice zu, „das könnte ich nicht. Ihre Stimme klang fremdartig, doch ich schob es auf das Telefon oder auf ihre Überreiztheit."

„Hätte Mademoiselle ihren Namen nicht genannt, so würden Sie sie vielleicht nicht erkannt haben, Madame."

„Ich glaube nicht, obgleich sich so etwas hinterher schwer beurteilen läßt. Aber sagen Sie, Monsieur Poirot, wenn Nick nicht selbst am Telefon war, wer war es dann?"

„Das möchte ich gar zu gern wissen, Madame." Der Ernst, der auf dem Gesicht des kleinen Belgiers lag, schien sie stutzig zu machen.

„Ist Nick ... etwas zugestoßen?" flüsterte sie entsetzt. Poirot nickte. „Sie ist krank – gefährlich krank. Die Pralinen, Madame, waren vergiftet!"

„Die Pralinen, die ich ihr besorgte? Ausgeschlossen, Monsieur Poirot. Ausgeschlossen!"

„Nicht ausgeschlossen, Madame, da Mademoiselle Nick mit dem Tode ringt."

„Barmherziger Gott!" Sie barg ihr Gesicht in den Händen, und als sie es wieder hob, zuckten die Mundwinkel vor Anstrengung, die Tränen zurückzuhalten. „Ich verstehe das nicht. Das andere, ja, aber dies nicht. Die Pralinen können nicht vergiftet gewesen sein, denn außer Jim und mir hat niemand sie berührt. Sie begehen irgendeinen schrecklichen Irrtum, Monsieur Poirot."

„Nicht ich begehe einen Irrtum – obwohl eine Karte mit meinem Namen in der Schachtel lag."

Die blasse blonde Frau starrte ihn an, fassungslos, ratlos.

„Wenn Mademoiselle stirbt ...", sagte er und machte eine drohende Bewegung mit der Hand.

Sie stieß einen leisen Schrei aus. Poirot wandte sich brüsk ab, nahm mich beim Arm und führte mich hinauf in unser gemeinsames Wohnzimmer.

„Nichts begreife ich – absolut nichts!" rief er und warf seinen Hut auf den Tisch. „Ich tappe in rabenschwarzer Finsternis umher. Wer hat etwas durch Mademoiselles Tod zu gewinnen? Madame Rice. Wer kauft Pralinen, gibt es offen zu und erzählt eine Geschichte von einem Telefonanruf, die absolut nicht stichhaltig ist? Madame Rice. Es ist zu einfach – zu dumm. Und Madame ist nicht dumm."

„Folglich ..."

„Aber sie nimmt – das lasse ich mir von niemandem ausreden – Kokain, Hastings. Und Kokain enthielten auch die Pralinen. Was meinte sie wohl mit der Bemerkung: ‚Das andere, ja, aber dies nicht'? Ah, da muß Madame sich schon zu einer Erklärung bequemen! ... Und der geschmeidige Mr. Lazarus – wieweit hat er seine Finger im Spiel? Und was weiß Madame Rice? Denn irgend etwas weiß sie. Nur kann ich sie leider nicht zum Sprechen zwingen, Einschüchterung nützt bei ihr nichts. Mein lieber Hastings, die blonde Madonna weiß etwas! Was meinen Sie, ist das Telefongespräch erfunden oder wahr? ... Überall, überall rabenschwarze Finsternis!"

„Kurz vor der Dämmerung ist es immer am finstersten", beruhigte ich ihn.

Doch mein Freund schüttelte abweisend den Kopf. „Und die andere Schachtel – jene, die mit der Post kam. Dürfen wir sie als harmlos, weil womöglich für einen anderen

Patienten bestimmt, ausscheiden? Nein! Weil Mademoiselle ihrer Sache nicht sicher ist. Oh, was ist man doch für ein geplagter Mensch!"

Ich wollte ihm antworten, als er heftig abwinkte. „Nein, nein. Kommen Sie mir nur nicht mit einem neuen schönen Sprichwort. Ich kann es nicht ertragen! Wenn Sie sich als guter Freund erweisen wollen, als guter, hilfreicher Freund, dann, Hastings, gehen Sie ins Städtchen und kaufen mir ein Kartenspiel."

„Gern", sagte ich kühl, und ich bezweifelte nicht einen Augenblick, daß diese Karten ein nichtiger Vorwand waren, um mich loszuwerden.

Ich tat ihm jedoch unrecht. Denn als ich an jenem Abend gegen zehn Uhr ins Wohnzimmer trat, fand ich Poirot damit beschäftigt, mit unglaublicher Sorgfalt Kartenhäuser zu bauen – und ich erinnerte mich! Es war sein bevorzugtes Mittel, um die Nerven zu beruhigen.

„Entsinnen Sie sich, *mon cher*?" lächelte er mich an. „Präzision ist alles. Eine Karte auf die andere ... so ... haarscharf am richtigen Platz ... und das trägt dann das Gewicht des darüberliegenden Stockwerks ... so ... und dann so ... und dann so ... und immer weiter. Gehen Sie zu Bett, Hastings. Lassen Sie mich hier bei meinen Kartenhäusern. Nichts klärt den Geist besser."

Es mochte gegen fünf Uhr morgens sein, als ich durch heftiges Schütteln geweckt wurde. Neben meinem Bett stand Poirot, vergnügt und aufgeräumt.

„Wie recht Sie mit Ihren Worten hatten, *mon ami*! Nein, nicht nur recht – es war geistreich, was Sie gesagt haben."

Ich blinzelte ihn an, die Lider schwer von Schlaf.

„Kurz vor der Dämmerung ist es immer am finstersten. Lauteten so nicht Ihre Worte? Es ist sehr finster gewesen, Hastings, und jetzt ist die Dämmerung da!"

Schlaftrunken blickte ich zum Fenster und sah, daß es tatsächlich tagte.

„Nein, nein, Hastings!“ lachte er übermütig. „Nicht dort draußen. Im Kopf! Im Gehirn! Die kleinen grauen Zellen!“

Er machte eine Pause, um dann ruhig hinzuzufügen: „Verstehen Sie, Hastings, Mademoiselle ist tot.“

„Was?“ schrie ich, jäh wach geworden.

„Sachte, sachte. Es ist so, wie ich sage. Wohl verstanden, nicht wirklich, aber man kann es so drehen. Für vierundzwanzig Stunden kann man es so drehen. Ich werde mit dem Doktor und den Schwestern ein Komplott schmieden. Verstehen Sie, Hastings? Der Mordanschlag ist geglückt. Viermal hat der Mörder es versucht und immer Pech gehabt. Beim fünftenmal hat er sein Ziel erreicht ... Und nun wollen wir sehen, was sich dann weiter ereignet. Oh, Hastings, das wird ungeheuer spannend werden!“

18

Ich hatte das Pech, mit einem jener schweren Fieberanfälle zu erwachen, die mich, seit ich in Südamerika ein Opfer der Malaria wurde, mit böswilliger Beharrlichkeit und meist zu den ungelegensten Zeitpunkten heimzusuchen pflegen, und daher haben sich die Ereignisse des nächsten Tages meiner Erinnerung wie ein nebelhafter Spuk eingeprägt, wie eine Art Alptraum, in dem Poirot als phantastischer Clown kommt und geht.

Mit Recht glaube ich behaupten zu dürfen, daß er seine Inszenierung voll auskostete. Er spielte seine Verzweiflung täuschend echt. Wie es ihm gelang, den Plan, den er mir in der grauen Morgendämmerung enthüllte, zur Ausführung zu bringen, vermag ich nicht zu sagen. Aber: Er führte ihn aus.

Leicht kann es nicht gewesen sein, und die Summe der

aufgewendeten List, Tücke und Überredungskunst war fraglos enorm. Dem normalen Charakter widerstrebt das Lügen, und dennoch verlangte Poirot gerade dies. Zuerst hieß es, Dr. Graham von seinem Plan zu überzeugen. Mit dem Arzt als Bundesgenossen galt es dann, den Widerstand der Oberin und der Schwestern zu brechen, was sicher große Zähigkeit kostete und vielleicht nur dank Dr. Grahams Einfluß glückte.

Die nächsten Gegner waren Chefinspektor Weston und die Polizei, und hier prallte Poirot auf die Bürokratie. Er rang dem Beamten endlich eine widerwillige Zustimmung ab; dieser lehnte aber ausdrücklich jede Verantwortung für die Verbreitung der unwahren Nachrichten ab und bürdete sie Poirot auf. Und Poirot war es recht. Er würde, solange man ihm gestattete, seinen Plan durchzuführen, zu allem ja und amen gesagt haben.

Ich selbst verdöste den Tag in einem Liegestuhl, eine Decke über die Knie gebreitet. Alle zwei oder drei Stunden platzte mein Freund zu mir herein, um von seinen Fortschritten zu berichten.

„Wie geht's, *mon ami*? Armer Kerl, wenn Sie wüßten, wie leid Sie mir tun! Aber vielleicht stellte sich Ihr Fieber gerade zur rechten Zeit ein, denn Theater spielen fällt Ihnen viel schwerer als mir, mein Lieber. Wissen Sie, was ich vor zwei Minuten bestellt habe? Einen Trauerkranz – einen riesigen, fabelhaften Trauerkranz! Weiße Lilien, mein Freund, schneeweiße Lilien. Dazu die Karte: ‚Mit tiefempfundenem Beileid. Hercule Poirot.' Ah, was für eine herrliche Komödie!" Von neuem verschwand er.

„Ich komme von einer sehr ergreifenden Unterredung mit Mrs. Rice", begann er seine nächste Berichterstattung. „In tiefes Schwarz gehüllt, die schmerzgebeugte Blondine. Ach, ihre arme Freundin ... welch ein Jammer ... Was bleibt mir anderes übrig, Hastings, als mitfühlend zu stöhnen? ‚Nick' – fährt sie fort –, war so fröhlich, so lebenslustig;

unmöglich zu denken, daß sie jetzt tot daliegt.' Ich pflichte ihr diesmal um so leichter bei, als ich weiß, daß Mademoiselle sich außer Gefahr befindet. ‚Es ist eine Ironie des Schicksals', sagte ich, ‚daß der Tod lebensprühende Geschöpfe niedermäht und die alten, verbrauchten verschont.' *Oh, là, là!* Und ich stöhne wieder."

„Sie amüsieren sich göttlich", murmelte ich schwach, von Fieber geschüttelt.

„Durchaus nicht, *mon cher*. Es gehört zu meinem Plan – *voilà*! Und um die Rolle erfolgreich zu spielen, muß man sein ganzes Herz hineinlegen. – Hören Sie weiter! Nachdem wir die landläufigen Beileidsworte gewechselt haben, traut sich Madame etwas näher an den heißen Brei heran. Die ganze Nacht habe sie wach gelegen und über diese Pralinen gegrübelt; es sei unmöglich, ja rundweg unmöglich. ‚Madame, es ist nicht unmöglich. Wenn Sie wollen, lasse ich Sie gern Einsicht nehmen in das Gutachten des Chemikers, der die Pralinen untersuchte', erwidere ich ihr. Dann haucht sie, denn der Stimme scheint die Kraft zu fehlen: ‚Es war Kokain?', und ich bestätige es. Hierauf wehklagt Madame: ‚Mein Gott, ich verstehe es nicht.'"

„Vielleicht ist das wahr, Poirot."

„Sie versteht jedenfalls so viel, daß sie sich in Gefahr befindet, denn wie Sie sich erinnern werden, habe ich immer hervorgehoben, welch kluger Mensch sie ist. Jawohl, sie kennt die Gefahr, die über ihrem Haupt schwebt."

„Und dennoch habe ich zum erstenmal das Gefühl, daß Sie sie nicht für schuldig halten."

Poirot runzelte die Stirn, und die Erregung, in die ihn sein Theaterspiel versetzt hatte, flaute ab. „Was Sie da sagen, stimmt, Hastings. Irgendwie scheint es mir, als ob die Tatsachen nicht mehr zueinander passen wollen. Welches war das hervorstechendste Merkmal der bisherigen Verbrechen? Ihre Ausgeklügeltheit. Die fehlt hier vollkommen. Hier tritt uns krasse, unverhüllte Roheit entgegen." Er setzte sich.

„Kommen Sie, Hastings, wir wollen einmal gemeinsam die Tatsachen prüfen. Da sind drei Möglichkeiten. Wenn die Pralinen vergiftet waren, die Madame kaufte und Mr. Lazarus weiterbeförderte, so ist einer dieser beiden der Schuldige oder auch alle beide. Und dann ist der Telefonanruf nichts als ein Lügengebilde von Madame. So lautet, lieber Hastings, die einfachste und offenkundigste Lösung.

Jetzt Lösung Nummer zwei: Die andere Schachtel mit Pralinen, die mit der Post kam. Irgendeine beliebige Person unserer Liste, A bis K, kann sie gesandt haben. Aber wenn dies die verhängnisvolle Schachtel war, was bedeutet dann der Telefonanruf? Warum die Sache dadurch noch komplizierter machen?"

Ich schüttelte müde den Kopf. Mit meinem Fieber von fast vierzig Grad erschien mir jede Verwicklung unnötig und absurd.

„Lösung Nummer drei: Vergiftete Pralinen wurden an Stelle der harmlosen, die Madame gekauft hatte, eingeschmuggelt. In diesem Fall wäre der Telefonanruf erklärt und verständlich. Madame soll sich die Finger verbrennen, soll für andere die Kastanien aus dem Feuer holen. Mithin möchte ich die Lösung Nummer drei als die folgerichtigste bezeichnen; doch gleichzeitig ist sie auch die allerschwierigste. Welche Gewähr hat der Attentäter, daß das Auswechseln der Schachtel glückt? Hätte der Pförtner sie nicht – um nur eine Möglichkeit von hundert anderen herauszugreifen – sofort nach oben bringen können, ohne sie erst auf den Tisch zu legen? Nein, nein, der Unsinn springt einem ja in die Augen."

„Wenn es nicht Lazarus war", sagte ich.

Poirot betrachtete mich forschend. „Sie haben schlimmes Fieber, *mon ami*, nicht wahr? Und es steigt noch?"

Ich nickte.

„Seltsam, wie etliche Wärmegrade mehr den Verstand schärfen! Mein Lieber, Sie haben da eine Schlußfolgerung von abgründiger Einfachheit geäußert. So einfach, daß ich es unterließ, sie in Betracht zu ziehen. Mr. Jim Lazarus, der ergebenste Freund von Madame, der sein Bestes tut, um sie an den Galgen zu bringen? Oh, oh, welche Möglichkeiten sich da ergeben! Das Ganze ist komplex, sehr komplex."

Ich schloß die Augen. Obwohl es mich auch in meinem Fieber noch freute, daß ich einen glänzenden Einfall gehabt haben sollte, hatte ich nicht die geringste Lust, an etwas Kompliziertes zu denken. Schlafen wollte ich ... schlafen.

Poirot redete weiter, doch ich hörte nicht zu. Seine Stimme wirkte so einschläfernd, so wohltuend ...

Es war später Nachmittag geworden, als ich ihn das nächste Mal sah.

„Mein kleiner Plan fördert den Umsatz der Blumengeschäfte", verkündete er. „Jedermann bestellt Trauerkränze. Mr. Croft, Mr. Vyse, George Challenger –"

Bei Erwähnung des letzten Namens begann in meinem Innern eine Saite des Mitleids zu tönen. „Hören Sie, Poirot", unterbrach ich. „Sie müssen den armen Menschen, dessen Herz vor Kummer sicher bricht, ins Vertrauen ziehen. Der Anstand verlangt es."

„Sie haben immer eine Schwäche für George Challenger gehabt, Hastings."

„Ja, ich hab' ihn gern, er ist ein Gentleman, durch und durch rechtschaffen. Poirot, weihen Sie ihn doch ein."

Aber mein Freund schüttelte energisch den Kopf. „Nein, Hastings, nein. Ich mache keine Ausnahmen."

„Warum nicht bei ihm, an dem kein Stäubchen Verdacht haftet?"

„Ich mache keine Ausnahmen."

„Bedenken Sie doch, wie er leiden muß!"

„Im Gegenteil. Ich ziehe vor, daran zu denken, welche köstliche Überraschung ich für ihn vorbereite. Zu meinen, die Geliebte sei tot, und sie nachher blühend und gesund wiederzusehen! Ist das nicht ein überwältigendes Gefühl?"

„Poirot, Sie sind störrisch wie ein altes Maultier! Als ob George Challenger nicht unbedingt Stillschweigen bewahren würde!"

„Nun, davon bin ich nicht ganz überzeugt."

„Er, der Ehrenmann? ... Ah, seiner bin ich sicher!"

„Ein Geheimnis zu hüten, *mon cher*, ist eine Kunst, die manche einwandfrei erzählte Lüge und die Fähigkeit zur täuschend echten Verstellung erfordert. Kann George Challenger sich verstellen? Wenn er der Mensch ist, den Sie schildern, kann er es bestimmt nicht."

„Dann wollen Sie ihm also nicht die Wahrheit erzählen?"

„Mein Lieber, ich weigere mich rundweg, meinen kleinen Plan aus Gefühlsgründen zu gefährden. Es geht um Leben und Tod, Hastings. Überdies wird der Mensch durch Leiden geläutert, wie zahlreiche Ihrer berühmten Kirchenväter gesagt haben."

Ich sah, daß es zwecklos war, ihn umzustimmen.

„Zum Dinner werde ich mich nicht umkleiden", seufzte er. „Ich bin ein viel zu gebrochener, alter Mann – in meiner Rolle nämlich. All mein Selbstvertrauen ist dahin. Niedergeschmettert bin ich, gramgebeugt; bei Tisch werde ich die Gerichte kaum anrühren, nur auf dem Teller herumstochern. Doch damit meine Gesundheit nicht Schaden leidet, habe ich mir vorsorglicherweise Brioches und Eclairs gekauft, die ich nachher in meinen eigenen vier Wänden verzehren werde. Und Sie, *mon ami*?"

„Noch etwas Chinin", erwiderte ich schwermütig.

„Mein armer Hastings! Aber nicht den Kopf hängen lassen – morgen wird alles gut sein."

„Höchstwahrscheinlich. Diese Anfälle dauern meist nur vierundzwanzig Stunden."

Wann er dann wieder ins Zimmer kam, weiß ich nicht, da ich geschlafen haben muß. Als ich erwachte, saß er am Schreibtisch und starrte auf ein zerknittertes Blatt Papier: die Liste A bis K, die er fortgeworfen hatte.

Er nickte, als könne er meine Gedanken lesen. „Ja, mein Freund. Ich habe sie wiederauferstehen lassen und bearbeite sie nun von einem anderen Gesichtspunkt aus. Jeder Person werden etliche Fragen angehängt, die mit dem Verbrechen möglicherweise nichts zu tun haben, jedoch noch nicht geklärt sind und auf die mir meine kleinen grauen Zellen die Antwort geben sollen."

„Wie weit sind Sie gekommen?"

„Ich bin am Ende. Möchten Sie es hören? Sind Sie kräftig genug?"

„Ja. Ich fühle mich viel besser."

„Gott sei Dank! ... Also, ich werde Ihnen mein Werk vorlesen, obwohl Sie sicher manches für unklug halten." Er räusperte sich und las:

„A. Ellen. – Warum blieb sie im Haus und sah sich nicht das Feuerwerk an? (Ungewöhnlich, wie durch Mademoiselles Aussage und Erstaunen bewiesen wird.) Was dachte oder argwöhnte sie, das sich ereignen würde? Ließ sie heimlich jemanden ins Haus (zum Beispiel K)? Spricht sie die Wahrheit in bezug auf das Geheimfach? Wenn es vorhanden ist, warum kann sie sich nicht an den Ort erinnern? (Mademoiselle scheint ziemlich überzeugt zu sein, daß es nicht vorhanden ist – und sie müßte es wissen.) Wenn Ellen schwindelt, warum? Hat sie Michael Setons Liebesbriefe gelesen, oder war ihre Überraschung, als sie von Nicks Verlobung erfuhr, echt?

B. Ihr Mann. – Ist er so dumm, wie er scheint? Weiß er, was Ellen weiß, oder nicht? Ist er in irgendeiner Hinsicht geistig anomal?

C. Das Kind. – Ist seine Freude an Blut ein natürlicher Instinkt, den es mit anderen Altersgenossen teilt, oder ist sie krankhaft? Vielleicht erbliche Belastung? Hat es jemals mit einer Spielzeugpistole geschossen?

D. Wer ist Mr. Croft? Woher kommt er in Wirklichkeit? Steckte er den Brief mit dem Testament tatsächlich in den

Briefkasten, wie er versicherte? Welche Gründe könnten ihn bewogen haben, das Kuvert nicht abzuschicken?

E. Mrs. Croft. – wie oben. Halten sich Mr. und Mrs. Croft hier in St. Loo aus irgendeinem Grund versteckt? Haben sie Beziehungen zu der Familie Buckley?

F. Mrs. Rice. – Wußte sie von der Verlobung Nicks mit Michael Seton? Hatte sie die Briefe gelesen? (In diesem Fall hätte sie erfahren, daß Mademoiselle ihn beerbte.) Wußte sie ferner, daß sie selbst von Mademoiselle Nick zur Erbin eingesetzt worden war? (Dies dürfte man meines Erachtens bejahen. Mademoiselle wird es ihr erzählt haben, mit dem Zusatz, daß die Erbschaft sich kaum lohne.) Beruht George Challengers Andeutung, daß Jim Lazarus zeitweilig zu Mademoiselles Verehrern gehört habe, auf Wahrheit? (Dies würde den Mangel an Herzlichkeit, der in den letzten Monaten zwischen den beiden Freundinnen zutage getreten zu sein scheint, erklären.) Wer ist der in dem Brief erwähnte Freund, der das Rauschgift besorgte? (Vielleicht K?) Warum wurde sie neulich in unserem Wohnzimmer beinahe ohnmächtig? War irgend etwas in unserem Gespräch die Ursache, oder sah sie etwas? Ist der Telefonanruf, von dem sie erzählte, wahr oder erfunden? Was meinte sie mit den Worten: Das andere kann ich verstehen, aber dies nicht? Wenn sie unschuldig ist, warum verschweigt sie uns, was sie weiß?

Sie sehen, mein Freund", erläuterte Poirot, „daß die Fragen um Mrs. Rice beinahe zahllos sind. Vom Anfang bis zum Ende ist sie ein Rätsel. Und das drängt mich zu einer Schlußfolgerung. Entweder ist Madame Rice schuldig, oder sie weiß – oder sagen wir, glaubt zu wissen –, wer der Schuldige ist. Aber hat sie recht? Weiß sie, oder argwöhnt sie nur? Und wie können wir sie zum Sprechen bringen?" Er seufzte schwer. „Nun, ich will vorläufig mit meiner Aufstellung fortfahren:

G. Mr. Lazarus. – Merkwürdig, es tauchen hinsichtlich

seiner Person gar keine Fragen auf, außer der einen: Schmuggelte er die vergifteten Pralinen ein? Sonst fand ich nur die gänzlich nebensächliche Frage, die ich aber trotzdem niederschrieb: Warum bot Mr. Lazarus für ein Gemälde, das nur zwanzig Pfund wert ist, fünfzig?"

„Er wollte Nick gefällig sein", meinte ich.

„Dafür hätte er einen anderen Weg gewählt. Er ist Kunsthändler und kauft nicht, um mit Verlust weiterzuverkaufen. Wenn er ihr behilflich sein wollte, hätte er ihr privat Geld geliehen."

„Jedenfalls kann sein Angebot nichts mit dem Verbrechen zu tun haben."

„Das ist richtig. Trotzdem möchte ich auch in diesem Punkt klarsehen, denn es reizt mich, den psychologischen Verästelungen nachzuspüren, Hastings. Und jetzt sind wir beim Buchstaben H angelangt.

H. George Challenger. – Warum erzählte ihm Mademoiselle Nick, daß sie mit einem anderen Mann verlobt ist? Wodurch wurde sie genötigt, es ihm als einzigem aus dem Freundeskreis zu erzählen? Hatte er ihr einen Heiratsantrag gemacht? Welcher Art sind die Beziehungen zu seinem Onkel?"

„Sein Onkel, Poirot?"

„Ja, der Arzt. Jener ziemlich fragwürdige Mitbürger. Sickerte vielleicht auf dem Umweg über das Marineamt die Nachricht von Michael Setons Tod schon durch, ehe sie öffentlich bekannt wurde?"

„Ich sehe nicht recht, wohin Sie steuern, mein bester Poirot. Was liegt schon daran, selbst wenn Challenger früher als andere von Setons Tod erfahren hätte? Das wäre doch für ihn kein Grund, das Mädchen, das er liebt, zu töten?"

„Alles schön und gut. Und dennoch wittere ich da irgend etwas. Nicht umsonst ist Poirot der Hund, der nach Dingen schnuppert, die nicht sauber sind.

J. Mr. Vyse. – Warum sagte er, daß seine Kusine mit fanatischer Liebe an dem Heim ihrer Vorfahren hinge, was doch offensichtlich nicht den Tatsachen entspricht? Hat er das Testament erhalten oder nicht? Ist er ein ehrlicher Mensch oder nicht?

Und jetzt K. – K ist in jeder Hinsicht ein riesengroßes Fragezeichen. Ist eine Person K überhaupt vorhanden, oder – *Mon dieu*, Hastings, was haben Sie?"

Mit einem Schrei war ich von meinem Sessel emporgefahren und wies zitternd zum Fenster. „Ein Gesicht, Poirot, das sich gegen die Scheibe preßte", rief ich erschreckt. „Ein furchtbares Gesicht. Jetzt ist es verschwunden – doch ich habe es ganz deutlich gesehen."

Poirot ging ruhig zum Fenster, öffnete es und beugte sich hinaus. „Niemand weit und breit!" erklärte er nachdenklich. „Sind Sie sicher, daß Sie nicht phantasierten?"

„Ganz sicher. Und wie gesagt, es war ein grausiges Gesicht."

„Hm ... Natürlich brauchte jemand, der uns belauschen wollte, nur auf den Balkon zu klettern ... Doch weshalb nennen Sie das Gesicht grausig?"

„Es war eine weiße, starre, kaum menschliche Fratze."

„*Oh, là, là!* Jetzt spricht das Fieber. Ein Gesicht, meinetwegen. Auch ein unangenehmes Gesicht, wenn Sie wollen. Doch kaum menschlich? Nein! Es mag verunstaltet gewesen sein durch den harten Druck gegen die Scheibe – auch das will ich noch gelten lassen. Mehr aber nicht." Grübelnd faltete er seine Papiere zusammen. „Eines wenigstens ist gut: Auch wenn der Bursche, auf dessen Schultern dies unsympathische Gesicht sitzt, unser Gespräch mitbekam, so erwähnten wir dabei nicht, daß Mademoiselle lebendig und wohlauf ist. Was er sonst auch erlauscht haben mag, ist nicht so wichtig."

„Aber jedenfalls sind die Erfolge Ihres ... brillanten Schachzuges ein wenig entmutigend", warf ich ein, „denn obwohl Nick angeblich tot ist, kann man kaum von einer überraschenden Entwicklung der Dinge sprechen.“

„So schnell erwartete ich sie nicht. Vierundzwanzig Stunden habe ich gesagt. Wenn ich mich nicht sehr täusche, werden wir morgen schon Neues erleben, *mon ami*. Sonst aber ... Ach was, keine Schwarzseherei! Ich setze meine Hoffnungen auf die morgige Post.“

Am nächsten Morgen erwachte ich zwar sehr geschwächt, aber fieberfrei. Auch der sich meldende Hunger zeigte die wiederkehrende Gesundheit an, und bald darauf saßen Poirot und ich beim gemeinsamen Frühstück in unserem Wohnzimmer.

„Nun?“ meinte ich schadenfroh, als er seine Briefe sichtete. „Hat die Post Ihre Erwartungen erfüllt?“

Poirot, der gerade zwei Briefumschläge geöffnet hatte, aus denen Rechnungen zum Vorschein kamen, würdigte mich keiner Antwort, und mir wollte es scheinen, als sei dem alten Kampfhahn im Moment nicht nach Erklärungen zumute.

Inzwischen sah ich meine eigene Post durch, und als erstes fiel mein Blick auf die Ankündigung einer Spiritistenversammlung. „Wenn alle Stricke reißen, könnten wir dort Hilfe finden. Ich habe mich schon oft gewundert, daß nicht mehr Versuche solcher Art gemacht werden. Der Geist des Opfers kehrt zurück und nennt den Mörder. Könnte das ein Beweis sein?“

„Uns würde es schwerlich helfen“, sagte Poirot zerstreut. „Ich bezweifle, daß Maggie Buckley noch wahrnahm, durch wessen Hand sie starb. Selbst wenn sie eine Verbindung mit uns herstellen könnte, würde sie uns nichts Wertvolles mitzuteilen haben. Halt, das ist sonderbar!“

„Was denn?“

„Sie, Hastings, reden von der Botschaft der Toten, und im selben Augenblick öffne ich diesen Brief.“ Poirot reichte mir den Brief. Er kam von Mrs. Buckley und lautete folgendermaßen:

Langley, Pfarrhaus
Sehr geehrter Monsieur Poirot!
Bei meiner Rückkehr fand ich einen Brief vor, den mein armes Kind kurz nach seinem Eintreffen in St. Loo geschrieben hat. Obgleich er, wie ich fürchte, nichts Wesentliches enthält, dachte ich, Sie möchten ihn vielleicht gern lesen.
Indem ich Ihnen nochmals für alle Ihre Freundlichkeiten danke, bin ich
Ihre aufrichtig ergebene
Joan Buckley

Als ich jetzt Maggies Brief überflog, fühlte ich einen dicken Kloß in meiner Kehle. Wie alltäglich diese letzten Zeilen waren, wie völlig nichtsahnend!

Liebe Mutter!
Soeben gut angekommen. Die Fahrt war recht angenehm, da ich das Abteil nur mit zwei Personen teilte. Das Wetter ist herrlich. Nick scheint heiter und gesund – allerdings ein bißchen ruhelos. Aber ich sehe beim besten Willen den Grund für ihr Telegramm nicht ein. Dienstag würde auch früh genug gewesen sein.
Für heute nicht mehr. Wir sind zum Tee bei einem australischen Ehepaar eingeladen, an das Nick das Pförtnerhäuschen vermietet hat. Nick behauptet, sie seien ungemein freundlich, sonst aber entsetzlich. Heute abend kommen Mrs. Rice und Mr. Lazarus – der Sohn des bekannten Kunsthändlers – zu Besuch. Ich will schnell den Brief in den Kasten am Tor stecken. Morgen schreibe ich ausführlich.
Eure Maggie

P.S. Nick sagte, es gebe doch einen triftigen Grund für ihr Telegramm; sie will ihn mir nach dem Tee erzählen. Sie ist sehr sprunghaft und wunderlich.

„Die Stimme der Toten", bemerkte Poirot ruhig, „und sie verrät uns nichts."

„In jenen Postkasten am Tor steckte auch Mr. Croft das fehlende Testament", sagte ich überflüssigerweise.

„Wenigstens behauptete er es. Ich möchte wissen ... Ach, wie gern möchte ich wissen –"

In diesem Moment schrillte das Telefon, und Poirot nahm den Hörer ab. Im Nu ging eine völlige Veränderung mit ihm vor. Zwar blieb er beherrscht und ruhig, aber meine wachsamen Augen nahmen doch die Erregung wahr, die ihn überkam. Da von seiner Seite nur wenig zu dem Gespräch beigesteuert wurde, konnte ich nicht erraten, um was es sich handelte. Dann aber sagte er: „*Merci, monsieur*", und legte den Hörer zufrieden auf.

„He, mein Freund, wer hat recht behalten?" frohlockte er, als er zum Tisch zurückkehrte. „Die Dinge kommen ins Rollen! ... Rechtsanwalt Charles Vyse war am Apparat, um mich zu benachrichtigen, daß er mit der heutigen Morgenpost eine letztwillige Verfügung erhielt, die seine Kusine am 25. Februar dieses Jahres verfaßt und unterzeichnet hat."

„Was? Das Testament?"

„Nicht wahr, es taucht im richtigen Moment auf? Habe ich Ihnen nicht versichert, daß sich allerhand ereignen würde, sobald Mademoiselle für die Welt tot sei? Ist nicht schon jetzt der Beweis für die Richtigkeit meiner Ansicht erbracht?"

„Poirot, Sie sind klüger als wir alle zusammen!" rief ich in ehrlicher Begeisterung. „Glauben Sie, es ist das Testament, das Frederica Rice zur Universalerbin einsetzt?"

„Darüber sagte Mr. Vyse nichts, weil es ihm als Vertrauensbruch erscheinen würde. Aber allem Anschein nach haben wir es mit jenem Letzten Willen zu tun, da Ellen Wilson und ihr Ehemann ihre Unterschrift als Zeugen daruntersetzten."

„Mithin sind wir mal wieder bei dem alten Problem angelangt: Frederica Rice."

„Die Rätselhafte!"

„Frederica Rice – eigentlich ein hübscher Name", meinte ich, obwohl es natürlich nicht recht in unsere Unterhaltung paßte.

„Hübscher jedenfalls als diese scheußliche Abkürzung, die ihre Freunde zu gebrauchen pflegen: Freddie! Ist das ein Name für eine schöne junge Frau?"

„Für Frederica gibt es nicht viele Abkürzungen, Poirot. Es ist nicht so wie zum Beispiel bei Margaret; von diesem Namen gibt es ein halbes Dutzend Abkürzungen: Maggie, Margot, Madge, Peggie ..."

„Sehr wahr. Nun, Hastings, sind Sie zufriedener, nachdem wieder etwas Bewegung in die Sache kommt?"

„Freilich. Doch sagen Sie: Erwarteten Sie dies?"

„Nein – nicht ganz. Das heißt, eigentlich hatte ich mir nicht genau vorgestellt, was kommen würde. Ich beschränkte mich darauf, mir zu sagen, daß – eine gewisse Wirkung vorausgesetzt – die Ursachen jener Wirkung ans Tageslicht treten müßten ... Doch was wollte ich gerade sagen, als das Telefon läutete? Ah ... ich weiß. Den Brief Mademoiselle Maggies. Ja, ich will ihn noch einmal lesen, denn irgendwie habe ich das Gefühl, daß etwas in ihm mich stutzen ließ." Er nahm ihn vom Tisch auf, las ihn und las ihn wieder, während ich langsam im Zimmer umherging und schließlich am Fenster stehenblieb, um die Jachten draußen in der Bucht zu beobachten.

Plötzlich schreckte mich ein Ausruf auf.

Poirot schlug sich mit beiden Händen an die Stirn. „Bin ich Unseliger denn blind gewesen?" ächzte er.

„Mein Gott, Poirot, was gibt es denn?"

„Komplex, habe ich gesagt? Komplex? *Mais non!* Äußerst einfach! Und ich Elender sah nichts ... nichts."

„Poirot, klären Sie mich doch auf!"

„Warten Sie, warten Sie – jetzt nur nicht viel sprechen. Ich muß meine Gedanken ordnen, muß sie wieder ordnen im Licht dieser erstaunlichen Entdeckung."

Stumm studierte er seine Liste mit den Fragen, wobei sich seine Lippen eifrig bewegten. Ein- oder zweimal nickte er nachdrücklich mit dem Kopf. Dann legte er die Bogen nieder, lehnte sich in den Sessel zurück und schloß die Augen, so daß ich schließlich annahm, er sei eingeschlafen.

Nach einem Weilchen aber schlug er mit einem tiefen Seufzer die Augen auf. „Jawohl, nun fügt sich jede Kleinigkeit in das Gesamtbild ein. Auch alle die Dinge, die mich bislang verwirrten und mir ein wenig unnatürlich erschienen."

„Meinen Sie, daß Sie alles wissen?"

„Nahezu alles, Hastings. In mancher Hinsicht haben meine Vermutungen genau ins Schwarze getroffen; in anderer wieder war ich trostlos weit von der Wahrheit entfernt. Ich werde heute ein Telegramm mit zwei Fragen nach London senden, doch die Antwort darauf habe ich schon jetzt. Hier nämlich!" Er tippte an seine Stirn.

„Und wenn Sie die Antwort erhalten haben?" drängte ich, von Neugier gepeinigt.

Mit einem Ruck stand er auf. „Mein Freund, erinnern Sie sich, daß Mademoiselle Nick sagte, sie hätte sich immer gewünscht, ein Stück im Endhaus zu inszenieren? Heute nacht wird ihr Wunsch in Erfüllung gehen, mit dem einzigen Unterschied, daß Hercule Poirot das Stück aufführen, Mademoiselle Nick aber eine Rolle darin spielen wird." Er grinste. „Und auch ein Geist wird mitwirken, Hastings. Ein richtiger Geist. Im Endhaus, wo es vordem nie gespukt hat!

Nein, nein", wehrte er ab, als ich eine Frage versuchte, „mehr sage ich nicht. Heute abend werden wir eine Komödie aufführen und dabei die Wahrheit enthüllen. Bis dahin ist noch viel zu erledigen, viel, sehr viel."

Und er sauste aus dem Zimmer.

19

Es war eine merkwürdige Versammlung, die sich an jenem Abend im Endhaus einfand.

Poirot hatte ich den ganzen Tag über kaum zu Gesicht bekommen. Sogar das Dinner nahm er auswärts ein, ließ mir jedoch ausrichten, daß ich um neun Uhr im Endhaus sein soll. Gesellschaftsanzug sei nicht erforderlich. Das Ganze mutete mich wie ein ziemlich lächerlicher Traum an.

Bei meiner Ankunft wurde ich ins Eßzimmer geführt, wo ich, als ich mich umsah, feststellte, daß von den Personen A bis K der Liste meines Freundes nicht eine einzige fehlte, mit Ausnahme der schemenhaften Person K, die gut und gern ein Gebilde unserer Phantasie sein mochte.

Sogar Mrs. Croft hatte man in einem Krankenstuhl herübergeschafft, und sie nickte mir freundlich zu. „Nicht wahr, das ist eine Überraschung?" meinte sie, als ich ihr die Hand reichte. „Und für mich eine Abwechslung. Vielleicht müßte ich öfter versuchen, aus unserem Häuschen herauszukommen. Setzen Sie sich zu mir, Captain Hastings. Ich fühle, das wird eine ziemlich realistische Angelegenheit, doch Mr. Vyse bestand darauf."

„Mr. Vyse?" Ich glaubte nicht recht gehört zu haben, aber sie wiederholte den Namen.

Im Augenblick lehnte der Rechtsanwalt am Kaminsims und unterhielt sich in leisem Ton ernst mit meinem belgischen Freund. Ellen, Nicks Haushälterin, hatte auf einem Stuhl unweit der Tür Platz genommen; dicht daneben saß stocksteif und schnaufend ihr Mann, während der Sprößling Alfred unbehaglich zwischen Vater und Mutter hin und her rutschte. Die übrige Gesellschaft saß rund um den Mitteltisch. Frederica in ihrem schwarzen Kleid, Lazarus neben ihr, George Challenger und Mr. Croft an der anderen Seite des Tisches und ich, wie gesagt, neben Mrs. Croft. Nach einem abschließenden Nicken nahm Charles Vyse seinen Platz am Kopfende des Tisches ein, und Poirot glitt bescheiden in einen Sessel neben Lazarus. Offenbar beabsichtigte der eigentliche Urheber dieser Zusammenkunft keine führende Rolle zu spielen, sondern hatte Nicks Vetter mit der Leitung beauftragt.

Nun erhob sich der junge Anwalt, der genauso förmlich, leidenschaftslos und kühl aussah wie immer. „Es ist eine recht ungewöhnliche Versammlung, die wir heute hierherberufen haben“, begann er. „Doch die Umstände sind sehr eigenartig, das heißt, die Umstände, unter denen meine Kusine Miss Buckley starb. Klarheit wird erst eine Autopsie schaffen, doch besteht bereits jetzt kaum ein Zweifel, daß ihr Tod auf Gift zurückzuführen ist, das man ihr mit der Absicht verabfolgte, sie zu ermorden. Jedoch will ich, da dies eine Angelegenheit der Polizei ist, nicht näher darauf eingehen.

Im allgemeinen wird das Testament einer verstorbenen Person erst nach dem Begräbnis eröffnet, doch mit Rücksicht auf Mr. Poirots besonderen Wunsch habe ich eingewilligt, es vor der Beisetzung zu verlesen, und zwar am heutigen Abend. Aus diesem Grund sind Sie, meine Herrschaften, hierhergebeten worden. Wie ich schon erwähnte, sind die Umstände so ungewöhnlich, daß sie ein Abweichen von der üblichen Vorgehensweise rechtfertigen.

Das Testament gelangte, obwohl es im vergangenen Februar verfaßt wurde, erst heute morgen in meine Hände.

Die Handschrift ist zweifelsohne die meiner verstorbenen Kusine; es fehlt auch nicht die vom Gesetz verlangte Beglaubigung durch zwei Zeugen."

Er machte eine bedeutungsvolle Pause und räusperte sich vernehmlich. Aller Augen hingen an ihm, während er nun aus einem länglichen Umschlag einen der üblichen Bogen, wie sie Nick auf ihrem Schreibtisch liegen hatte, hervorzog.

„Es ist nicht lang", erklärte Mr. Vyse und begann dann nach einer abermaligen Pause:

„So lautet der Letzte Wille und das Testament von Magdala Buckley: Ich bestimme, daß alle mit meinem Ableben verbundenen Ausgaben bezahlt werden, und ernenne meinen Vetter Charles Vyse zum Vollstrecker meiner letztwilligen Verfügung. Ich vermache alles, was ich im Augenblick meines Todes besitze, Mildred Croft in dankbarer Anerkennung der Dienste, die sie meinem Vater Philip Buckley leistete und die durch alle Reichtümer dieser Welt nicht abgegolten werden können.
Magdala Buckley
Zeugen: Ellen Wilson, William Wilson."

Jeder Versuch, meine Verblüffung zu schildern, müßte scheitern, und ich glaube, daß die übrigen Anwesenden nicht minder erstaunt waren als ich. Einzig und allein Mrs. Croft saß da und nickte verständnisvoll mit dem Kopf.

„Es ist wahr", sagte sie schlicht, „obgleich ich die Geschichte für mich behalten hätte. Philip Buckley ist eines Tages bei uns in Australien aufgetaucht, und wenn ich nicht für ihn eingesprungen ... Doch lassen wir die Vergangenheit ruhen. Ein Geheimnis ist es gewesen, und ein Geheimnis soll es lieber auch weiterhin bleiben. Nick jedoch scheint davon gewußt zu haben, wahrscheinlich hat ihr Vater es ihr einmal anvertraut. Mein Mann und ich, wir sind hierhergekommen, weil wir das Endhaus, von dem Philip Buckley uns so oft erzählte, persönlich kennenlernen wollten. Und das gute Kind, das uns dem Namen nach kannte, empfing uns mit offenen Armen, bestand darauf, daß wir bei ihr wohnen sollten, und als wir dies abschlugen, drängte sie, daß wir dann wenigstens das Pförtnerhäuschen übernehmen möchten. Nicht einen Penny Miete wollte sie von uns, und wenn wir sie ihr trotzdem hinüberschickten, brachte sie das Geld am anderen Tag zurück. Und jetzt – dies! Oh, wenn mir jetzt noch einmal jemand behauptet, es gebe keine Dankbarkeit mehr in dieser Welt, dem werde ich die Meinung sagen! Dieses Testament widerlegt alles."

Poirot blickte fragend den jungen Rechtsanwalt an. „Hatten Sie eine Ahnung davon?"

„Ich wußte wohl, daß Philip Buckley in Australien gewesen war, doch niemals kam mir ein Gerücht von irgendeinem Skandal, der sich um seine Person drehte, zu Ohren. Wollen Sie nicht vielleicht ..." Er wandte sich an Mrs. Croft, doch diese wehrte entschieden ab.

„Nein, auch nicht ein einziges Wort werden Sie von mir erfahren. Das Geheimnis nehme ich mit ins Grab."

Vyse sagte nichts dazu, sondern spielte nur mit seinem Bleistift.

„Ich vermute, Mr. Vyse, daß Sie als nächster Verwandter den Letzten Willen anfechten können", mischte sich Poirot ein und beugte sich vor. „Wenn ich recht unterrichtet bin, steht jetzt ein Riesenvermögen auf dem Spiel, das nicht vorhanden war, als das Testament abgefaßt wurde."

Charles Vyse maß Poirot mit einem kühlen Blick. „Das Testament ist durchaus rechtsgültig, und es würde mir nicht einfallen, die Anordnungen, die meine Kusine hinsichtlich ihres Eigentums traf, anzufechten."

„Sie sind ein anständiger Mensch!" lobte Mrs. Croft. „Und Sie werden sehen, daß es Ihnen nicht zum Schaden gereicht."

Charles zuckte bei dieser wohlgemeinten, jedoch etwas peinlichen Bemerkung zusammen.

„Ja, Milly, das ist wirklich eine Überraschung", sagte nun Mr. Croft, und man hörte den Stolz in seiner Stimme. „Nicht mal mich hat Nick über den Inhalt des Testaments aufgeklärt."

„Das liebe treue Kind!" murmelte seine Gattin und tupfte sich mit ihrem Taschentuch die tränenfeuchten Augen. „Ich wollte, sie könnte aus dem Jenseits die Freude sehen, die sie uns bereitet. Aber vielleicht sieht sie uns – wer weiß?"

„Vielleicht", stimmte ihr Poirot zu.

Und plötzlich schien ein Gedanke in seinem Hirn aufgeblitzt zu sein. Er blickte sich rings im Kreise um. „Ich habe eine Idee, meine Herrschaften! Wir sitzen hier alle um einen Tisch – lassen Sie uns eine Séance veranstalten."

„Eine Séance?" sagte Mrs. Croft etwas erschrocken. „Aber sicherlich –"

„Ja, ja, es wird sehr interessant werden. Mein Freund Hastings hat sich schon des öfteren als ausgezeichnetes Medium bewährt." (Warum entschließt er sich gerade für mich, fluchte ich innerlich.) „Um eine Botschaft aus der anderen Welt zu erhalten, ist die Gelegenheit einzig! Ich fühle, daß die Vorbedingungen günstig sind. Und Sie, Hastings, haben sicher das gleiche Gefühl."

„Ja", sagte ich und nahm den mir zugeworfenen Faden auf.

„Gut. Ich wußte es. Schnell, die Lichter aus."

In der nächsten Minute hatte er sämtliche Lampen ausgeschaltet, noch ehe die Anwesenden die nötige Energie aufgebracht hatten, sich seinem Vorschlag zu widersetzen. Aber wahrscheinlich waren sie alle noch wie betäubt von dem erstaunlichen Testament.

Der Raum lag nicht in völliger Finsternis. Infolge der drückenden Schwüle hatte man das Fenster geöffnet und die Vorhänge zurückgezogen, so daß das schwache Licht der Sterne ins Zimmer fiel. Nachdem wir nun einige Minuten in verhaltenem Schweigen gesessen hatten, konnte ich schwach die Umrisse der Möbel erkennen. Im übrigen aber sann ich darüber nach, wie ich mich wohl zu verhalten habe, und verwünschte Poirot von ganzem Herzen, weil er versäumt hatte, mir vorher entsprechende Richtlinien zu geben. Indessen schloß ich brav die Augen und atmete in einer ziemlich schnarchenden Weise. Nun erhob sich Poirot und kam auf Zehenspitzen zu meinem Stuhl geschlichen, und als er nach einer Weile auf seinen eigenen Platz zurückkehrte, murmelte er: „Ja, er befindet sich schon in Trance. Lange werden wir nicht mehr zu warten haben."

Harrend in der Dunkelheit sitzen erfüllt jeden mit unerträglicher Spannung. Ich weiß, daß ich selbst ein Opfer meiner Nerven wurde, und war überzeugt, daß die anderen sich in einer ähnlichen, wenn nicht schlimmeren Verfassung befanden. Denn ich hatte wenigstens eine Ahnung hinsichtlich dessen, was sich ereignen würde; mir war die eine wesentliche Tatsache bekannt, die niemand sonst kannte.

Nichtsdestoweniger setzte mein Herz einen Augenblick aus, als ich bemerkte, wie die Tür des Eßzimmers sich langsam öffnete.

Vollkommen geräuschlos öffnete sie sich – vermutlich hatte Poirot, der schlaue Fuchs, sie zuvor geölt! –, und die Wirkung war ungeheuer gruselig. Dann geschah während etlicher Minuten weiter nichts. Aber ein kalter Luftzug schien durch das Zimmer zu fegen. Vermutlich war es ganz gewöhnliche Zugluft, die durch das offene Fenster verursacht wurde, doch ich empfand den eisigen Hauch, von dem alle Gespenster- und Geistergeschichten zu berichten wissen.

Und dann sahen wir es alle! – Eingerahmt von der Türöffnung stand dort eine schemenhafte Gestalt. Nick Buckley ... Unhörbar und mit einem fließenden, ätherischen

Schweben, das unbedingt den Eindruck des Überirdischen erweckte, kam sie weiter ins Zimmer herein.

Ah, welch unvergleichliche Schauspielerin war der Welt in ihr verlorengegangen! Nick hatte ein Stück im Endhaus aufführen wollen – jetzt spielte sie es; und ich fühlte, daß sie mit Leib und Seele dabei war. Sie war die perfekte Schauspielerin.

Noch näher wogte und floß sie an unseren Tisch heran – und das Stillschweigen wurde gebrochen.

Ein japsender Laut kam aus dem Krankenstuhl neben mir, eine Art Gurgeln kam von Mr. Croft. Ein bestürzter Fluch von George Challenger. Charles Vyse lehnte sich weit zurück in seinen Stuhl, glaube ich. Lazarus beugte sich nach vorn, und nur Frederica gab weder einen Laut noch eine Bewegung von sich.

Und dann schrillte ein Schrei durch das Zimmer, und wie eine Wahnsinnige sprang Ellen von ihrem Platz auf. „Sie ist es!“ kreischte sie. „Sie kommt zurück ... sie geht um. Alle, die ermordet wurden, gehen um ... Sie ist es, oh, sie ist es!“ Ein Klick! Und grelles Licht blendete uns. Ich sah Poirot neben dem Schalter stehen, sah das strahlende Lächeln eines Zirkusdirektors auf seinem Gesicht. Und in der Mitte des Zimmers stand Nick in ihren weißen, fließenden Gewändern.

Frederica Rice war die erste, die Worte fand. Sie streckte ungläubig eine Hand aus – berührte die Freundin. „Nick!“ flüsterte sie. „Du bist es ... du bist es wirklich!“

Und Nick lachte. „Ja“, entgegnete sie, „ich, ganz leibhaftig, und nicht mein Geist. Ich danke Ihnen, Mrs. Croft, herzlich für alles, was Sie meinem Vater Gutes taten, doch fürchte ich, daß Sie sich leider der Nutznießung jenes Testaments nicht werden erfreuen können.“

„Oh, mein Gott“, stöhnte die Frau. „Oh, mein Gott! Bring mich fort, Bert. Bring mich fort! Das war alles doch nur ein Scherz, mein Kind. Wirklich, ein Scherz.“

„Ein höchst merkwürdiger Scherz!" meinte Nick.

Und während dieses Wortwechsels war, ohne daß ich es bemerkt hatte, ein Mann eingetreten. Inspektor Japp. Er wechselte mit meinem Freund einen raschen Blick und nickte, als gälte es, ihm etwas zu bestätigen. Plötzlich aber glitt ein Schmunzeln über seine Züge, und mit einem raschen Schritt stand er neben der zusammengekauerten Gestalt im Rollstuhl.

„Hallo, hallo! Wen haben wir denn da? Eine alte Bekannte – Milly Merton. Versuchen Sie es immer noch mit dem alten Trick, meine Teure?" Ohne Mrs. Crofts schrille Proteste zu beachten, wandte er sich der übrigen Gesellschaft zu. „Eine geschicktere Fälscherin als Milly Merton lebt auf Gottes weiter Erde nicht. Wir wußten, daß sie, als sie sich nach ihrem letzten Fischzug aus dem Staub machte, einen Autounfall gehabt hatte. Aber bewahre, selbst mit einer Rückgratverletzung läßt Milly nicht von ihrem alten Handwerk. Sie ist eine Künstlerin, diese Frau!"

„War jenes Testament eine Fälschung?" staunte Charles Vyse.

„Natürlich war es eine Fälschung", sagte Nick höhnend. „Meinst du, ich hätte eine solche verrückte Verfügung getroffen? Das Endhaus vermachte ich dir, Charles, und alles übrige Frederica."

Sie trat zu ihrer Freundin, und beinahe im selben Augenblick *geschah es*!

Eine Stichflamme zuckte draußen vor dem Fenster auf; dann zischte eine Kugel. Hierauf abermals ein Schuß, und draußen ein Stöhnen und ein schwerer Fall ...

Und Frederica stand leichenblaß da, während ein dünner Blutfaden an ihrem Arm herunterrieselte ...

20

Das alles spielte sich in rasender Eile ab, so daß für einen Augenblick niemand wußte, was geschehen war. Doch nun rannte Poirot in den Garten hinaus. Challenger folgte ihm. Gleich darauf erschienen sie wieder und trugen den Körper eines Mannes, und als sie ihn vorsichtig in einen großen Ledersessel setzten und den Blick auf sein Gesicht freigaben, stieß ich unwillkürlich einen Schrei aus.

„Das Gesicht am Fenster ...“

Ich erkannte es sofort, doch gleichzeitig mußte ich zugeben, daß meine Behauptung, es sei kaum menschlich, eine Übertreibung gewesen war. Trotzdem war etwas in diesem Gesicht, das meinen Eindruck rechtfertigte. Es war das Gesicht eines verlorenen, von der menschlichen Gesellschaft ausgestoßenen Wesens.

Blaß, schwächlich, heruntergekommen, maskengleich, als ob die Seele schon längst aus ihm entflohen sei. Und aus der Schläfe quoll unaufhörlich Blut hervor.

Frederica kam langsam herbei, bis sie neben dem Ledersessel stand.

„Sind Sie auch nicht verletzt, Madame?“ fragte Poirot besorgt.

„Die Kugel ritzte nur meine Schulter – das ist alles.“ Sanft schob sie ihn beiseite und beugte sich über den fremden Mann, der die Augen aufschlug.

„Diesmal habe ich dir hoffentlich gründlich eins auf den Pelz gebrannt“, zischte er bösartig. Und gleich darauf schlug seine Stimme um, wurde bettelnd wie die eines Kindes. „Oh, Freddie, ich wollte dir nicht weh tun, nein, das wollte ich nicht. Du hast dich mir gegenüber ja immer so anständig gezeigt ...“

„Laß nur – es ist schon alles gut.“ Sie kniete neben dem Schwerverletzten nieder.

„Ich wollte ...“ Sein Kopf sank herab, und der Satz blieb unvollendet.

Frederica blickte fragend zu Poirot hinauf.

„Ja, Madame, er ist tot“, sagte er leise.

Langsam erhob sie sich und schaute auf den Fremden hinab, strich dann mit einer Hand über seine Stirn – mitleidig, wie mir schien. Und mit einem tiefen Seufzer wandte sie sich um.

„Ich war mit ihm verheiratet“, erklärte sie ruhig.

„K“, murmelte ich.

Poirot, dessen scharfe Ohren meine Bemerkung gehört hatten, nickte. „Ja, Hastings. Fortwährend fühlte ich, daß im Hintergrund ein K steckte, und ich habe es Ihnen ja auch mehr als einmal gesagt.“

„Ich war mit ihm verheiratet“, wiederholte Frederica mechanisch, und ihre Stimme klang unendlich müde. Jim Lazarus führte sie behutsam zu einem Stuhl. „Und jetzt, da er tot ist, kann ich Ihnen ja alles erzählen.

Er war vollkommen auf die schiefe Bahn geraten, außerdem rettungslos rauschgiftabhängig; er hat auch mich dazu verführt. Seit ich ihn verließ, kämpfe ich verzweifelt gegen die Sucht, und ich glaube, daß ich fast geheilt bin. Aber welche Anstrengung hat es mich gekostet! Welch entsetzlichen Kampf! Niemand, der es nicht durchgemacht hat, kann das verstehen. Vor meinem Mann aber befand ich mich ständig auf der Flucht. Er pflegte plötzlich aufzukreuzen und unter Drohungen Geld zu verlangen. Eine Art Erpressung. Wenn ich ihm kein Geld gäbe, würde er sich erschießen. Und als er merkte, daß diese Drohung nicht mehr wirkte, erklärte er, auch mich zu erschießen. Aber man darf ihn dafür nicht verantwortlich machen ... er war verrückt, unzurechnungsfähig ...

Ich vermute, daß er es war, der Maggie Buckley erschoß; irrtümlicherweise, denn die Kugel sollte wohl mir gelten. Sie, Monsieur Poirot, werden mir nun gewiß vorwerfen, daß ich es verschwieg. Aber war ich denn schließlich meiner Sache sicher? Und jene seltsamen Unfälle Nicks gaben meinen Zweifeln neue Nahrung, schienen geradezu das Gegenteil zu beweisen. Es hätte auch jemand anders sein können. Und dann, eines Tages, sah ich einen Papierfetzen mit seiner Handschrift auf Monsieur Poirots Tisch liegen, ein Teil von einem Brief, den er mir gesandt hatte.

Seit jenem Nachmittag wußte ich, daß Hercule Poirot ihm auf der Spur und seine Verhaftung nur eine Frage der Zeit war.

Doch unbegreiflich ist mir die Sache mit dem Konfekt. Welchen Grund könnte er gehabt haben, Nick zu vergiften? Ich habe gegrübelt und gegrübelt und bin immer zu demselben Schluß gelangt: daß er nichts damit zu schaffen haben kann." Plötzlich schlug sie beide Hände vors Gesicht, und als sie sie wieder sinken ließ, sagte sie mit einer ergreifenden Feierlichkeit: „Das ist alles ..."

21

Jim Lazarus legte zärtlich einen Arm um ihre Schulter. „Mein Liebling!" sagte er, „mein armer Liebling."

Poirot ging hinüber zum Buffet, schenkte ein Glas Wein ein und brachte es ihr. Er blieb neben ihr stehen, bis sie ausgetrunken hatte.

Als sie ihm das Glas zurückgab, lächelte sie. „Danke – nun fühle ich mich wieder stark. Was ... was müssen wir also als nächstes tun?"

Fragend richtete sie ihre Augen auf Japp, der jedoch den Kopf schüttelte. „Ich bin auf Urlaub, Mrs. Rice. Nur um einem alten Freund gefällig zu sein, bin ich hier. Den Mordfall aber bearbeitet die Polizei von St. Loo."

Nun blickte sie Poirot an. „Und Monsieur Poirot arbeitet für die Polizei von St. Loo?"

„*Quelle idée!*" wehrte der kleine Belgier ab. „Ich bin bloß ein ganz bescheidener Ratgeber."

„Monsieur Poirot", mischte sich Nick ein, „können wir es nicht vertuschen?"

„Möchten Sie das, Mademoiselle?"

„Ja. Denn mich geht es doch am meisten an. Und in Zukunft werden keine Attentate mehr auf mich verübt werden."

„Das ist richtig: Fortan werden keine Attentate mehr auf Sie verübt werden", wiederholte Poirot.

„Sie denken an Maggie, Monsieur Poirot. Aber auch wenn Sie die Sache weiterverfolgen, wird meine arme Kusine nicht wieder lebendig. Hingegen wird Frederica unter dem ganzen Rummel, der durch Bekanntwerden der Untersuchung entstehen würde, zu leiden haben – und das hat sie nicht verdient."

„Mademoiselle, Sie sagen tatsächlich, sie hätte es nicht verdient?"

„Gewiß nicht. Habe ich Ihnen nicht schon am ersten Tag unserer Bekanntschaft erzählt, daß sie mit einem Unmenschen verheiratet sei? Heute nacht konnten Sie sich selbst davon überzeugen. Doch weshalb sollten wir einen Toten an den Pranger stellen? Lassen Sie die Sache ruhen, lassen Sie die Polizei weiter nach dem Mann suchen, der Maggie erschoß. Sie wird ihn nicht finden, und alles verläuft im Sande."

„Also wirklich, Mademoiselle? Vertuschen?"

„Ja, bitte. Oh, bitte, lieber Monsieur Poirot!"

Mein Freund musterte sämtliche Anwesenden. „Was meinen Sie dazu?"

„Ich bin dafür", erwiderte ich, da Poirots Blick gerade auf mir ruhte.

„Ich auch", sagte Lazarus.

„Das Beste, was wir machen können“, brummte Challenger.

„Wollen wir doch alles vergessen, was sich heute nacht in diesem Zimmer zutrug.“ Dies meinte sehr entschieden Mr. Croft.

„Ihnen würde das natürlich passen!“ warf Inspektor Japp dazwischen.

„Werden Sie mir verzeihen?“ schluchzte Mrs. Croft, zu Nick gewandt, die ihr einen verächtlichen Blick schenkte, aber keine Antwort gab.

„Ellen?“

„Ich und William würden kein Wort dagegen einzuwenden haben, Sir.“

„Und Sie, Mr. Vyse?“

„Eine solche Sache darf man nicht vertuschen“, erklärte der Rechtsanwalt. „Die Tatsachen müssen der zuständigen Stelle bekanntgegeben werden.“

„Charles!“ schrie Nick.

„Es tut mir leid, meine Liebe. Ich betrachte es vom gesetzlichen Standpunkt aus.“

Poirot lachte laut auf. „Also sieben Stimmen gegen eine, da der gute Japp strenge Neutralität wahrt.“

„Jawohl. Ich bin auf Urlaub!“ versicherte Japp grinsend. „Ich zähle nicht.“

„Sieben zu eins. Nur Mr. Vyse steht unverbrüchlich auf seiten des Gesetzes und der Ordnung. Meine Hochachtung, Sie sind ein Mann von Charakter!“

Der Anwalt zuckte die Achseln. „Mein Gott, die Lage ist eindeutig. Wie kann man da überhaupt überlegen?“

„Ja, Monsieur, sie sind ein rechtschaffener Mann. *Eh bien* – auch ich schlage mich auf die Seite der Minderheit. Auch ich stimme für die Wahrhaftigkeit!“

„Monsieur Poirot!“ rief Nick verzweifelt.

„Mademoiselle, Sie selbst haben mich in den Fall hineingezogen; auf Ihren Wunsch hin befaßte ich mich damit.

Jetzt können Sie mir nicht Schweigen gebieten." Er hob drohend seinen Zeigefinger. „Nehmen Sie bitte Platz – alle. Und dann will ich Ihnen die Wahrheit berichten."

Wie folgsame Schüler setzten wir uns und wandten ihm neugierig das Gesicht zu.

„Hören Sie! Ich habe hier eine Liste der Personen, die mit dem Verbrechen irgendwie in Zusammenhang stehen und die ich mit den Buchstaben A bis K kennzeichnete. K stand an Stelle einer unbekannten Person, die durch einen der übrigen in das Verbrechen hineingezogen wurde. Bis heute nacht wußte ich nicht, wer K war, obwohl ich, wie Ihnen mein Freund Hastings bestätigen kann, immer mit ihm rechnete. Und die Ereignisse, deren Zeugen Sie waren, haben mir recht gegeben.

Jedoch vergegenwärtigte ich mir gestern plötzlich, daß ich einen schweren Irrtum begangen hatte, indem ich meine Liste mit dem Buchstaben K abschloß. Und so fügte ich ihr noch ein L hinzu."

„Wie? Noch eine unbekannte Person?" schnarrte Mr. Vyse.

„Nicht eigentlich. Denn während mir K als Symbol für eine unbekannte Person galt, deckt L eine Person, die von Rechts wegen schon von Anfang an auf die Liste gehört hätte, aber übersehen worden war."

Er beugte sich freundlich über die blasse Frederica. „Beruhigen Sie sich, Madame. Ihr Gatte hatte sich nicht des Mordes schuldig gemacht. Mademoiselle Maggie Buckley wurde durch die Person L erschossen ..."

„Aber ... aber wer ist L?"

Poirot gab Inspektor Japp einen Wink; dieser trat vor und machte in der sachlichen, knappen Art, die er bei Gerichtsverhandlungen annahm, folgende Aussage: „Den erhaltenen Anweisungen entsprechend bezog ich, von Monsieur Poirot eingeschmuggelt, heute am frühen Abend Stellung in diesem Haus, das heißt, ich verbarg mich hinter den

Vorhängen von Miss Buckleys Wohnzimmer. Während sich die Geladenen hier in diesem Zimmer versammelten, sah ich, wie eine junge Dame das Wohnzimmer betrat und das Licht andrehte. Dann ging sie zum Kamin und öffnete ein hinter der Täfelung verborgenes Türchen, das offensichtlich auf einen Federdruck hin aufsprang. Aus der Nische nahm sie eine Pistole und verließ mit ihr den Raum. Sofort kam ich aus meinem Versteck hervor, folgte ihr und konnte durch den Türspalt ihr weiteres Tun beobachten. Bei der Ankunft hatten die Gäste draußen in der Halle ihre Mäntel abgelegt, und die junge Dame steckte die Pistole, nachdem sie diese sorgfältig mit einem Taschentuch abgewischt hatte, in die Tasche eines grauen Mantels, der Mrs. Rice gehört –"

Ein wütender Schrei brach von Nicks Lippen. „Das ist gelogen!"

Mein Freund wies mit der Hand auf die Empörte. „*Voilà*", sagte er. „Die Person L! Es war Mademoiselle Nick, die ihre Kusine Maggie Buckley erschoß."

„Sind Sie verrückt?" schrie Nick. „Warum sollte ich Maggie töten?"

„Um das Geld zu erben, das Michael Seton seiner Braut hinterlassen hatte. Auch Ihre Kusine hieß Magdala Buckley, und Ihre Kusine war mit ihm verlobt – nicht Sie."

„Sie ... Sie ..." Zitternd stand sie dort, unfähig, zusammenhängend zu sprechen.

Poirot drehte sich um zu Inspektor Japp. „Haben Sie mit der Polizei telefoniert?"

„Jawohl. Sie wartet bereits mit dem Haftbefehl in der Halle."

„Sie sind allesamt verrückt!" sagte Nick verächtlich und schritt schnell zu Fredericas Platz hinüber. „Freddie, gib mir deine Armbanduhr ... als Erinnerung, ja?"

Langsam löste Mrs. Rice die juwelenbesetzte Uhr von ihrem Handgelenk und gab sie ihrer Freundin.

„Ich danke dir vielmals dafür. Und nun – müssen wir wohl diese vollkommen lächerliche Komödie zu Ende führen."

„Die Komödie, die Sie, Mademoiselle, planten und im Heim Ihrer Vorfahren in Szene setzten. Ja, doch Sie hätten die Starrolle nicht Hercule Poirot anvertrauen dürfen. Das war Ihr Fehler, Mademoiselle – ein verhängnisvoller Fehler."

22

„Soll ich Ihnen alles erklären?" Mit einem befriedigten Lächeln und vorgetäuschter Zurückhaltung stellte Poirot die Frage.

Wir waren ins Wohnzimmer hinübergegangen – ein kleinerer Kreis als zuvor. Die Hausangestellten hatten sich taktvoll zurückgezogen, und die Crofts waren von der Polizei abgeführt worden. Übrig blieben Frederica, Lazarus, Challenger, Vyse und ich.

„*Eh bien* – ich will es offen gestehen, daß ich mich habe narren lassen. Völlig ahnungslos ging ich der kleinen Nick auf den Leim. Ah, Madame, wie recht haben Sie gehabt, als Sie sagten, daß Ihre Freundin eine geschickte kleine Lügnerin sei! Wie recht!"

„Nick erzählte stets Lügengeschichten", sagte Frederica Rice schlicht. „Und deshalb traute ich ihren wunderbaren Rettungen aus Todesgefahr nicht."

„Und ich alter Dummkopf traute ihr!"

„Haben sie sich denn in Wahrheit nicht zugetragen?" forschte ich, noch hoffnungslos verwirrt.

„Sie waren so geschickt erfunden, daß man den Eindruck gewinnen mußte, sie hätten sich zugetragen. Aber ich will

Ihnen die Geschichte lieber als einheitliches Ganzes erzählen, nicht als Stückwerk.

Da steht ganz am Anfang diese Nick Buckley, jung und schön, gewissenlos, leidenschaftlich und mit fanatischer Liebe an ihrem Heim hängend."

„Das habe ich Ihnen ja gesagt, Monsieur Poirot", warf Charles Vyse ein.

„Ja, Sie hatten recht. Nick liebte ihr Endhaus, auf dem eine beträchtliche Schuldenlast ruhte. Und Nick hatte kein Geld und brauchte Geld und sehnte sich nach Geld. Da lernte sie in Le Touquet den jungen Seton kennen und verstand es, ihm den Kopf zu verdrehen. Vermutlich ist ihr bekannt gewesen, daß er der Erbe der Millionen seines närrischen Onkels war. Ha! Wird sie gejubelt haben, mein Glücksstern steigt! ... Aber leider konnte sie Seton nicht ernstlich fesseln – sie war für ihn ein amüsanter Flirt. In Scarborough sehen sie sich wieder; er nimmt sie in seiner Maschine mit hinauf in die Lüfte, und dann ... tritt die Katastrophe ein. Er lernt Maggie kennen und verliert im ersten Augenblick sein Herz an sie.

Mademoiselle ist wie betäubt! Ihre Kusine Maggie, die sie keineswegs hübsch findet! Aber der junge Seton urteilt anders. Für ihn ist Maggie das einzige Mädchen in der Welt. Bald verloben sie sich heimlich, nur eine Person weiß davon: Nick. Wie selig ist die arme Maggie, daß sie wenigstens zu einem Menschen von dem Geliebten reden kann! Fraglos hat sie der Kusine auch stellenweise aus den Briefen ihres Verlobten vorgelesen, und auf diese Weise erfährt Mademoiselle Nick von dem Testament, dem sie zwar vorläufig keine Beachtung schenkt, das aber doch irgendwie in ihrem Gedächtnis haftenbleibt.

Es ereignet sich der plötzliche und unerwartete Tod Sir Matthew Setons, und kurz darauf tauchen Gerüchte von einem Unfall des Neffen auf. Nun keimt ein Plan in dem schwarzen Koboldshaupt der jungen Herrin des Endhauses.

Michael Seton hat nicht gewußt, daß auch ihr Taufname Magdala lautet; er kannte sie nur als Nick. Sein Testament – unsorgfältig abgefaßt – erwähnt nur den Namen. Doch in den Augen der Welt ist sie Setons Freundin; mit ihr hat der gesellschaftliche Klatsch ihn zusammengekuppelt. Und wenn sie behauptete, daß sie verlobt seien, würde sich niemand verwundern. Aber um dies mit Erfolg durchführen zu können, dazu muß Maggie aus dem Weg geräumt werden!

Die Zeit ist kurz. Sie schickt Maggie eine Einladung, nach St. Loo zu kommen, und in der Zwischenzeit hat sie ihre Unfälle. Das Bild, dessen Draht sie durchfeilt. Die Autobremsen, an denen sie manipuliert. Der Felsblock, der sich vielleicht wirklich gelöst hat, aber nicht, als Nick sich auf dem Pfad unterhalb der Bruchstelle befand.

Und dann sieht sie meinen Namen in der Zeitung – ich habe Ihnen gesagt, Hastings, daß der Name Hercule Poirot jedem geläufig ist! Und sie hat die unglaubliche Verwegenheit, mich zu ihrem Komplizen zu machen. Die Kugel, die angeblich im Hotelgarten ihren Hut durchbohrt und zu meinen Füßen niederschlägt. Oh, welch geschickte Manipulation! Und ich falle darauf herein! Ich glaube an die Gefahr, die sie bedroht! Bon! Jetzt hat sie einen wertvollen Zeugen auf ihrer Seite, der ihr unwissentlich noch den Dienst leistet, darauf zu drängen, daß sie eine Freundin zum Schutz ins Endhaus nimmt.

Ungehindert macht sie sich diesen Glücksfall zunutze und telegrafiert Maggie, sie möge einen Tag früher kommen. Wie leicht ist jetzt die Ausführung des Verbrechens! Sie verläßt uns, während das Dessert gereicht wird, um im Radio die Nachricht von Setons Tod zu hören, worauf sie umgehend die letzten Vorbereitungen trifft. Es steht ihr genügend Zeit zur Verfügung, sich Setons Briefe an Maggie anzueignen, sie zu überfliegen und die wenigen auszuwählen, die ihrem Zweck entsprechen. Diese steckt sie unter ihre Wäsche. Später verlassen sie und ihre Kusine gleichzeitig das Feuerwerk. Nick rät ihrer Kusine, den Schal zu nehmen, schleicht ihr dann heimlich nach und erschießt sie. Rasch ins Haus zurück, rasch die Pistole in das Geheimfach, von dessen Vorhandensein sie natürlich wußte. Nun hinauf in das Schlafzimmer, wo sie wartet, bis Stimmen laut werden. Man hat den Leichnam entdeckt – das ist ihr Stichwort. Sie saust die Treppe hinab und durch die Terrassentür ins Freie.

Wie prachtvoll sie ihre Rolle spielte! Herrlich! Ja, ja, sie führte ein großes Drama auf. Die Haushälterin Ellen erklärte meinem Freund Hastings und mir, das Endhaus sei kein gutes Haus, und ich muß ihr beipflichten. Die Atmosphäre dieses Hauses inspirierte Mademoiselle Nick."

„Aber das vergiftete Konfekt", meinte Frederica. „Das ist mir so unverständlich wie zuvor."

„Auch das war ein wohlüberlegter Schachzug, Madame. Sehen Sie nicht ein, daß durch ein weiteres Attentat gegen Nick unfehlbar der Eindruck erweckt werden mußte, daß Maggie nur einer Verwechslung zum Opfer gefallen war? Als die Zeit reif war, telefonierte sie Madame Rice und bat, ihr eine Schachtel Pralinen zu besorgen."

„Dann war es Nicks Stimme?"

„Gewiß, Madame. Wie oft ist doch im Leben die einfachste Erklärung die richtige! Mademoiselle veränderte den Tonfall ein wenig, damit Ihnen – wenn man Sie verhören würde – Zweifel kommen sollten. Und als die Schwester die Schachtel ins Zimmer gebracht hatte, da – ach, wie furchtbar einfach! – füllt Nick drei Stück mit Kokain, das sie geschickt verborgen bei sich hat, ißt eins und wird krank, jedoch nicht zu krank, denn sie weiß nicht nur die Dosis genau abzuschätzen, sondern auch, welche Symptome sie hinterher übertreiben muß ...

Und die Karte – meine Karte! Ah, *sapristi* – sie hat eine erstaunliche Unverfrorenheit. Es war tatsächlich meine

Karte: die, die ich ihr mit dem Blumenkorb sandte. Einfach, nicht wahr? Ja, aber nicht jedem wäre dieser Gedanke gekommen ..."

Er machte eine Pause, die nach einem Weilchen Frederica Rice beendigte: „Weshalb hat sie die Pistole in meinen Mantel gesteckt?"

„Madame", lächelte mein Freund, „auf diese Frage war ich gefaßt. Sagen Sie mir, ob Sie niemals mit der Möglichkeit rechneten, daß Mademoiselle Sie nicht mehr gern haben könnte? Daß Sie vielleicht sogar von ihr gehaßt würden?"

„Das ist schwer zu sagen, Monsieur Poirot", meinte Frederica gedehnt. „Wir lebten leider ein Leben der Unaufrichtigkeit. Früher hat sie mich aber unbedingt gern gehabt."

„Mr. Lazarus, es ist jetzt nicht der Augenblick für falsche Bescheidenheit. Gestehen Sie daher einmal ganz offen: War jemals etwas zwischen Ihnen und ihr?"

„Nein", erklärte der junge Kunsthändler ohne Überlegung. „Kurze Zeit fesselte mich ihr Wesen. Und dann – ich weiß nicht, warum – ließ ich sie links liegen."

„Ja", sagte Poirot mit weisem Nicken, „das war Mademoiselle Nicks tragisches Schicksal: Sie zog die Menschen an – und dann ließ man sie links liegen. Anstatt sie liebzugewinnen, verliebten Sie sich in ihre Freundin, Mr. Lazarus. Und Nick begann Madame zu hassen – Madame, hinter der ein reicher Freund stand. Letzten Winter aber, als sie ihr Testament aufsetzte, war sie Madame noch aufrichtig zugetan.

Und rechtzeitig erinnerte sie sich dieses Testaments, von dessen Unterschlagung durch Croft sie nichts wußte. Madame – so würde die Welt urteilen – habe triftige Gründe, ihren Tod zu wünschen, und daher wurde Madame mit der Besorgung der Pralinen betraut. Und wenn hinterher noch in dem Mantel der ehemaligen Freundin die Pistole zum

Vorschein kam, mit der Miss Maggie getötet wurde ... Oh, welch raffiniert ausgeklügelter Plan!"

„Mein Gott, wie muß sie mich gehaßt haben!" murmelte Mrs. Rice erschüttert.

„Ja, Madame, denn Ihnen war gegeben, was sie nicht hatte: die Kunst, Liebe zu gewinnen und sie sich zu erhalten."

„Bin ich denn so beschränkt, daß ich die Testamentsfälschung noch immer nicht gänzlich durchschaue?" ließ sich jetzt Challenger vernehmen.

„Nein? Nun, das ist ein Geschäftszweig, der ganz getrennt nebenherlief. Nachdem die Crofts sich in diesen Winkel zurückgezogen hatten, soll Mademoiselle Nick operiert werden. Die Crofts sehen darin eine günstige Gelegenheit, überzeugen sie von der Notwendigkeit, eine letztwillige Verfügung zu treffen, und übernehmen die Besorgung des Briefes, ersetzen ihn durch eine geschickte Fälschung, mit deren Absendung naturgemäß gewartet wird.

Doch Mademoiselle übersteht ihre Blinddarmoperation glänzend. Schade, werden die Mieter des Pförtnerhäuschens gedacht haben. Als jedoch die Anschläge auf Nicks Leben beginnen, steigt das Barometer von Crofts Hoffnung wieder. Schließlich verbreitete ich die Nachricht, daß Mademoiselle der Vergiftung erlegen sei. Darf man eine solch herrliche Gelegenheit ungenützt vorübergehen lassen? Nein. Und rasch wird das gefälschte Dokument an Mr. Vyse abgeschickt. Natürlich hatte das Fälscherpaar sein Opfer anfänglich für viel reicher gehalten, als es war – sie wußten schließlich nichts von der Hypothek, die auf dem Endhaus ruht."

„Ist es indiskret, zu fragen, wann Sie dies alles in Erfahrung brachten", ergriff Jim Lazarus das Wort, „wann sich der erste Argwohn meldete?"

„Ach, Monsieur, da muß ich Ihnen das beschämende

Eingeständnis machen, daß es sehr lange dauerte. Gewiß, es gab mancherlei, was mich plagte, weil ich Unstimmigkeiten entdeckte. Widersprüche zwischen dem, was Mademoiselle Nick mir erzählte, und dem, was andere Leute über den gleichen Punkt aussagten. Und unglücklicherweise schenkte ich stets Mademoiselle Glauben.

Bis plötzlich der Schleier zerriß. Als ich nämlich Nick drängte, sie möge eine Freundin zu sich nehmen, versprach sie, meinen Wunsch zu erfüllen, und verheimlichte die Tatsache, daß sie Miss Maggie bereits eingeladen hatte. Es erschien ihr wohl unverfänglicher – aber es erwies sich als ein grober Schnitzer.

Denn Maggie schrieb unmittelbar nach ihrer Ankunft einige Zeilen an die Mutter, darunter auch den unschuldigen Satz, über den ich stolperte: ‚Aber ich sehe beim besten Willen den Grund für ihr Telegramm nicht ein. Dienstag würde auch früh genug gewesen sein.' Was bedeutete jene Erwähnung des Dienstags? Es konnte nur eins bedeuten: Dienstag wäre Maggie ohnehin gekommen. Doch in diesem Fall hatte Mademoiselle gelogen – oder, gelinde gesagt, die Wahrheit unterdrückt.

Und zum erstenmal erschien sie mir in einem anderen Licht. Ich nahm ihre Aussagen unter die Lupe. Statt ihr wie bisher zu glauben, sagte ich mir: Vorausgesetzt, dies und jenes wäre nun nicht wahr? Ich erinnerte mich der Widersprüche. Was würde sich ergeben, wenn nun jedesmal Nick gelogen hätte und nicht die anderen?

Ich ermahnte mich: Geh einfach vor. Was hat sich wirklich ereignet? Und ich sah als einziges unverrückbares Ereignis, daß Maggie Buckley getötet worden war. Nichts weiter als das! Wem aber konnte an Maggies Tod gelegen sein?

Dann fielen mir ein paar Bemerkungen ein, die Hastings gemacht hatte. Er meinte, daß es von Margaret eine Menge Abkürzungen gäbe – Maggie, Margot usw. Und plötzlich fragte ich mich, welches wohl Miss Maggies wirklicher Name gewesen sein mochte.

Wie ein Blitz kam mir die Erleuchtung! Angenommen, der Name lautete Magdala? Es war ein, wie ich von Nick wußte, in der Familie Buckley häufig wiederkehrender Name. Zwei Magdala Buckleys ... Wenn nun ... Im Geiste sah ich die Briefe Michael Setons, die ich gelesen hatte. Ja – es war nichts darin enthalten, was diese Möglichkeit ausschaltete. Scarborough wurde in ihnen erwähnt, doch dort waren beide Kusinen gemeinsam gewesen.

Und es erklärte noch etwas, was mich stutzig gemacht hatte. Warum nur so wenig Briefe? Wenn ein Mädchen ihre Liebesbriefe überhaupt aufbewahrt, so bewahrt sie sie alle auf. Warum nur diese kleine Auswahl? Zeichneten sie sich durch irgendeine Eigentümlichkeit aus?

Ja! Nirgends wurde die Verlobte mit ihrem Namen angeredet. Die Briefe fingen alle verschieden an, doch sie begannen sämtlich mit einem Kosewort. Keiner von ihnen enthielt den Namen ... Nick. Und dann war da etwas, das einem die Wahrheit förmlich ins Gesicht schrie!"

„Was? Was denn?"

„Hören Sie. Am 27. Februar dieses Jahres unterzog sich Mademoiselle Nick einer Blinddarmoperation. Und in dem Brief, den Michael Seton am 2. März schrieb, fragte er nicht mit einer Silbe nach ihrem Befinden. Keine Besorgnis, keine Erwähnung einer Krankheit oder von etwas Ungewöhnlichem. Und das hätte mir von vornherein zeigen müssen, daß die Briefe an eine ganz andere Person gerichtet waren.

Nach dieser Entdeckung ging ich meinen Fragebogen durch. Die Antworten, die ich nunmehr erhielt, waren fast durchweg einfach und überzeugend. Und jetzt fand ich auch eine passende Antwort auf eine Frage, die mich viel Kopfzerbrechen gekostet hatte. Warum kaufte Mademoiselle Nick ein schwarzes Abendkleid? Warum? Weil sie und ihre

Kusine gleich gekleidet sein mußten, mit dem roten chinesischen Schal als ergänzendem Beiwerk. Das war die Wahrheit – und nicht das andere. Kein Mädchen pflegt ein Trauerkleid zu kaufen, ehe es nicht die untrügliche Gewißheit über den Tod des Geliebten hat. Das wäre unnatürlich.

Und so begann ich mein kleines Drama zu inszenieren, bei dem das Erhoffte Wirklichkeit wurde. Nick Buckley hatte nämlich das Vorhandensein einer geheimen Nische heftig abgestritten. Eine Erfindung Ellens? Kaum anzunehmen. Weshalb leugnete Nick also so beharrlich? Hatte sie dort die Waffe verborgen? Mit der Absicht, sie noch einmal zu benutzen, um den Verdacht auf einen Unschuldigen zu lenken?

Ich ließ ihr gegenüber durchblicken, daß die Verdachtsmomente gegen Madame sich häuften. Und wie ich vorhersah, vermochte sie der Versuchung nicht zu widerstehen, den letzten schlagenden Beweis hinzuzufügen. Außerdem war es sicherer für sie selbst. Jenes Geheimfach konnte von Ellen gefunden werden, und mit ihm die Pistole!

Wir alle saßen im Eßzimmer, während sie draußen auf ihr Stichwort wartete. Also bedeutete es nach ihrer Meinung keinerlei Wagnis, die Waffe aus dem Versteck zu nehmen und sie in Madames Mantel zu stecken. Und hierbei wurde sie ertappt; dies schlug ihr endlich fehl ..."

Frederica schauderte zusammen. „Trotz alledem bin ich froh, daß ich ihr meine Armbanduhr gab."

„Ich verstehe Sie, Madame."

Sie warf ihm einen raschen Blick zu. „Auch das wissen Sie?"

„Und Ellen?" erkundigte ich mich. „Hatte sie Verdacht geschöpft? Oder wußte sie etwas?"

„Nein. Ich habe sie gefragt, und sie gab bereitwilligst Auskunft. Dem Feuerwerk ist sie ferngeblieben, weil sie – um ihre eigene Ausdrucksweise zu gebrauchen – das Gefühl nicht los wurde, daß etwas nicht stimmte. Ihr war Nicks Abneigung gegen Madame nicht entgangen, und da sie das maßlose Temperament ihrer jungen Herrin hinlänglich kannte, sorgte sie sich um Madame. Denn Miss Nick sei – so sagte Madame – von jeher ein unberechenbares, wunderliches kleines Ding gewesen."

„Ja", flüsterte Frederica Rice, „so wollen wir sie auch in Erinnerung behalten. Ein wunderliches kleines Ding ... Ein wunderliches kleines Ding, das sich nicht zu helfen wußte. Nicht anders will ich an sie denken."

Poirot nahm ihre Hand und küßte sie ehrerbietig.

Derweil bewegte sich Charles Vyse unbehaglich hin und her. „Es ist eine höchst unliebsame Angelegenheit", meinte er. „Ich muß mich selbstverständlich um einen tüchtigen Verteidiger für sie bemühen."

„Ich glaube, das erübrigt sich", erwiderte Poirot, „sofern meine Annahmen richtig sind." Und jäh drehte er sich zu Challenger um. „In jenen Armbanduhren lieferten Sie das Rauschgift, wie?"

„Ich ... ich ...", stammelte George Challenger reichlich verlegen.

„Versuchen Sie nur nicht, hier noch länger den harmlosen, netten Kerl zu spielen. Hastings konnten Sie damit Sand in die Augen streuen, mir jedoch nicht. Der Rauschgifthandel bringt Ihnen und Ihrem sauberen Onkel in der Harley Street wohl einen tüchtigen Batzen Geld ein, wie?"

„Monsieur Poirot!"

Challenger war aufgesprungen, und mein kleiner Freund blickte ihn gelassen an.

„Leugnen Sie nur ruhig weiter, wenn es Ihnen Spaß macht. Aber ich rate Ihnen, wenn Sie nicht wollen, daß die Polizei die Sache in die Hand bekommt, schleunigst – zu verschwinden."

Und zu meiner unbeschreiblichen Verwunderung ging Challenger. Nein, wie ein Pfeil schoß er aus dem Zimmer!

Poirot lachte. „He, *mon ami*, was sagte ich? Ihre Instinkte sind immer falsch, *c'est épatant*."

„In der Armbanduhr befand sich Kokain –?" begann ich.

„Aber natürlich. Auf diese bequeme Art nahm es Mademoiselle mit ins Sanatorium. Und da sie ihre Ration für die Pralinen verbraucht hatte, erbat sie sich vorhin Madames Uhr, die sozusagen gefüllt war. Heute nacht wird sie wohl eine genügende Dosis benötigen."

„Sie meinen ...", ächzte ich.

„Nun, ist es nicht das Beste? Besser als der Strick des Henkers? Aber so etwas dürfen wir nicht vor Mr. Vyse sagen, der für das Gesetz eintritt. Offiziell weiß ich auch nichts."

„Leider muß ich gehen", erklärte Charles Vyse. Und Mißbilligung lag in seiner Haltung, als er das Zimmer verließ. Poirot blickte von Frederica zu Jim Lazarus. „Sie werden heiraten, nicht wahr?"

„So bald wie möglich."

„Und wirklich, Monsieur Poirot", ergänzte Mrs. Rice. „Ich bin nicht die schlimme Person, für die Sie mich halten. Schon jetzt habe ich mich zu einer ganz winzigen Dosis herabgezwungen, und ab sofort, da eine glückliche Zukunft vor mir liegt, werde ich keine Armbanduhr mehr benötigen."

„Sie verdienen es, glücklich zu werden, Madame, denn Sie haben unendlich viel gelitten. Und trotz aller Leiden ist in Ihrem Herzen die Tugend der Barmherzigkeit nicht erstorben."

„Ich werde sie auf Händen tragen", versicherte Lazarus. „Geschäftlich geht es mir zur Zeit nicht gut, aber ich werde die Schwierigkeiten überwinden. Und wenn es nicht gelingen sollte – nun, mit mir fürchtet Frederica auch die Armut nicht."

Lächelnd schüttelte die blonde Frederica Rice den Kopf.

„Es ist spät geworden", meinte mein Freund, indem er

nach der Uhr sah. „Wir haben eine seltsame Nacht in einem seltsamen Haus verlebt – in einem bösen Haus, wie Ellen sagte." Dann streifte sein Blick zufällig das Bild des alten Sir Nicholas, und er zog Lazarus beiseite. „Verzeihen Sie, Mr. Lazarus, doch von allen meinen Fragen ist eine einzige auch jetzt noch unbeantwortet. Warum boten Sie für jenes Bild fünfzig Pfund?"

Jim Lazarus blickte einige Sekunden auf den Belgier herab. Dann schmunzelte er: „Monsieur Poirot, ich bin Geschäftsmann."

„Ebendeshalb."

„Jenes Bild ist nicht einen Penny mehr wert als zwanzig Pfund. Ich wußte, daß Nick bei einem Angebot von fünfzig sofort einen höheren Wert vermuten und einen Sachverständigen zu Rate ziehen würde. Dann hätte sie eingesehen, daß mein Angebot glänzend war. Und wenn ich ihr das nächstemal einen Kaufpreis für ein Gemälde genannt hätte, würde sie kein Gutachten eingeholt, sondern ohne weiteres zugegriffen haben."

„Ja, doch –"

„Das Gemälde dort hinten an der Wand aber hat einen Mindestwert von fünftausend Pfund", sagte Jim Lazarus trocken.

„Ah!" Hercule Poirot atmete tief auf. „Jetzt weiß ich alles."

Von Agatha Christie sind ebenfalls erschienen:

Das Geheimnis der Amseln
Die Uhr war Zeuge
Die Schattenhand
Das Schicksal in Person
Das Rätsel der Tänzerin
Die verschwundenen Goldbarren
Die Botschaft der Madonna
16 Uhr 50 ab Paddington
Die Tür zum Tatort
Der Täter läßt bitten
Fata Morgana
Karibischer Sommer
Bertrams Hotel
Ruhe unsanft
Die Büchse der Pandora
Ein gefährlicher Gegner
Rotkäppchen und der böse Wolf
Die geheimnisvolle Botschaft
Eine reizende alte Dame
Schneewittchen-Party
Die Katze im Taubenschlag
Elefanten vergessen nicht
Der ballspielende Hund
Dreizehn bei Tisch